魏晋南北朝 诗歌 通论

田彩仙

著

社会科学文献出版社
SOCIAL SCIENCES ACADEMIC PRESS (CHINA)

图书在版编目（CIP）数据

魏晋南北朝诗歌通论／田彩仙著. -- 北京：社会
科学文献出版社，2018.12
　ISBN 978 - 7 - 5201 - 3607 - 5

　Ⅰ.①魏…　Ⅱ.①田…　Ⅲ.①古典诗歌 - 诗歌研究 -
中国 - 魏晋南北朝时代　Ⅳ.①I207.22

　中国版本图书馆 CIP 数据核字（2018）第 227235 号

魏晋南北朝诗歌通论

著　　者／田彩仙

出 版 人／谢寿光
项目统筹／谢　炜　刘　荣
责任编辑／单远举　程丽霞

出　　版／社会科学文献出版社·独立编辑工作室（010）59367011
　　　　　地址：北京市北三环中路甲 29 号院华龙大厦　邮编：100029
　　　　　网址：www.ssap.com.cn
发　　行／市场营销中心（010）59367081　59367083
印　　装／三河市东方印刷有限公司

规　　格／开　本：787mm × 1092mm　1/16
　　　　　印　张：15.25　字　数：225 千字
版　　次／2018 年 12 月第 1 版　2018 年 12 月第 1 次印刷
书　　号／ISBN 978 - 7 - 5201 - 3607 - 5
定　　价／89.00 元

本书出版得到集美大学
学术专著出版基金、文学院行健学术基金资助

目 录
contents

第一章
建安诗歌的情感内涵

第一节　建安诗歌中的"悲歌"意象

建安时期是中国文学史上文人诗创作的第一个高潮期。汉代的诗歌以民间创作为主，文人诗除班固、秦嘉、辛延年等诗人的少数作品外，成就最高的是无名氏的《古诗十九首》，其有温和敦厚的文风、悲凉幽远的意境，且以浅显的语言表现了深刻的思想内涵，是汉代文人诗的典范之作。但对这些诗歌的作者，我们则无从知晓。到了曹魏时期，由于曹氏父子的倡导与创作，文人诗的创作呈现一片繁荣的景象。"诗的主导地位又正是通过了建安时代才建立起来的，而其间的中心人物就是曹氏父子。"[①] 建安时期的文人诗不仅数量众多，而且题材丰富，既包括战争、婚姻爱情、行役思乡、民生疾苦等题材，又涵盖抒发理想、讽颂时世、感怀生命、游仙、宴饮等方面的内容。在这众多题材的诗歌中，意象描写是重要的一个方面。汉末诗人往往借音乐描写来感慨知音难遇，寄托忧思情怀。建安时期距《古诗十九首》创作的时代不远，这一时期的诗人继承了汉末诗歌以音乐描写来寄托情怀的传统，对音乐意象的运用较之汉末更加频繁，也更加丰富多彩。

---

① 林庚主编《中国文学简史》，北京大学出版社，1996。

首先，音乐活动是建安文人宴游活动的一个重要内容，音乐描写也便成为宴游诗必不可少的一个组成部分。宴游诗是建安文人诗创作的一个重要题材。曹植、王粲、阮瑀、刘桢、应玚均有《公谯诗》，陈琳有《宴会诗》，其他没有标明"宴会""公谯"字样而写同样内容的诗歌有曹操《短歌行》，刘桢《赠五官中郎将》（其一），应玚《侍五官中郎将建章台集诗》，曹丕《善哉行》（朝游高台观）、《于谯作诗》、《孟津诗》、《芙蓉池作》、《于玄武陂阵诗》、《夏日诗》等，曹植《野田黄雀行》（又名《箜篌引》）、《当车已驾行》、《侍太子坐》、《斗鸡诗》、《赠丁翼》等，数量确实不少。建安宴游诗主要写交游宴会时的情形。建安宴游诗的代表人物是曹丕、曹植，曹氏兄弟也是建安时期文人宴游活动的组织者。曹操攻下邺城后，曹丕被任命为五官中郎将，后又被立为太子，便成为当时邺下文人集团的实际领导者。当时很多著名的文人如王粲、刘桢、陈琳、阮瑀、应玚、杨修、吴质、邯郸淳以及曹植等都追随曹丕左右。同样，曹植的周围也有许多文士，除上面提到的应玚、王粲、吴质、杨修之外，还有丁仪、丁廙、徐幹等人。

他们在一起宴饮游乐，诗赋唱和，品评文学，纵论学术，"既娱情而可贵，故求御而不忘"（曹植《车渠椀赋》），"不醉无归来，明灯以继夕"（曹植《当车已驾行》）。曹丕在《与吴质书》中曰：

> 昔日游处，行则连舆，止则接席，何曾须臾相失。每至觞酌流行，丝竹并奏，酒酣耳热，仰而赋诗。当此之时，忽然不自知乐也。

可见，建安时期邺下文人集团曾经有一段令人难以忘怀的游宴岁月，所以才留下了众多的宴游诗。中国古代宴饮与音乐密不可分，故而宴游诗中的音乐描写，便成为建安诗歌的一类重要内容。

宴游时的歌舞享乐是宴游诗的一个重要方面。刘桢赠予曹丕的诗中描述文人宴饮之时"清歌制妙声，万舞在中堂"（《赠五官中郎将》其一）。曹植也有同样的描述，"齐人进奇乐，歌者出西秦"（《侍太子坐》）。曹植的两首诗更详尽地描写了他主持的文士聚会中的热闹情景：

　　置酒高殿上，亲友从我游。中厨办丰膳，烹羊宰肥牛。秦筝何慷慨，齐瑟和且柔。阳阿奏奇舞，京洛出名讴。乐饮过三爵，缓带倾庶羞。主称千金寿，宾奉万年酬。

——《箜篌引》

　　嘉宾填城阙，丰膳出中厨。吾与二三子，曲宴此城隅。秦筝发西气，齐瑟扬东讴。肴来不虚归，觞至反无余。

——《赠丁翼》

在与亲友相聚的宴会上，食物丰盛，歌舞齐发。有慷慨之秦筝、和柔之齐瑟、京洛之名讴、奇妙之乐舞。主宾举酒祝寿，大家都沉浸在一派欢乐的气氛之中。曹丕、曹植常常作为主人召集众文士，宴集过程中，一般都是歌、乐、舞同时或先后交叉表演，由于其中很多文士懂音乐，所以他们对清歌妙曲的欣赏都有高雅独特的情趣。曹丕有许多宴游诗表现了对"齐瑟秦筝"所奏之"新曲"的欣赏，如"清歌发妙曲，乐正奏笙竽"（《孟津诗》），"比坐高阁下，延宾作名倡。弦歌随风厉，吐羽含徵商"（《夏日诗》）。《于谯作诗》中写道：

　　清夜延宾客，明烛发高光。丰膳漫星陈，旨酒盈玉觞。弦歌奏新曲，游响拂丹梁。余音赴迅节，慷慨时激扬。献酬纷交错，雅舞何锵锵。罗缨从风飞，长剑自低昂。穆穆众君子，和合同乐康。

谯地是曹丕的故乡，建安年间，曹操击败袁绍之后驻军谯县，曹丕随军而至作此诗。诗写清夜延宾，丰膳旨酒，弦歌新曲，雅舞和乐。叙事细致而有层次，从中还可以看出在战乱之余，社会经济有所发展，文人生活也有稳定而和乐的一面。

　　建安宴游诗写音乐，另一方面则体现了建安文人对悲忧之乐的欣赏以及对生命价值的思考。生活在动荡不安社会中的建安文人，在经历了太多的苦难之后，他们内心始终不能摆脱人生苦短的生命悲哀。曹操便在庆功宴会上发出了"对酒当歌，人生几何"的慨叹，认为人的生命如朝露般易逝，即使是暂时的欢乐，也排除不了"去日苦多"的忧虑。宴游诗中有很多悲怨之音。汉魏六朝时期文学普遍以悲慨之情感为主调，汉末这一特定的社会环境更加深了文学尚悲的情感分量，创作主体往往以悲怨之音与自然生命的慷慨之叹共鸣，发出时代特有的慷慨悲凉之音。"管弦发徽音，曲度清且悲"（王粲《公讌诗》），"笙磬既设，筝瑟俱张。悲歌厉响，咀嚼清商"（曹植《正会诗》）。"清商"为具有悲忧情感色彩而且感人至深的音乐，汉末魏晋时期是清商乐发展的一个重要时期，这一尚悲之乐受到了建安文人的欢迎。曹丕的两首《善哉行》是这一方面的代表作：

> 朝游高台观，夕宴华池阴。大酋奉甘醪，狩人献嘉禽。齐倡发东舞，秦筝奏西音。有客从南来，为我弹清琴。五音纷繁会，拊者激微吟。淫鱼乘波听，踊跃自浮沉。飞鸟翻翔舞，悲鸣集北林。乐极哀情来，寥亮摧肝心。清角岂不妙，德薄所不任。大哉子野言，弭弦且自禁。

> 朝日乐相乐，酣饮不知醉。悲弦激新声，长笛吐清气。弦歌感人肠，四坐皆欢悦。寥寥高堂上，凉风入我室。

前一首描写了盛大的表演场面，由于悲乐感人，游弋的鱼儿乘着波浪倾听，飞翔的鸟儿随着旋律翻飞起舞。悲音嘹亮清澈，使心肝为之摧裂。后一首则写"悲弦"之感人至深，给人带来了欣赏音乐的欢娱。两首诗均写宴会时悲音的效果，但视角不同，前者曰"乐极哀情来，寥亮摧肝心"，音乐奏到欢乐至极时出现摧裂人心的哀音；后者曰"弦歌感人肠，四坐皆欢悦"，感人之悲音使人愉悦。看似截然不同的音乐效果，其实是相同的。汉魏"悲音为美"的艺术理论观点认为，至悲之乐由于能感动人所以成为至美之乐，美的音乐会给人带来美的享受，所以才会"四坐皆欢悦"。汉代王充《论衡》中认为"悲音不共声，皆快于耳""文音者皆欲为悲"，悲音能使人产生快感，所以当时许多文人把欣赏悲音视为一种精神的享受。

建安时期文人诗中关于朝会礼仪的音乐描写较少。曹植有《舞歌》五首，其中第三"大魏篇"叙朝廷燕飨仪式，歌颂国泰民安，丰年之乐。其中写到燕飨仪式中的歌舞表演："骐骥蹑足舞，凤凰拊翼歌"，可能是人装扮成"骏马""凤凰"来踏足歌舞；"式宴不违礼，君臣歌《鹿鸣》。乐人舞鼙鼓，百官雷抃赞若惊"，《鹿鸣》为《诗经》中《小雅》首篇，是古代君王燕飨群臣的诗歌，所以在燕飨仪式上，同歌《鹿鸣》，以示君臣和乐。正如后人所言，从中可"见时和年丰，诸祥毕至，君臣康乐，欲至万年"（朱乾《乐府正义》卷十四）。曹植另一首诗《正会诗》中写道：

> 初岁元祚，吉日惟良。乃为嘉会，谦此高堂。尊卑列叙，典而有章。衣裳鲜洁，黼黻玄黄。清酤盈爵，中坐腾光。珍膳杂沓，充溢圆方。笙磬既设，筝瑟俱张。悲歌厉响，咀嚼清商。俯视文轩，仰瞻华梁。愿保慈善，千载为常。欢笑尽娱，乐哉未央。皇室荣贵，寿若东王。

按照先秦时的惯例，宫廷朝会仪式上应该表演雅乐舞。但曹植诗中的音乐，从乐器来看，既有宫廷乐器笙、磬，又有民间乐器筝、瑟，从音乐类型而言，则演奏悲慨的清商之乐，从中可以看出曹魏时雅俗音乐的融合以及从帝王到文人士大夫崇尚俗乐的风尚。

　　抒情述志类诗歌，是建安诗歌主要的类型，这类诗歌中的音乐意象往往是诗人借以抒发自己独特的人生感受的载体。曹丕的《燕歌行》两首是言情的名篇，诗写一女子在初秋的月夜，遥望一河相隔的牵牛、织女，思念久别的丈夫的痛苦心情。王夫之评价为"倾情，倾度，倾色，倾声，古今无两"（《船山古诗评选》卷一）。两首皆写音乐。第一首中"贱妾茕茕守空房，忧来思君不敢忘，不觉泪下沾衣裳。援琴鸣弦发清商，短歌微吟不能长"，孤独的思妇以"援琴鸣弦"来排解忧伤，古人常常以长歌表现慷慨激昂的感情，以短歌表现幽怨低细的心绪。清商乐曲是一种节拍短促、声音纤微的短歌。思妇由于心中哀伤，弹琴唱歌抒怀，不觉发出了短促纤微的声音，表达了她的忧思哀愁。这里，借助音乐将思妇的思念之情表达得淋漓尽致。第二首中"耿耿伏枕不能眠，披衣出户步东西。展诗清歌聊自宽，乐往哀来摧心肝"，思妇由于思念远方的丈夫而无法入眠，本想通过自吟自唱聊以自宽，却没想到唱到悲伤之处更添忧愁。曹丕另一首诗《于清河作》也写闺中相思之情，"弦歌发中流，悲响有余音。音声入君怀，凄怆伤人心"，旨意与情感和《燕歌行》十分接近。

叙怀述志类诗歌描写音乐，往往以悲音慷慨为主。曹植可以说是这方面的代表诗人，如《弃妇篇》："搴帷更摄带，抚弦调鸣筝。慷慨有余音，要妙悲且清。"虽有美妙的筝乐、过人的才艺，却无人欣赏，心中充满慷慨悲情。《杂诗》其六："弦急悲声发，聆我慷慨言。"《朔风》："弦歌荡思，谁与销忧。"《怨歌行》："吾欲竟此曲，此曲悲且长。"《远游篇》："鼓翼舞时风，长啸激清歌。"众所周知，曹植后期生活备受压抑，悲怨之情充溢诗中。明代李梦阳在评价曹植的作品时说："其音宛，其情危，其言愤切而有余悲。"的确，曹植很多诗文，不管是感怀赋别，还是抒发理想，对人生苦短的悲叹，对生命价值的思考，都是其主流情感。曹植善于在诗文中渲染和营造悲凉的气氛，如多用秋风、落日、弃妇、孤雁、朝露等意象构成凄厉哀婉的意境，而悲音营造出了一种慷慨悲怨的氛围，使诗歌充分体现了建安诗歌"慷慨悲凉"的时代特征。刘志伟先生认为："汉末建安作家往往赋予'清声''清音'以悲慨的性质，并普遍认同以悲为主的'清商'之曲、'慷慨'之音，使自然、音乐与人的悲声异质同构，互相感发，汇合为慷慨不平的汉末建安时代之音，真实准确地表现了汉末建安作家追求建功立业，实现个体生命价值的呼声和由此而生发的各种悲哀痛苦。"①

建安诗歌中的音乐描写，有时还具有比喻象征意义。曹植诗歌中的美女、神仙、弃妇均有象征意义，如《美女篇》写美女因不遇理想配偶而盛年不嫁，用以象征志士有才能而不遇明主，不得伸其才志。《弃妇篇》则以被丈夫抛弃的妇女比作不被君主信任的"逐臣"，是作者生存现状的真实写照。《弃妇篇》中以弃妇音乐才能的出众来比喻作者品德高尚，是非常确切的比喻。《闺情》一诗写道："有美一人，被服纤罗，妖姿艳丽，嗈若春华。红颜韡晔，云髻嵯峨。弹琴抚节，为我弦歌。清浊齐均，既亮且和。"这里的美女与曹植

---

① 刘志伟：《"英雄"文化与魏晋文学》，兰州大学出版社，2004。

《洛神赋》《美女篇》中的美女形象出于同一机杼，是诗人刻意追求的审美理想的象征。如前文所言，《古诗十九首》中孤独弹琴的美女形象便是一种高出尘表、曲高和寡的形象，是当时文人怀才不遇心境的写照。愈是美丽高雅而不可得见的女子愈是象征诗人理想境界的思而不得。另外，"琴瑟和鸣"在中国传统文化中历来象征夫妻和谐，《诗经·小雅·常棣》中有"妻子好合，如鼓瑟琴"。在曹植的诗歌中，也有这一类的比喻象征。《浮萍篇》中有"和乐如瑟琴"，《种葛篇》中有"好乐如瑟琴"，这种琴瑟般的和乐之情是诗人理想中的君臣关系，也是诗人政治理想得以实现的现实基础，所以在诗中反复提及。

　　建安诗人中，曹操父子都是喜好音乐的文学家，他们对音乐的爱好可以说超过了很多朝代的统治者，他们不讲求"威重"的帝王风范而偏好"韶夏之郑曲"，即流行俗乐。在征战之余，不忘创作歌诗，被之管弦，作为乐歌来演唱，他们以自己的倡导和实践培育了一个时代的社会风尚，除三曹外当时知名的文人阮瑀、刘桢、蔡琰都好音律，而且阮瑀、蔡琰还是弹琴高手。正是统治者对音乐的重视，才导致了此一时期文人诗中音乐意象的不断丰富。

第二节　建安、正始诗歌的时空慨叹

　　汉末魏晋时期，是中国历史上一个动荡不安的时代，汉末的党锢之祸、宦官专权，紧随其后的三国争霸、西晋代魏，使西汉盛世的太平景象荡然无存，儒家的经典逐渐失去了绝对权威的地位，文士的地位也一落千丈，许多文人在现实的黑暗面前深感朝不保夕，故而转向对个体存在困境的思考，寻求实现个体生命价值的途径。这种生命意识的觉醒，使文人诗对时序变化格外关注，强烈的时空感成为这一时期诗歌的主要审美特征。随着儒学的全面衰落，玄学成为当时显学，玄学以老庄哲学为基础，崇尚自然，倡导"贵无"，为当时文士处理进退出处的矛盾提供了理论依据。玄学讨论有关天地万物存在的根据问题，也即"本末有无"问题，不仅使文人心态中渗入了内省体察和静悟思辨的成分，使诗歌具有很强的思辨色彩，而且促使诗歌从时空的高度去探讨人生的意义，追寻生命的来源。此时诗歌的时空观典型地反映了这一时期文人的精神面貌。

"时间是生命的本质，时间的不重复、不间断性保证了生命的存在。"① 中国文人对生命价值的探求，对人生苦短这一伴随人类诞生就客观存在的自然现象的困惑，致使他们对时间流逝予以普遍的关注。早在春秋战国时期，儒圣孔子就站在川上发出"逝者如斯夫，不舍昼夜"的感慨，他从川流不息的逝水中领悟到时光匆匆，人生亦匆匆；屈原也在《离骚》中不时发出感时之叹，"汩余若将不及兮，恐年岁之不吾与""日月忽其不淹兮，春与秋其代序。惟草木之零落兮，恐美人之迟暮"。面对飞逝而过的时间，想到理想的实现是如此渺茫，苦闷而彷徨。"现实的时间，总是与空间相关的，度量时间，应在一定的空间中度量。"② 可见，时空本是不可分割的整体，某一时期诗歌的时空观，既体现了此时诗歌的内涵，也体现了文人的心态特征。汉代文人作品中的时空观本来是很广博的，司马迁在数十年足迹踏遍大半中国的实地考察与博览群书的基础上（大空间），构筑中华民族从有人类以来的通史（长时间），成为博大精深的鸿篇巨制，汉大赋用洋洋洒洒的文字对都邑、宫殿、亭台、楼阁等空间范围的铺陈或对时间过程的展示，反映汉帝国的繁荣、强盛，都体现了汉人时空观的博大、开阔。汉代文人生活在一个大一统的稳定的繁荣时期，他们笔下的世界能够涵纳万象、吞吐山河，宏大而雄伟。及至东汉末年，社会动荡不安，战争、死亡困扰着此时的文人，魏晋之际、两晋交替时的权术纷争，更加深了文人的悲剧心态。在诗歌中，将两汉时对博大时空的赞美变为低沉的时空慨叹，处处充斥着悲哀、苦闷的精神感受。

时间的流逝本不以人的意志为转移，也不因时代而变化，但在汉末魏晋这么一个特定的时期，大批百姓死于战祸，即使像嵇康、张华、陆机这样的

---

① 杨河：《时间概念史研究》，北京大学出版社，1998，第167页。
② 杨河：《时间概念史研究》，北京大学出版社，1998，第48页。

大文人也死于非命，活着的人也都不同程度地遭受到心灵的挫伤，如曹植、蔡琰、王粲、阮籍等都在战乱或改朝换代中饱受精神磨难。所以，他们发出了当时最强的忧生之嗟："白露沾野草，时节忽复易。"（《古诗十九首·明日皎夜光》）"人生忽如寄，寿无金石固。"（《古诗十九首·驱车上东门》）"日月不恒处，人生忽若寓。"（曹植《浮萍篇》）"人生若尘露，天道邈悠悠。"（阮籍《咏怀诗》其三十二）在时间的流逝中，人的生命如一阵风尘，一闪而过，实在是太渺小了，就连当时称雄一时的曹操面对庆功的酒宴也会发出"对酒当歌，人生几何"（《短歌行》）的慨叹；陶渊明隐居乡村似乎自得其乐，但面对时间的流逝仍然感叹"人生似幻化，终当归空无"（《归园田居》），"古人惜寸阴，念此使人惧"（《杂诗》）。可见这是一种时代的感慨，任何文人都避免不了。人生短促的感慨来自宇宙空间的博大，"相去万余里，各在天一涯"（《古诗十九首·行行重行行》），"天地无穷极，阴阳转相因"（曹植《薤露行》）。外在世界的阔大与个体生命的短促形成强烈的反差，愈是博大的空间，愈使人感到人生的渺小，有限的人生处于无限的空间中，怎能不使人感慨万端呢？正是基于这种时空观，诗人们便开始了前所未有的对个体生命存在困境的观照和冥思。

东汉末年代表文人诗最高成就的是无名氏的《古诗十九首》，它不是一人一时所作，反映了多方面的思想与人生追求，但对人生如寄的感慨却如出一辙，"人生寄一世，奄忽若飙尘""人生忽如寄""奄忽随物化"，人像是暂寄于世上的一粒灰尘，转瞬即逝，而客观空间即天地万物却永远生生不息，短暂的人生根本无法抗衡茫茫宇宙。由此，《古诗十九首》充满了对死亡的普遍关注，"人生非金石，岂能长寿考"，"驱车上东门，遥望郭北墓"。万物盛衰有时，人作为大自然中的一员，自然也逃脱不了死亡，因为人在特定的社会空间中无法自保，所以对死的恐惧与对生的焦虑才成为汉末魏晋诗人的普遍心态。当然，直面死亡是为了更现实地观照人的生存困境，所以，《古诗十九首》的作者并没有在幻想中逃避世界，他们更看重的是现时性的人生享受，放纵自己的情志及时行乐，"服食求神仙，多为药所误。不如饮美酒，被服纨与素"。虚幻的求仙不可信，现实的享受才是实实在在的，"昼短苦夜长，何不秉烛游！为乐当及时，何能待来兹"。人生苦短，个体生命的过程应该有许多欢乐值得追求。正如王瑶先生所说："因为他们更失去了对长寿的希冀，所以对现实生命就更觉得热恋和宝贵。放弃了祈求生命的长度，便不能不要求增加生命的密度。"① 当然，无论是畅饮美酒，还是秉烛夜游，都只是追求感官上的一时满足而已，这一时的满足，并不能消除汉末文人时空观中的矛盾与焦虑，这些文人也便不可能真正得到解脱。

汉末，建安诗歌的时空观则又呈现不同的风貌。建安是群雄奋起、争霸天下的特殊时期，以曹操为代表的庶族文人一旦登上政治舞台，便体现了强烈的参政意识和进取精神，后人评价"建安风骨"为"行神如空，行气如虹"（司空图《诗品》），即指建安诗人的作品在内在精神和外在风貌上表现出强大的力度。他们的诗从《古诗十九首》那种内敛式的结构中解放出来，往往从大处着墨，用粗线条勾勒出一幅幅巨大广阔的生活画面。曹操是乱世枭雄，他的诗中充满了主宰大地沉浮的雄心壮志："山不厌高，海不厌深。周公吐哺，天下归心。"（《短歌行》）"老骥伏枥，志在千里。烈士暮年，壮心不已。"（《龟虽寿》）阔大的空间感体现了诗人宏大的理想境界，表现出审美主体吞吐宇宙万象的气魄。曹植早期的《虾鳝篇》中的"壮士"、《白马篇》中的"游侠儿"体现出少年驰骋天下，实现理想的英武之气。"转蓬离本根，飘摇随长风。何意回飙举，吹我入云中。高高上无极，天路安可穷。"（曹植《杂诗》）"远游临四海，俯仰观洪波。"（曹植《远游篇》）诗人总能站在一个至高点来看世界，所以空间便格外空旷、辽阔，胸怀也格外博大，这是建安诗人"戮力上国，流惠下民，建永世之业，流金石之功"（曹植《与杨德祖书》）这一积极参政意识的真实写照。

建永世之业，实现人生的价值，是建安文人期望的理想境界，而倏忽易逝的有限生命又迫使诗人不得不时时去窥视那幻灭的悬崖。宇宙无穷，生命

---

① 王瑶：《中古文学史论》，北京大学出版社，1986，第 157 页。

不永，功业无期，盛时难再，由此建安诗人的时空观在雄阔、激昂之上又蒙上了一层苍凉的感情色彩。"丁年难再遇，富贵不重来。良时忽一过，身体为土灰。"（阮瑀《七哀诗》）"人生一世间，忽若暮春草。"（徐幹《室思》）"天地无终极，人命若朝露。"（曹植《送应氏》）天地无穷而人生短暂，建安诗人在这巨大的落差中观照自己的生命，心灵深处萌发出无法抑制的悲哀。建安诗人大都经历了汉末惨烈的动乱，曹丕、曹植生长于战乱之中，王粲、蔡琰更被迫流离失所，他们目睹了战乱带来的死亡枕藉、骨肉分离、生命大量毁灭的惨状，所以，人生的微弱和易逝感才如此强烈。在这种心境影响下，建安诗人也想到了求仙，希望与天地神仙为一，曹植的诗中就有相当数量的游仙诗，但这类诗或求得一时的精神上的自由，或作为愤懑抑郁之后的一时安息，是一种暂时的解脱，最终他们还是在对理想的积极追求中参透了人生。他们的时空观体现在他们对生命的理解上。曹操说："厥初生，造化之陶物，莫不有终期。莫不有终期，圣贤不能免，何为怀此忧。"（《精列》）曹丕也认为："月盈则冲，华不再繁。古来有之，嗟我何言。"（《丹霞蔽日行》）宇宙的运行有它的客观规律，不可逆转，有生就有死，有荣就有枯，但他们与其他诗人不同的是，他们以建不世之功来使有限的生命变为无限，曹操在"天地何长久，人道居之短"的悲叹之中，也有"不戚年往，忧世不治"（《秋胡行》）的慷慨情怀；曹植感叹"人居一世间，忽若风吹尘"，随后却勉励自己"愿得展功勤，输力于明君"（《薤露行》）。在对天地无限人生易逝的时空慨叹中，他们没有陷入悲观情绪，而是为一种时不我待的紧迫感所触动，要在有限的时间中干一番事业。这使建安诗人的时空慨叹于沉郁中透着超拔，在激昂里又充满苍凉。

魏晋交替之际及整个西晋，浓重的对时间流逝的悲伤复又弥漫于整个诗坛。此时的诗人身历血雨腥风的政治斗争，深感人命危浅，朝不保夕。阮籍自云其诗"仰瞻景曜，俯视波流"（四言《咏怀诗》），可见，他的诗歌的时空感是极强的，诗人"登昆仑而临西海"，深感自然人生都"超遥茫渺"（《清思赋》）。与前代诗人相比，阮籍站在玄学这一特定的哲学高度上构筑他诗歌的时空观，从而使他的诗更多了一些思辨色彩。他的代表作《咏怀诗》中同样充满了人生短促、忧生忧死的感叹，"生命无期度，朝夕有不虞""丘墓蔽山冈，万代同一时"。与汉末诗歌对死亡的关注一样，西晋诗人的诗中经常写到坟墓，或象征坟墓的松柏，不仅阮籍如此写，张载、陆机也同样如此写："顾望无所见，惟睹松柏阴。"（张载《七哀诗》）"坟垄日月多……人生安得长。"（陆机《门有车马客行》）诗人的笔一齐转向坟墓，这不能不说是一个令人触目惊心的改变，它旨在用对死亡刻骨铭心的记忆，提醒人们一切虚幻的名利乃至生命在死亡面前都是空洞虚无的。西晋诗人的时空慨叹由此充满了浓重的悲哀情调。

阮籍《咏怀诗》中出现了大量的时间意象，在对一年四季的时段描写中，最多写到的是秋，"秋风吹飞藿，零落从此始""清露被皋兰，凝霜沾野草""朔风厉严寒，阴气下微霜"，"秋风""清露""凝霜""朔风"等代表秋天的意象，承接前代文人"悲秋"感受而来，体现了诗人灰暗而悲凉的心理状态。在一日的时间中，最多写到的是"暮"，"日暮思亲友""日夕望西山""白日忽西幽""白日陨隅谷"，一日之暮与一岁之秋都预示着一种由盛转衰的暮年心态，诗人反复写秋、写暮是写自然，更是写人生。面对这种由盛而衰、不可阻挡的时间流逝，诗人感到一种深深的无奈。"一为黄雀哀，泪下谁能禁。"《咏怀诗》时间意象中还出现了表达舒缓与倏忽意义的两种看似截然相反的意象群，但它们体现的意义是一致的，比如诗中经常运用"一"这个数字，"一日复一夕，一夕复一朝。颜色改平常，精神自损消""一日复一朝，一昏复一晨"，这里"一日""一夕""一朝"的时间详叙，并不是说明日子过得从容，而是写出苦难的繁多，诗歌把时间分割成许多更小的单位以表达诗人的主观感知，诗人的心理时间便表现出一种可感知的密度，使读者感到诗人那种生活在恐惧、痛苦之中的漫长和沉重感。此外，诗人又经常喜欢用"倏忽""须臾""忽"这类词语，时间的变化总是如此快速，而人的苦难则是如此悠长。时间意象的大量运用，显示了诗人强烈的时光流逝感。虞德懋先生认为，阮籍"特别擅长表现虽囿于感情羁绊，悲怆欲绝仍对整个生

命价值寻觅不止的潜蛟于渊的深长思绪"。① 的确如此，在痛苦不安中，阮籍
也在寻求解脱的方法，但他的视角没有转向及时行乐，而是转向玄学境界。
玄学的最高境界是物我为一，将个体有限的生命融入无限的宇宙之中，个体
便因此而超脱了人间苦痛。阮籍的《大人先生传》中的"大人先生"，正是
他追求的理想人格，"飘摇于天地之外，与造化为友……陵天地而与浮明遨
游无始终"。《咏怀诗》第三十二首写道："朝阳不再盛，白日忽西幽。去
此若俯仰，如何似九秋？人生若尘露，天道邈悠悠。……去者余不及，来者
吾不留。"诗从空间着笔，俯仰寰宇，秋气肃杀，而时光易逝的抒写贯穿始
终，人生易逝，世事沧桑，"去者余不及，来者吾不留"。在陈子昂之前，阮
籍抒写了一种处于广博天地时空的孤独感。诗最后写道："愿登太华山，上与
松子游。渔父知世患，乘流泛轻舟。"诗人表示愿随神仙而去，当然，这里的
神仙并不是道教中长生不死的仙人，而是天人合一的玄学境界。但纵观整部
《咏怀诗》，玄学的至高境界并没有完全使诗人解脱，因为愤世之情充溢诗中，
难以逍遥忘世，使阮籍诗呈现一种心态不平衡的悲怆和幽愤。从《古诗十九
首》到《咏怀诗》，中国文人的审美视角已由开放变为幽闭内敛，风格趋向纤
密、低回，个体生命在宇宙中的渺小、孤独，使诗人体会到无家的困惑，感
悟到灵魂无所皈依的苦难。

　　阮籍认为："微妙无形，寂寞无听，然后乃可以睹窈窕而淑清。"（《清思
赋》）嵇康也追求"目送归鸿，手挥五弦。俯仰自得，游心太玄"（《赠兄秀
才入军》）的境界，祈求超脱尘世而与无限自由的本体合而为一。然而，在他
们所处的时代，这种境界很难达到，他们的诗歌总的风格是悲愤慷慨。到了
东晋，文人们开始从山水田园中体味人生的真谛，王羲之的《兰亭集序》写
于众文人饮酒集会之时，"天朗气清，惠风和畅，仰观宇宙之大，俯察品类之
盛，所以游目骋怀，足以极视听之娱，信可乐也"。暮春时节，山明水净，群
贤毕至，骋目极视，宇宙生命在这特定的时空背景下体现出一种深邃与从容

---

① 虞德懋：《曹植与阮籍诗歌意蕴比较》，《扬州师院学报》（社会科学版）1990 年第 4 期。

的状态。然而，面对物随世化，死生无常，这些远离故土的文人发出深深的喟叹："修短随化，终期于尽，古人云：'死生亦大矣。'岂不痛哉？"人的生命有长有短，但终究难免一死，死生是人生的大事，当然让人悲痛，他们仍然重复着生命不永的慨叹，但东晋文人更多的不是执着于严肃的哲学命题，而是在南方秀丽的自然山水中寻求永恒的超越生命的途径，"散怀山水，萧然忘羁"（王徽之《兰亭诗》），人与自然山水合而为一，并可以从中体悟出人生的哲理，"理感则一，冥然玄会"（庾友《兰亭诗》）。他们逐渐在对自然山水的观赏中消解生命的忧患意识，东晋文人的时空慨叹便比汉末与西晋多了几分旷达与潇洒。

东晋文人不仅"散怀山水"，还亲近山水，东晋大诗人陶渊明的田园诗冲淡、平和，这并不是说，陶渊明所处的时代没有太多的政治纷争，事实上，当时前后有司马道子、元显的专权，王国宝的乱政，王恭等人的起兵，刘裕的代晋称帝等，这些陶渊明都经历过，忧患意识在陶诗中也是很强烈的。"一生能复几，倏如流电惊。"（《饮酒》）"天地长不没，山川无改时。草木得长理，霜露荣悴之。谓人最灵智。独复不如兹。"（《形影神》）天地、山川、草木皆可永恒，而人却"不如兹"，这种人生苦短的时空慨叹，与曹植、阮籍的观点一脉相承。陶渊明之所以不屑为五斗米折腰，最终回归田园，便是为了使个体生命不受外物的役使。而个体生命如何在有限的时间里展开？人生的价值何在？陶渊明做了多次探索，经历了肯定、否定、再肯定的心灵的艰难旅程，最终他还是用思想与个性的超脱来化解人生的悲苦。陶渊明生活在玄学大盛的东晋时代，他的思想在很大程度上受道家超脱尘世、随顺自然的人生观的影响，对曹植、嵇康等卷入政治斗争的漩涡，他是引以为戒的，而对刘伶的旷放纵酒，阮籍的穷途痛苦，他也不想效仿，正如鲁迅所说，"乱也看惯了，篡也看惯了"，于是便比阮、嵇自然得多。正是在对历史和现实的沉思中陶渊明形成了自己的时空观。他在组诗《形影神》中写道："甚念伤吾生，正宜委运去。纵浪大化中，不喜也不惧。应尽便须尽，无复独多虑。"他用对自然人生的彻悟和特有的审美观稀释了人生短暂带来的痛苦：他认为人生在无穷无尽的宇宙中，没有什么可喜的，也没有什么可忧的，人完全可以投入大自然的怀抱里与之合而为一。"自然景色在他的笔下，不再是作为哲理思辨或徒供观赏的对峙物，而成为诗人生活、兴趣的一部分。"① 陶渊明对自然精神境界的追求，对宇宙本体的领悟，使他的时空意识和谐、宁静，以至于陶诗中的时间也有一种特定的舒缓感："白日沦西河，素月出东岭。遥遥万里辉，荡荡空中景。"当人与自然融为一体时，自然的时间也不再是急惶惶的，个体人格在与时空的契合中获得了极大的精神愉悦。"俯仰终宇宙，不乐复何如？"顺应生命的自然变化任性而行，还有什么可惶惶不可终日的呢？"孟夏草木长，绕屋树扶疏。众鸟欣有托，吾亦爱吾庐。"自然界生机益然的景色使诗人感悟到生活的和谐，正因为陶诗的时空慨叹于沉重中透着平淡，才更具有丰富的内涵。

从《古诗十九首》开始的时空慨叹，到阮籍、嵇康诗歌中的时间意识，再到东晋诗人的时空慨叹，渐渐由浓烈的悲愤到淡然的超脱，与先秦两汉文人的时空观有很大的不同。如果说汉代文士注重"德"的修养，注重群体的大一统的国家利益，汉末魏晋文士则更看重个体人格任性、率真的行为标准：曹植"美酒斗三千"，注重自我解放；阮籍、嵇康狂放不羁，越名教而任自然，追求任性、率真的生活方式；陶渊明则在与自然的合一中寻找个体人格的自由。正是在这种"人的自觉"的背景下，汉末魏晋诗人时空慨叹的独特风格得以构筑，进取与退隐并行，忧患与超脱共存。

第三节　曹氏家族的文学活动与诗歌创作

文学家族的形成不仅有外部的社会文化因素，也有其内部的发展与演进轨迹。家族中前辈对文学创作的倡导与实践，后起之士的文才相继成为文学

---

① 李泽厚：《美的历程》，文物出版社，1981，第105页。

家族形成的必然的内部因素。到魏晋时，不仅有像琅琊王氏、陈郡谢氏那样的文才相继的冠族大姓，也有如谯郡曹氏、陈留阮氏那样的中下士族因文才卓著而脱颖而出，成为当时文学的杰出代表人物。文学家族的发展与演进自有其一定的规律与阶段性特征。

文学家族在两汉时便已有之，如汉初辞赋家枚乘、枚皋父子，著名史学家司马谈、司马迁父子，刘向、刘歆父子，东汉著名史学家、辞赋家班彪及其子班固、其女班昭，以及汉末蔡邕、蔡琰父女等。汉代文学家族一般为子承父业型的两代结构，而且家族中人也多以史书的写作承继为主，枚氏、班氏于辞赋创作方面颇有成就，但他们更看重的是辞赋用以讽谏的政治实用性，与纯文学的创作还有距离，而于诗歌创作，汉人则少有染指。值得一提的是，汉末蔡邕父女于诗赋上成就很大，已经开始了家族中纯文学的创作，这是文学家族的创作从不自觉走向自觉的标志。汉代在学术文化与文学创作上皆缺乏相互争鸣、相互交流，而于文学家族中交流更少。汉代的家族文化多依赖于国家机器的发展，汉代文士始终把家族命运与朝廷政治的兴衰联系在一起，认为国运是决定家族命运的主要因素，故而文学家族这一特定的个体在汉代大一统的局面中便不可能清晰地凸显出来。

到了汉末三国时期，随着统一的国家机器的分化，门阀制度的确立与"文学自觉"思潮的出现，出现了许多以诗文写作为主的文学家族，如谯郡曹氏、陈留阮氏、汝南应氏、颍川荀氏等。其中曹氏家族可以说是魏晋时期较为典型的文学家族，曹氏文人一直把文学创作视为他们生活中的一项重要内容，曹操"御军三十年，手不舍书……登高必赋，及造新诗，被之管弦，皆成乐章"（《三国志·魏书·武帝纪第一》注引《魏书》）；曹丕"雅好诗书文籍"（《典论·自序》），"天资文藻，下笔成章，博闻强识，才艺兼该"（《三国志·魏书·文帝纪第二》）；曹植"少小好为文章"（《与杨德祖书》），"为建安之杰"（《诗品·序》）。曹氏文人不仅在文学创作上成绩斐然，而且还进行文学上的交流，主要表现为同题诗文的写作与互为赠答：

　　（建安十九年）时邺铜爵台新成，太祖悉将诸子登台，使各为赋，（曹）植援笔立成，可观，太祖甚异之。

——《三国志·曹植传》

　　建安十七（212）年春，游西园，登铜雀台，命余兄弟并作。

——曹丕《登台赋序》

　　上建安十八年至谯，余兄弟从上拜坟墓，遂乘马游观，经东园，遵涡水，相佯乎高树之下，驻马书鞭，为《临涡之赋》。

——曹丕《临涡赋序》

可见，曹氏已经自觉地把诗赋的写作作为家族文人出游之时创作的主要内容。这几次出游活动中的诗赋写作，均由曹操提议并参与写作，除第一条记载中所赋诗文无以传世外，均有同题作品。如三曹共有的《登台赋》，曹丕、曹植均有的《临涡赋》。曹丕继曹操之后成为曹氏家族中又一位领袖，由他提议，他与曹植均写有《代刘勋妻王氏杂诗》《寡妇诗》等。同题诗文的写作，旨在锻炼家族文人的创作能力，体现家族文人创作的力量。曹叡虽未参与三曹的创作活动，但他对父祖多有崇敬之情，他在诗中常言及"皇祖"，表达对已故祖父曹操的深切怀念。徐公持先生认为，曹叡不仅写有许多与三曹诗题相同的乐府诗，而且与晚年的曹植在文学上也有所交流，"差可谓一文学知己"（《魏晋文学史》）。曹氏文人互为赠答的诗文不多，值得一提的是曹植写给同父异母的弟弟曹彪的《赠白马王彪》。此诗写在政治迫害下兄弟间生离死别的骨肉亲情，融抒情、叙事、写景、说理于一体，在对个体生命情怀的剖白发咏中，抒发人生理想幻灭的悲凉之感，故而使赠答诗具有了浓厚的"咏怀"成分，在魏晋文学家族的赠答诗中占有极其重要的地位。曹氏文人对文学创作的倡导与实践，促进了诗文写作的繁荣，在他们周围，聚集了一批当时非常杰出的文学之才，这就是邺下文人集团。在这一集团中，有许多文人出身世族，又文才相继，如应玚兄弟、阮瑀父子、丁仪兄弟等，他们成为建安文学创作的主力军。

曹氏文人的文学活动与文学创作，为汉魏时期的诗歌创作走向文人化奠定了基础。林庚先生认为："在建安之际，诗歌虽然已经取得了文坛上的一定地位，却还没能赢得文坛上的主导地位，但是诗的主导地位又正是通过了建安时代才建立起来的，而其间的中心人物就是曹氏父子。"魏晋门阀士族由于有显赫稳固的政治地位和独立强大的经济地位，士族人格趋向自由解放，由此家族文学创作也获得了真正的自由和解放，这是文学创作走向自觉的心理基础。魏晋诗歌的文人化，与士族文人有千丝万缕的联系。曹氏父子诗文的重情与创新，为汉魏诗歌走向文人化奠定了基础。曹操以古乐府题来写时事，又不受古乐府音乐的限制，而是依据现实生活和诗人的思想感情布局谋篇，并以作家个体身份的加入即第一人称的抒情手段记事，已使诗歌具有个性化、文人化趋势，但比较而言，曹操诗风主要为古直悲凉，而曹丕、曹植则在诗歌文人化方面前进了一大步。沈德潜说："子桓诗有文士气，一变乃父悲壮之习矣。"（《古诗源》卷五）曹丕写了许多清新婉约的情诗。如《燕歌行》二首描写游子思妇主题，《秋胡行》（朝与佳人期）、《善哉行》（有美一人）等作品更敢于袒露自我情爱世界，皆写得缠绵悱恻，优美动人。他在曹操的慷慨悲歌之外，为文人诗开创了一片新天地，即表现诗人内心的情感变化，探寻人丰富而隐秘的心灵世界。曹丕不仅更注重个人情感的抒发、清韵丽辞的运用，而且明确提出了"诗赋欲丽"的主张，引导建安诗歌的文人化趋势。曹植则完成了诗歌由"言志"到"缘情"的转变，"在中国古典诗歌从朴素无华的民歌转向体被文质的文人诗这一发展阶段中，作出了巨大贡献"（葛晓音《八代诗史》）。曹植的笔触探向情感世界的一切领域，吟咏个体生命在特定的时代与环境中遭受摧抑的人生"悲境"，曹植之重情又表现在他非常善于写友情和亲情，《送应氏》二首从离别的悲伤、友情的珍贵引申出天地久存、人生短促的生命意识，"天地无终极，人命若朝露""念我平常居，气结不能言"表现出生命的沉重感，而在像《赠白马王彪》这样的亲情赠别诗中，则更可谓淋漓尽致地体现了诗人因不幸遭遇而惊恐或感慨的生命悲情，"人生处一世，忽若朝露晞。年在桑榆间，影响不能追。自顾非金石，咄喈令心悲"。曹植不仅慷慨使气，而且竭力在词采、炼字、韵律、章法上下功夫，使诗歌进一步形象化、抒情化、个性化、文人化。

与魏晋时期的其他文学家族一样，曹氏家族文人在文学创作上也体现出一种承继关系。建安风骨本来就是建安时期文人文学作品的共同特点，与建安其他文人一样，曹氏文人意境的情感模式以着力表现"悲境"为主，体现了"慷慨悲凉"的时代风貌。曹氏文人在表现这一意境上既有共同之处，又有个别差异。孙明君认为："曹操诗歌多苍凉空阔之悲境，曹丕诗歌多缠绵悱恻之忧境，曹植诗歌多深婉委屈之哀怨境界。"而曹叡诗风沉着郁结，这些都是在共同风格之上的不同之处。不仅是在诗歌风格上，在诗歌内容与题材方面也有许多承继关系，如曹丕诗歌《秋胡行》《善哉行》等作品以爱情为主题，坦诚自己的情爱世界，曹植善于写友情，而且曹植是较早在诗歌中抒写友情的文学家。不仅如此，曹氏文人诗歌中还有许多抒写人伦亲情的作品，曹丕的《短歌行》写对亡父的悼念之情，曹植的《公宴诗》《侍太子坐》《赠白马王彪》等诗歌写兄弟之情。可以说，曹氏文人在文学活动之余，在文学创作的意境体现、题材内容等方面都有很多承继关系。

第四节　曹植诗歌的情感趋向

曹植被誉为"建安之杰"，是因为他一生创作的各种体裁的文学作品成就颇高，不仅"骨气奇高，词采华茂"，而且他的诗文辞赋均情感充沛，性情激越。曹植诗歌今存一百一十多首。从其所存诗歌中可以看出，无论是在走马斗鸡的少年时期，还是在屡受迫害的人生后期，他始终是那个时代最具性情的文学家。曹植诗歌感情内涵丰富，主要体现为渴望建功立业的奋发之情，对社会现实与对自身遭遇的悲世、悲怨之情，以及抒发与家人、朋友相逢、离别的悲喜亲情。

曹植"生乎乱，长乎军"，少年时期很多时候是在随着父亲四处征战的环境中度过的，同时他也一直受到建安时代慷慨激昂文风的影响，继承了其父军事家的气概与胆识，在诗文中均表现出强烈的报国愿望，"捐躯赴国难，视死忽如归"（《白马篇》），以"戮力上国，流惠下民，建永世之业，流金石之功"（《与杨德祖书》）为己任，有"混同宇内，以致太和"（《求自试表》）的宏大志向。这种努力建功立业、慷慨发奋的人生志向在他早期的诗歌中体现得特别充分，最具代表性的为《白马篇》：

> 白马饰金羁，连翩西北驰。借问谁家子？幽并游侠儿。少小去乡邑，扬声沙漠垂。宿昔秉良弓，楛矢何参差！控弦破左的，右发摧月支。仰手接飞猱，俯身散马蹄。狡捷过猴猿，勇剽若豹螭。边城多警急，虏骑数迁移。羽檄从北来，厉马登高堤。长驱蹈匈奴，左顾凌鲜卑。弃身锋刃端，性命安可怀？父母且不顾，何言子与妻？名编壮士籍，不得中顾私。捐躯赴国难，视死忽如归。

此诗塑造了一位武艺高超、渴望卫国立功甚至不惜牺牲生命的边塞游侠少年形象，表达了诗人建功立业的强烈愿望，倾注了他"弃身锋刃端……视死忽如归"的任性使气的豪侠之情。诗中的英雄形象，既是诗人的自我写照，又凝聚和闪耀着时代的光辉。不仅早年如此，在他备受曹丕的虐待和压制以及曹叡的冷遇和猜忌的黄初、太和年间，生活在流离迁徙之中，并没有更多的机会实现自己的理想，但其建功立业之志始终没有消沉，《杂诗》其五云：

> 仆夫早严驾，吾将远行游。远游欲何之，吴国为我仇。将骋万里涂，东路安足由。江介多悲风，淮泗驰急流。愿欲一轻济，惜哉无方舟。闲居非吾志，甘心赴国忧。

这首述志诗中之"东路"指洛阳至自己所在封地鄄城的路，诗中说自己不愿意从东路归藩，而愿意渡江征吴，体现了不甘心平淡闲居生活，而愿为国家做一番事业的壮志。而诗中同时交织着理想和现实的矛盾："闲居非吾志，甘心赴国忧。"曹植后期此类诗歌还有写于其侄子曹叡在位时期的《薤露行》：

　　天地无穷极，阴阳转相因。人居一世间，忽若风吹尘。愿得展功勤，
输力于明君。怀此王佐才，慷慨独不群。鳞介尊神龙，走兽宗麒麟。虫
兽岂知德，何况于士人。孔氏删诗书，王业粲已分。骋我径寸翰，流藻
垂华芬。

曹植认为，世事无常，人生短暂，但是自己仍愿意倾力报效明君，并成就一
番事业。不仅仅是在诗歌中，在他的表文中，这种慷慨奋发之情也随处可见，
如在《求自试表》《陈审举表》《谏取诸国士息表》《自试表》等文章中，曹
植也都是慷慨陈情，气势豪壮。曹植诗文中所体现的慷慨奋发之情，既有早
年任性使气的豪侠之情——他要在爱国惠民的前提下，实现个人价值，又有
在后期位列藩侯形同囚徒的郁郁寡欢生活状态下，仍然不忘初衷，希望实现
不朽功勋的愿望。所以他曾向两代君主反复申诉己见，"愿得展功勤，输力于
明君"，尽管这些愿望很难实现，但作者在诗歌中体现的这种建功立业的奋进
之情却令人难以忘怀。

　　曹植渴望建功立业的奋发之情，还体现在诗歌的意象中。其诗歌中有表
示高远、辽阔的意象，如《杂诗》（仆夫早严驾）中有"远游""万里涂"
等，《虾䱇篇》中有"江海""五岳""陵丘""纵横"等，《杂诗》（飞观百
余尺）中有"千里""平原""西南"等，这些意象都具有高远、辽阔的特
征，体现了诗人对阔大的活动空间的向往和追求。这些意象体现了作者渴望
摆脱束缚，可以在高远、辽阔的广大空间里任意翱翔的志向，由此表现了诗
人希望做一番建国立业的大事，效命疆场，为国立功的决心与壮志。

　　曹植诗歌的情感内涵还体现为对社会现实与对自身遭遇的悲世、悲怨之
情。曹植生活在汉末动荡不安的社会环境中，而其后期又信而见疑、忠而被
谤，所以，曹植便以个人生命的悲剧来理解整个社会的苦难，诗人的思想感
情是复杂多样的，但因"世积乱离，风衰俗怨"而积淀的悲世之情是其主导
倾向。《送应氏》其一写于曹植早年：

　　步登北邙阪，遥望洛阳山。洛阳何寂寞，宫室尽烧焚。垣墙皆顿擗，荆棘上参天。不见旧耆老，但睹新少年。侧足无行径，荒畴不复田。游子久不归，不识陌与阡。中野何萧条，千里无人烟。念我平常居，气结不能言。

　　这首诗是曹植于建安十六年（211）随曹操西征马超、路过洛阳时送别应场、应璩兄弟所作。诗中写了洛阳遭董卓之乱以后的荒凉景象，"洛阳何寂寞，宫室尽烧焚。垣墙皆顿擗，荆棘上参天"，"中野何萧条，千里无人烟"。这种景象使作者"气结不能言"。他对悲惨的社会现实的不幸感叹，是对人世惨象的断肠之悲。这种悲世之情，显示了他对人民命运的关切与同情，体现了作家强烈的忧患意识。建安诗人十分关注社会现实，曹植也不例外。《泰山梁甫行》以白描的手法，反映了海边农村的残破荒凉景象，表现了对下层人民的深切同情："八方各异气，千里殊风雨。剧哉边海民，寄身于草野。妻子象禽兽，行止依林阻。柴门何萧条，狐兔翔我宇。"海边气候潮湿，风雨狂暴，海啸、龙卷风也时有发生，这些海边百姓生活在荒野草丛林木中，长期与野兽同居，与世隔绝，生活环境既荒凉又残破。"转蓬离本根，飘摇随长风……类此游客子，捐躯远从戎。毛褐不掩形，薇藿常不充。去去莫复道，沉忧令人老"（《杂诗六首》其二），描写了"从戎士"的饥寒，所有这些，都灌注了作者的悲悯之情。

　　后期的曹植其悲世之情与其个人命运紧密相关，因此，在他的其他作品中，又体现为悲怨与愤慨。曹丕当权执政，是曹植遭受苦难的开始。由于当时曹丕将他的兄弟外封，曹植饱受迁徙流离之苦，亲戚之间不得来往，不能随意到京城走动、朝觐，被监视、诬陷，相比前期诗中的俊逸飞扬之气，此时的曹植不得不在屈辱压抑中偷生。面对艰辛的生活条件，曹植不仅在诗歌中表现自己的哀怨之情，在其表文中也陈述了自己的凄凉之状，如《转封东阿王谢表》中诉说封地的贫寒，"桑田无业，左右贫穷，食裁糊口，形有裸露"，在《求通亲亲表》中详细生动地诉说因不能通亲往来造成的孤独寂寞之情。他和他的兄弟不断地受到曹丕父子的迫害，使他受到了强烈的思想震动，产生了"人生不满百，戚戚少欢娱"（《游仙诗》）的慨叹，充分表现了缘于这种亲生骨肉相残的人伦之悲。后期作品中的这种悲怨之情充分地体现在他后期诗歌的代表作《赠白马王彪》中。这首诗作于黄初四年（223），写曹植与白马王曹彪在回封地的途中被迫分离时的复杂心情，感情非常沉痛凄婉。诗前有序："序曰：黄初四年五月，白马王、任城王与余俱朝京师，会节气。到洛阳，任城王薨。至七月，与白马王还国。后有司以二王归藩，道路宜异宿止。意毒恨之。盖以大别在数日，是用自剖，与王辞焉，愤而成篇。"序言陈述了黄初四年五月，白马王、任城王与曹植朝京师会节气，到洛阳后曹彰却不明不白地死了，曹植和曹彪在七月初回封地，本打算同路东行，朝廷却强迫他们分道而行。前途茫茫，诗人产生了复杂的思想情绪。此诗的感情非常沉痛凄婉，全诗分七章，其中第一、二章抒写离开洛阳，渡过洛水，路途艰难的苍凉之情；第三、四、五三章是诗歌体现特定情感的核心部分：

> 玄黄犹能进，我思郁以纡。郁纡将何念？亲爱在离居。本图相与偕，中更不克俱。鸱枭鸣衡轭，豺狼当路衢。苍蝇间白黑，谗巧令亲疏。欲还绝无蹊，揽辔止踟蹰。

> 踟蹰亦何留？相思无终极。秋风发微凉，寒蝉鸣我侧。原野何萧条，白日忽西匿。归鸟赴乔林，翩翩厉羽翼。孤兽走索群，衔草不遑食。感物伤我怀，抚心长太息。

> 太息将何为？天命与我违。奈何念同生，一往形不归。孤魂翔故域，灵柩寄京师。存者忽复过，亡没身自衰。人生处一世，去若朝露晞。年在桑榆间，影响不能追。自顾非金石，咄唶令心悲。

萧条的初秋原野，由于小人离间，兄弟被迫离别，加之另一兄弟任城王曹彰的突然去世，诗人倍感人生苦短，"人生处一世，去若朝露晞"，内心充满了郁结悲伤。"玄黄犹能进，我思郁以纡""感物伤我怀，抚心长太息""自顾非金石，咄唶令心悲"，将诗人内心对前途的绝望，对现实的愤慨，对亲人生离死别的悲伤，对自己命运的幻灭之悲，体现得十分全面。在后面的章节中，写强自宽解与离别之情，勉励对方珍爱身体，保全自身，但仍然不忘人生之瞬息变故带来的哀伤："变故在斯须，百年谁能持。"人处在一种特定的生活环境中，对之前的一些信仰便产生了怀疑，《古诗十九首》中也有诗句"人生非金石，岂能长寿考"，曹植则是在"斯须"的变故之中，感慨人生苦短，百年难以顺达，此诗充分体现了曹植对人生遭遇的悲慨、悲怨之情，是曹植诗歌中最具有现实性的作品。

第二章
阮籍、嵇康诗歌的审美意象

第一节　阮氏家族文人心态与诗歌创作

魏晋时期，中原地区由于悠久的文化传统，形成了许多文学家族，陈留尉氏的阮氏家族便是其中的代表。以阮籍为代表的阮氏家族，通过自身的行为与语言体现了魏晋风度。他们都曾有济世之志，但由于时代风云的变化莫测，他们由儒入道，不耽世荣。他们感叹生命之危浅，希望在有限的生命中充分享受人生，所以便纵酒狂放，任情越礼，但他们又都有壮志难伸的痛苦。他们的存在为魏晋风度注入了更新鲜更深刻的含义，不仅仅是表面的名士风流与放诞，也不仅仅是单纯的隐居避世，而是一种"以高度的清醒与周密的智巧设计出的一种既随便又奇怪的处世态度"。在这种种惊世骇俗的举动背后，体现了魏晋文人的独立人格与真实情感。《世说新语》阮氏家谱中有名传世的共30人，史传记载的有8人，这便是阮籍之父阮瑀，族弟阮放、阮裕，侄子阮咸、阮修，侄孙阮瞻、阮孚和阮籍自己。这些人中除阮瑀、阮籍诗文闻名于世外，其他都是以士名流传后世的。但这些文士不管在文章上还是在处世态度上都上行下效，具有许多共同的心态。

一　阮氏文人崇尚自然之心态

阮氏家族本为儒学世家，《世说新语·任诞》注引《竹林七贤论》说：

"诸阮前世皆儒学。"阮籍之父阮瑀曾受学于东汉末年学识渊博的著名儒学大家蔡邕，这便是阮氏家族儒学世家的开端。阮籍幼年丧父，曾得到阮氏家族中另一系阮武的照顾与教导，而阮武一系世奉儒学，《三国志·魏书·杜畿传》注引《杜氏新书》称阮武"阔达博通，渊雅之士"，对阮籍的思想不无影响。阮籍在《咏怀诗》其十五中说："昔年十四五，志尚好《书》《诗》。被褐怀珠玉，颜闵相与期。"说明他少年时期便崇尚儒家经典，并以孔子的弟子——有高尚德行的颜渊、闵子骞自期。阮籍的《通易论》也为作者早期作品，文中有言："圣人以建天下之位，守尊卑之制，序阴阳之适，别刚柔之节。顺之者存，逆之者亡；得之者身安，失之者身危。"这显然是儒家的社会等级观念。史传载阮籍"本有济世志"，"尝登广武，观楚汉战处，叹曰：'时无英雄，使竖子成名！'"；阮裕"以德业知名"（《晋书·阮籍等传》）。但他们所处的时代是一个"圣哲驰骛而不足"的乱世。自东汉末年开始，党锢之祸、黄巾起义、军阀混战、饥馑灾荒，社会一直处于大动乱中。曹操虽以重贤才著称，但出于自己统治的需要，对当时逐渐形成的名士集团采取了摧抑的态度；司马氏篡权后更是采取了"顺我者昌，逆我者亡"的高压政策。不少文人名士惨遭杀害。这些都给文人们的心灵造成了前所未有的巨大创伤，造就了许多文人不与世事、不干权势的出世态度。同时，蔡邕对有道家思想倾向的《论衡》有浓厚的兴趣，对阮瑀也有很大影响，而"与时俯仰"本来也是魏晋世族文人使家学得以流传的途径，阮氏文人正是在继承家族文化传统与顺应社会大背景的情况下由儒入道的，他们把经世致用的念头融入狂放不羁中，压缩在文学作品中。史书曾记载阮瑀因战乱而蛰居不愿为官，后为强力所迫，不得已出山的事。张隐《文士传》记载："太祖雅闻瑀名，辟之，不应。连见逼促，乃逃入山中。太祖使人焚山。得瑀。"阮瑀被迫出山后作《琴歌》以表己志："青盖巡九州，在西东人怨。士为知己死，女为悦者玩。恩义苟敷畅，他人焉能乱。"后人皆认为是颂扬曹氏父子的诗作，而笔者认为，此诗其实是在隐约地讽刺曹操寡恩薄德，"恩义苟敷畅，他人焉能乱"明明含有怨恨之意，阮瑀本是被迫出山的，效力于曹操也是无可奈何。阮瑀的诗歌，除反映社会现实的《驾出北郭门行》外，笔者认为更值得后人推崇的应是《失题》《七哀》等悲叹人生易逝、主张及时行乐、追求物质享受的诗作。作为"建安七子"之一，"建安风骨"的慷慨、悲凉等特色在阮瑀诗中也有明显的体现："常恐时岁尽，魂魄忽高飞。自知百年后，堂上生旅葵"（《失题》）；"丁年难再遇，富贵不重来。良时忽一过，身体为土灰"（《七哀》）。有浓厚出世思想的阮瑀在诗歌中表现了比其他建安诗人更深的悲伤与感慨，但缺乏建安诗人那种珍惜时光、勇于进取的壮怀激情，而是充满一种深深的悲忧情绪，真可谓"读其诸诗，每使人愁"。史书载，"建安七子"中，阮瑀与曹氏父子交往颇深，但正如后人所言，"元瑜俯首曹氏，嗣宗盘桓司马，父子酒歌，盖有不得已也"①，曹氏父子只是把他看作一个文学侍从而已。阮瑀为曹魏集团效力多年，政治上无大的成就，可见他出世后，对世事仍很不关心。

随着儒学在魏晋的全面衰落，以老庄哲学与佛学为主要成分的玄学成为当时显学，道家的主要著作《易》《老》《庄》被称为"三玄"，成为当时文人清谈的必读书。玄学崇尚老庄的自然，宅心玄远，为士族的不拘礼法提供了理论根据。阮籍是魏晋玄学的代表人物之一，他所处的正始年间，正是玄学的起源与形成期，他在《通老论》《达庄论》中主张因循自然、无为而治、法自然而为化，以达到精神上的绝对自由。但正如后人所言："嵇阮以儒家为主体而结合了道家。"② 阮籍终生难忘建功立业之志，但在无可奈何下选择了出世，"履朝右而谈方外，羁仕宦而慕真仙"③；阮籍《咏怀诗》中用大量的仙、隐意象体现了诗人的企仙求隐思想，如"驱马舍之去，去上西山趾"（其三），"布衣可终身，宠禄岂足赖？"（其六），"乃悟羡门子，噭噭今自嗤"（其十五），"愿登太华山，上与松子游。渔父知世患，乘流泛轻舟"（其三十

---

① （明）张溥著，殷孟伦注《汉魏六朝百三家集题辞注》，人民文学出版社，1981，第81页。
② 任嘉禾：《嵇康与阮籍——论儒与道在诗史上的早期结合》，《内蒙古大学学报》（哲学社会科学版）1983年第1期。
③ （明）张溥著，殷孟伦注《汉魏六朝百三家集题辞注》，人民文学出版社，1981，第81页。

二）。这里，作为隐居、求仙形象的象征意象如西山、布衣、羡门子、渔父、赤松子等体现了阮籍在社会乱离之下企图借归隐、求仙来摆脱尘世的纷扰，寻求精神上的解脱的思想。阮修"好易老，善清言……尝作大鹏赞曰：'苍苍大鹏，诞自北冥；假精灵鳞，神化以生；如云之翼，如山之形；海运水击，扶摇上征；翕然层举，背负太清；志存天地，不屑唐庭；莺鸠仰笑，尺鹖所轻；超世高逝，莫知其情。'"①，分明是借道家鼻祖庄子《逍遥游》中大鹏之"超世高逝"来体现自己所追求的傲然独处、不与时俯仰的理想人格。史传中评价阮咸"贞素寡欲，深识清浊，万物不能移"，阮瞻"性清虚寡欲，自得于怀"。② 可见阮氏文人主要信奉道家的出世思想，追求玄旨，崇尚自然，任性使气，追求岿然独立的人格。

二 阮氏文人至真与至慎的矛盾心态

尽管阮氏文人主张不与时事，但他们都先后在曹魏与司马氏政权中做过官。阮瑀做过曹操的丞相掾，阮籍虽因曹魏政权面临覆灭而屡次拒绝效力于曹魏，司马氏统治后他却做过从事中郎、散骑常侍、步兵校尉等职务；阮瞻、阮孚、阮放都做过散骑常侍、太子舍人等官职。这是否可以说阮氏文人并非不问世事，或者像有人所说阮氏文人的为官是时势使然呢？我们只要分析一下阮氏文人的生死观和处世态度，便可以知道他们的为官，其实是对自身的一种保护。他们在经历了一连串的国破家亡、生离死别后，醒悟到人在自然面前是多么的渺小而可悲，人生的全部内容不过是从"颜如舜华晔有辉"到"盈数已登肌肉单"（陆机《百年歌》）的短暂而又痛苦的历程，因此对人生的绝望、哀叹成为他们的一种普遍心态。人终不免一死，生命又不可能无限延长，那么在有限的生命中充分地享受人生，实际上也就等于相对地延长了生命。

阮氏文人对生命重要性的关注，既表现在尽情纵酒，追求声色之美的享

① （唐）房玄龄等：《晋书》，中华书局，1974，第 1366 页。
② （唐）房玄龄等：《晋书》，中华书局，1974，第 1362、1363 页。

受上，也表现在对世事实行一种时曲时直的龙蛇之道上。阮籍《咏怀诗》第三十四首写道："一日复一朝，一昏复一晨。容色改平常，精神自飘沦。临觞多哀楚，思我故时人。对酒不能言，凄怆怀酸辛。愿耕东皋阳，谁与守其真？愁苦在一时，高行伤微身。曲直何所为？龙蛇为我邻。"傅刚先生与韩传达先生皆认为此诗中"故时人"应为嵇康[1]，嵇康因"刚肠疾恶，轻肆直言"而被杀，更加深了阮籍对现实的失望，既然无人与其"守其真"，就只能不论曲直，唯效龙蛇蛰以存身了。因为以天下兴亡为己任的人文精神已经深植于阮氏家族文人心中，所以要他们完全脱离社会，忘怀国事，隐居于林泉之下，是不可能的，因而阮氏文人的出世态度也不同于前世与后世的隐士，而是采取一种佯狂避世的迂回战术，所谓"喜怒不形于色"，"发言玄远，口不臧否人物"[2]。阮籍之所以能拒绝司马昭的联姻而不致罪，就因为他有"醉六十日"的狂态，而"钟会数以时事问之，欲因其可否而致之罪，皆以酣醉获免"[3]。《世说新语·任诞》记载："阮籍遭母丧，在晋文王坐进酒肉，司隶何曾亦在坐，曰：'明公方以孝治天下，而阮籍以重丧，显于公坐饮酒食肉，宜流之海外，以正风教。'文王曰：'嗣宗毁顿如此，君不能共忧之，何谓？且有疾而饮酒食肉，固丧礼也。'"《晋书·阮籍等传》也记载："（阮孚）终日酣纵，恒为有司所按，帝每优容之。""（阮孚）尝以金貂换酒，复为所司弹劾，帝宥之。"看来社会对待狂人毕竟还是宽容的，统治者也认为狂放不羁并不会直接影响到自己的切身利益。所以，尽管晋武帝曾以阮咸耽酒虚浮而不任用，但并未多去追究他。可以说，正因为阮氏文人"毁行废礼，以秽其德"，才使"崎岖人世，仅然后全"。阮氏家族文人除阮修为贼所害、阮瞻病死于30岁左右外，其他人都是寿终正寝。这便是他们奉行这种"龙蛇之道"处世态度的结果。在当时黑暗的统治下，一个正直文人如不同流合污、与时俯仰，就难免要遭到迫害甚至杀身之祸，阮籍的好友嵇康便是由于祸从口出

---

① 傅刚：《魏晋南北朝诗歌史论》，吉林教育出版社，1995，第74页。
② （唐）房玄龄等：《晋书》，中华书局，1974，第1360页。
③ （唐）房玄龄等：《晋书》，中华书局，1974，第1360页。

而惨遭杀害，而苟容趋世，又为正直文人所不取，在这种情况下，狂放不羁便成了文人保全自己，坚持自己独立人格，发表自己政治主张的一种策略与手段，故而阮氏文人外在行为上的明哲保身实际上是一种痛苦的选择。阮瑀效力曹氏政权后仍时时感到"常恐时岁尽，魂魄忽高飞"。阮籍曾经"率意独驾，不由径路，车迹所穷，辄恸哭而反"，他在《咏怀诗》中还写有"终身履薄冰，谁知我心焦"。阮裕"终日颓然，无所错综"。可见他们内心隐藏着巨大的痛苦和忧伤，他们的狂放不羁是不得已而为之，是一种极端的人格分裂。正因为阮氏文人的放达不只是单纯的越礼惊俗，也不仅仅是外在的明哲保身，他们的风范才为千百年来文人所仰慕。

史传中记载了许多阮氏文人蔑视礼法、旷达放荡的事件："籍嫂尝归宁，籍相见与别。或讥之，籍曰：'礼岂为我设邪！'"① 好一个"礼岂为我设邪"！正是这种蔑视礼法名教、追求我行我素的率真与对自我的肯定体现于阮氏文人的行动中，而使其形成一种任心适志、超脱旷达的心态。阮籍可以非常自然地醉卧邻家美妇之侧而不被其夫怀疑；阮咸则在母丧守孝期间，纵情越礼，放马去追自己喜欢的婢女，并"与婢累骑而还"。在男女之大防的魏晋，这些行为确实狂放无礼至极，然而他们皆心地磊落，把享受与率直置于礼法之上，不矫情作态。阮氏文人正是通过这些看似荒唐、乖僻的放达行为，来表现自己的真性情，反对当时虚伪礼教对人性的扭曲的。他们都十分崇尚任心适志的人格精神，这也是玄风吹拂下的个性解放思潮的具体体现。当然，他们的任情越礼是与他们奉行的韬晦之术相统一的。正如后人评价阮籍是一位"既知性情至真之可贵，又知处世至慎之必要的人"②，可以说，至真与至慎的矛盾与统一是阮氏文人心态的一个重要方面。

三　阮氏文人的狂放心态

阮氏文人由于对生命苦短的感慨，对死之可期的恐惧，滋生了对生命的

---

① （唐）房玄龄等：《晋书》，中华书局，1974，第1366页。
② 韩经太：《心灵现实的艺术透视》，现代出版社，1990，第99页。

无限珍视，由此而产生了狂放心态的另一种形式：置一切礼法道德于不顾，无所顾忌地纵情肆志，追求享受。最能体现这种人生态度的莫过于阮氏文人的饮酒之风。阮籍因"闻步兵厨营人善酿，有贮酒三百斛，乃求为步兵校尉"；阮修"以百钱挂杖头，至酒店，便独酣畅，虽当世富贵而不肯顾"；阮孚"尝以金貂换酒，复为所司弹劾"。① 这简直是一种以酒为命的放达行为，而其心理状态便如张翰所说："使我有身后名，不如即时一杯酒。"地位、功名，一切都是假的，只有眼前的享受才是实实在在的。可以说人生无常的感受加剧了魏晋时的饮酒之风，"何以解忧，唯有杜康"。《世说新语·任诞》记王忱说："阮籍胸中块垒，故须酒浇之。"以阮籍为首的"竹林七贤"之得名，便与嗜酒有关，因"七人常集于竹林之下，肆意酣畅，故世谓'竹林七贤'"。② 阮氏文人的嗜酒无度是一种典型的狂醉心态，这种狂醉心态不仅是他们把声色享受放在礼乐名教之上的具体体现，也是他们以酒保护自己、施行韬晦之术的手段。阮籍曾因醉六十日而委婉拒绝了司马氏的联姻，也因狂醉而躲过了许多次所谓礼法之士的迫害；阮孚也因饮酒无常而多次在被弹劾之际转危为安。于是，陶醉于酒精的麻木作用之中，把自己变成一个狂人，便成为阮氏文人在高压统治下保全性命的处世之道。史传中把阮氏文人分为道北诸阮、道南诸阮，"北阮富而南阮贫"。所以阮修、阮孚等北阮便以百钱挂杖头去饮酒，以金貂换酒，这更多体现了一种"为欲尽一生之欢，穷当年之乐"的享乐精神。而阮咸等南阮则更多地把酒作为一种返归自然至境的媒介。《晋书·阮籍等传》记载："诸阮皆饮酒，咸至，宗人间共集，不复用杯筋斟酌，以大盆盛酒，圆坐相向，大酌更饮。时有群豕来饮其酒，咸直接去其上，便共饮之。""（阮孚）蓬发饮酒，不以王务婴心。"不仅弃杯围瓮、相向大酌、蓬发污面，而且时有群猪来饮。这是一幅何等生动的人猪共饮图。它反映出人在酒精的麻醉与刺激下，摆脱了对现实的正常反应能力，本然的

---

① （唐）房玄龄等：《晋书》，中华书局，1974，第1360页。

② （南朝宋）刘义庆：《世说新语》，广西民族出版社，1996，第100页。

东西便表现出来了。阮氏文人旨在追求一种弃绝文明返归原始自然的真的境界，用率真坦白的态度处世，任自己的性情在生活与艺术中展开，无视当世与后世的毁誉，这正如"竹林七贤"中刘伶裸袒箕踞，自以为庭堂是其衣裤一样，是一种物我为一的自然境界。阮籍在母丧后狂饮泣血，确是"当其得意，忽忘形骸"，这种"忽忘形骸"，便是一种"物我两冥"的境界，是对外界社会、人生痛苦的一种忘却。由此，他们便进入一种"由老庄哲学出发的自然的艺术的和谐境界"。① 对于阮氏文人来说，嗜酒与狂放、屈为人官，都可以说是在当时恶劣的政治环境下保持自己率真自然、潇洒脱俗的人生态度的一种手段。"对于他们的任真自然，饮酒实在是一种很好的寄托和表现的方法。"②

中国有句老话：上有所好，下必甚焉。同样可以说，先有所好，后必甚焉。阮氏家族中几代文人之所以有许多共同的人生态度，是与后辈对阮籍、阮咸等先辈的效仿分不开的，"魏末阮籍，嗜酒荒放，露头散发，裸袒箕踞。其后贵游子弟阮瞻、王澄、谢鲲、胡毋辅之之徒，皆祖述于籍，谓得大道之本"。③ 但阮瞻、阮孚、阮修等人的嗜酒狂放、不拘礼法则多追求一种表面上的狂态、通脱，他们没有完全理解阮籍放达的精神实质是别有怀抱，也就失去了阮籍人生态度中痛苦而执着的精神追求，成为一种为放达而放达的模仿行为。《世说新语·任诞》记阮籍的儿子阮浑："风气韵度似父，亦欲作达，步兵云：'仲容已预之，卿不得复尔。'"刘孝标注引《竹林七贤论》："籍之抑浑，盖以浑未识己之所以为达也。"因为阮籍深知，这种外在的旷达，是为了掩盖内心极度的痛苦，也即以酒避祸，所以他不愿意再让儿子重蹈自己的覆辙，在情感的煎熬中获得审美快感。

四 阮氏家族文人心态形成的原因

阮氏文人的狂放心态，既与当时社会风云变幻、朝代更替有直接关系，

---

① 王瑶：《中古文学史论》，北京大学出版社，1998，第 174 页。
② 王瑶：《中古文学史论》，北京大学出版社，1998，第 174 页。
③ 余嘉锡：《世说新语笺注》，中华书局，1983，第 24 页。

也与"人的自觉""文学自觉"的个性解放思潮互为表里，亦与当时社会习俗息息相关。

　　魏晋士族阶层追求一种清峻通达之风，"晋惠帝元康中，贵游子弟相与为散发裸身之饮，对弄婢妾，逆之者伤好，非之者负讥"①，"指礼法为流俗，目纵诞为清高"②。可见，社会风气为士族的通脱、放达提供了有利的条件。邓粲《晋纪》中记载了这样一件事："王导与周凯及朝士诣尚书纪瞻观伎，瞻有爱妾，能为新声。凯于众中欲私通其妾，露其丑秽，颜无怍色。"这个周凯是当时有名的方正清操之士，却在大庭广众下大出其丑，而竟然无怍色，确是"习俗移人，贤者不免"。既然贤者都不免，更何况这些有道家的避世思想，"非汤武而薄周礼"的阮氏文人呢！魏晋士人往往喜欢特立独行，标新立异，余英时先生认为，魏晋"有高名之士，必当有异行……士之欲求名者，势必争奇斗妍，各求以特立独行超迈他人"。③从这个意义上说，阮氏文人的惊世骇俗，虽然有时显得出格，但放在魏晋这个特定的历史时期，却能为当时的社会心理所接受与理解。

　　魏晋时代重才学、重精神的观念也对阮氏文人的狂放行为起了重要的作用。从曹操的"唯才是举"，到徐幹的重才轻德，给汉代的德重于才的观点以强烈的冲击。魏晋名士好品评人物，品评人物尤重才性，天才宏赡者则其精神也高彻，因而评论人物又重神味。《晋书》本传载阮籍"傲然独得，任性不羁"，"当其得意，忽忘形骸"，阮氏家族中这种纵情任性的风度，到西晋的阮氏后人身上，更体现为一种玄妙而超脱的风韵，这也是其家族文化传统顺应时势而发生的一些转变。王衍问阮修名教与自然的异同时，阮修曰："将无同。"这种玄妙而简约的应对被时人目为妙对。④《世说新语》评价阮浑"器量弘旷"，阮瞻"虚夷有远志"，阮孚"爽朗多所遗"（《赏誉》），阮裕"弘

---

① （南朝梁）沈约：《宋书》，中华书局，1974，第883页。
② （唐）房玄龄等：《晋书》，中华书局，1974，第2346页。
③ 余英时：《士与中国文化》，上海人民出版社，1987。
④ （南朝宋）刘义庆：《世说新语》，广西民族出版社，1996，第65页。

润通长"(《品藻》)。阮氏文人体现出的这种爽朗超越,旨在追求心神之超然无累,是老庄"虚淡"、儒家"中和"境界的综合体现,这种人生态度是与魏晋重才学、重神韵的时代风尚一脉相承的,故而在他们做出种种有悖于一般社会道德规范的狂放行为时更少受社会的约束和谴责。阮氏文人的狂放心态与一般的名士清狂不尽相同,它有深沉的精神内涵,从他们身上表现出的那种任诞放达以存至真的文人心理,及其对伪善的礼教的反抗,对个体自我的肯定,有无法埋没的价值,并成为后世文人刻意效仿的风度范式。

第二节　阮籍《咏怀诗》的意象组合

　　意象是诗人主观感情与客观物象的组合。《周易》曰"圣人立象以尽意",认为言不尽意时,可由象来表达,即用象征性事物表达思想感情,但这里所说的"意""象"二字还是分裂的。最早将"意""象"连用的是刘勰:"玄解之宰,寻声律以定墨;独照之匠,窥意象而运斤。"从此意象便成为文学作品尤其是诗歌特有的内部材料,是诗人感情与客观物象的有机结合,也是诗人自己独特风格的重要组成部分。

　　魏晋诗人阮籍身处乱世,在曹魏政权与司马氏政权的交替斗争的夹缝中生存,内心对曹魏集团政治的腐朽与司马氏的篡权、专制充满了愤慨,这种强烈的愤慨需要适当的形式表现出来,但在司马氏推行高压政策的社会背景下,并未完全脱离仕途的诗人无法做直白的表述,所以,他的诗歌代表作八十二首《咏怀诗》采用了隐曲、迂回的表达方式。"言在耳目之内,情寄八荒之表。"鲁迅先生认为:"许多意思是隐而不显的。"既然要隐而不显,就必然要借助于一系列意象来做象征性的表述,阮籍《咏怀诗》可以说意象层出不穷。那么,这些意象是如何有机地组合在一起的?而这些组合又是如何更好地体现阮籍诗的艺术特征的呢?这是下文要表述的内容。

一　用象征的方式组合意象

同中国古代许多文人一样，阮籍少年便有济世之志，但诗人身处政治黑暗时代，大批正直士人被杀，使阮籍在对仕途失望之余，渐渐把早年的锋芒隐藏了起来，立身谨慎，"口不臧否人物"。但他内心既十分痛恨司马氏的篡权，又对自己的两难处境感到非常痛苦，这种浓烈的愤慨之情体现在诗歌创作上，首先便是诗人极善运用象征的手法来组合意象，诗中出现的神话故事、历史人物、客观物象都具有象征性，在这些象征意象中，诗人注入了自己的内心感慨以及对理想的追求。《咏怀诗》其六云：

> 昔闻东陵瓜，近在青门外。连畛距阡陌，子母相钩带。五色曜朝日，嘉宾四面会。膏火自煎熬，多财为患害。布衣可终身，宠禄岂足赖？

诗写汉人邵平在秦朝为东陵侯，秦亡后成为平民，在长安城东种瓜自给，末句"布衣可终身，宠禄岂足赖？"体现了作者渴望摆脱尘世的羁绊，避祸全身的思想。历史人物意象在阮籍诗中出现最多的首先是备受后世隐者推崇的伯夷、许由、邵平这一类隐士，"下有采薇士，上有嘉树林"（其九），其次是为追求理想而不懈努力的孔子、屈原、齐景公等历史人物，"齐景升丘山，涕泗纷交流。孔圣临长川，惜逝忽若浮"（其三十二）。这两种人物身上体现了诗人内心极端的矛盾心理——既执着于人生理想又渴望隐居避祸，是诗人困惑的生命形态的体现，这些历史人物意象作为诗人理想的象征进入诗人笔下，成为诗人托寓内心感受的载体。

黑格尔说："象征一般是直接呈现于感性观照的一种现成的外在事物，对这种外在事物并不直接就它本身来看，而是就它所暗示的一种较广泛较普遍的意义来看。"[①] 阮籍诗歌中作为象征的意象是多方面的，他深感现实世界的不可把握、生命的短促与易逝，便把虚幻的神仙世界作为追求理想的象征，

---

① ［德］黑格尔：《美学》（第二卷），商务印书馆，1981，第10页。

于是诗歌呈现出奇异的浪漫色彩，大量的神话故事、仙界人物组成了庞大的意象群：

> 二妃游江滨，逍遥顺风翔。交甫怀环佩，婉娈有芬芳。（其二）

> 焉见王子乔，乘云翔邓林。独有延年术，可以慰我心。（其十）

> 西方有佳人，皎若白日光。被服纤罗衣，左右佩双璜。（其十九）

> 昔有神仙者，羡门及松乔。噏习九阳间，升遐叽云霄。（其八十一）

这里，王子乔、赤松子、羡门、二妃、佳人等都是诗人着意刻画的仙界人物，这些人物与神界特有的物象"兰房""露霜""邓林""扶桑""飞龙""琼华"等，组成一个色彩斑斓又玄虚缥缈的神仙世界，诗人驾驭着这些神奇的意象让自己的思绪在超现实的世界中纵横驰骋，使诗歌充满了瑰丽的浪漫色彩，也使阮诗在沉重之中具有一种飘逸的感觉。现实生活越是让诗人感到黑暗、压抑，他笔下的理想天国就越发光明、自由。可以说，这类后世称为游仙诗的作品是诗人现实苦难生活的一种虚幻的解脱，但诗人很快就认识到仙界的渺茫而不可期：

> 采药无旋返，神仙志不符。逼此良可惑，令我久踟蹰。（其四十一）

> 乘云御飞龙，嘘噏叽琼华。可闻不可见，慷慨叹咨嗟。（其七十八）

这种"可闻不可见"的感慨象征着诗人的矛盾和困惑，明知仙界缥缈虚幻，却又心向往之，无从实现又无法忘怀，最终只能从幻想的驰骋中跌落，明白虚幻的求仙摆脱不了现实中的生命危机，同时也象征着理想的破灭。

客观的自然景物作为象征意象在《咏怀诗》中体现得也很充分。诗中所写嘉华之零落、野草之凝霜、皋兰之披露、孤魂之悲鸣都有象征意义，诗人通过这一系列特定景物描写，曲折含蓄地表达了对现实生活、人生理想的深沉感慨：

步出上东门，北望首阳岑。下有采薇士，上有嘉树林。良辰在何许？凝霜沾衣襟。寒风振山冈，玄云起重阴。鸣雁飞南征，鹍鸡发哀音。素质游商声，凄怆伤我心。（其九）

诗写诗人远望首阳山，向往在嘉树林中过采薇士的生活。首阳山是殷末贤人伯夷、叔齐饿死的地方，阮籍诗中屡屡提及这一地方，本身就是一种象征，象征诗人企求超脱世事的愿望。而第五句笔锋一转，诗人面对现实，却到处充满了"凝霜""寒风""玄云""重阴"。这里诗歌的调子急转直下，感情的跳跃幅度很大，这些趋于凄惨、孤独的景物描写，便是诗人在现实社会中人生磨难的象征。在这首诗里，景物描写给我们展示了两个不同的世界，通过景物所具有的象征意义体现了诗人对现实黑暗的排斥，对自由生活的向往。朱自清称阮籍是建安以来使用楚辞式的香草美人譬喻作诗的诗人，的确，阮籍诗歌很少直言现实人事，而是蓄意于言、象之外。不管是同类景物的组合，还是不同感情色彩的意象的组合，其通过象征手法传导给读者的要比景物本身的含义大得多。因为不管是寒风、重阴，还是皋兰、修竹，在诗中都已不单单是客观存在的风景，而是诗人精神体认的心造物象，在这些心造物象中，渗透了诗人浓烈的个人感情，同时又以它特有的象征意义，体现了现实社会的混乱与黑暗。

二　用对比的手法组合意象

《咏怀诗》虽隐曲难解，但通过各种客观意象体现出来的爱憎、褒贬还是很分明的，这在于诗人善于用对比的手法组合意象。诗中出现了许多相反的意象，既揭示出诗人对事物、对社会的不同看法，也显示了诗人内心不可排解的矛盾，从而从多角度展示诗人的内心世界：

昔年十四五，志尚好诗书。被褐怀珠玉，颜闵相与期。开轩临四野，登高望所思。丘墓蔽山冈，万代同一时。千秋万岁后，荣名安所之？乃悟羡门子，噭噭今自嗤。（其十五）

诗中出现了两组相反的意象——儒学之士与玄学之士，即颜回、闵子骞和羡门子。诗开头追忆少年时代以自甘贫贱、好学深思的孔门弟子颜、闵为效法的对象，信仰儒学，可是诗人目睹了社会的动荡不安和统治阶级之间残酷的权利之争，思想发生了很大的变化，因为开轩、登高所见——高高低低的山冈上布满了坟墓，生命都会转瞬消失，荣名也就毫无意义，所以便悟出了羡门子之流所以要超脱世事的原因。这首诗写的是今昔志趣的不同与诗人思想的转变，而这一主题则是通过对比意象的组合体现出来的。

同样，在《咏怀诗》第八首中写道："宁与燕雀翔，不随黄鹄飞。黄鹄游四海，中路将安归？"燕雀与黄鹄历来象征志向的卑微和远大，诗歌通过这两个相反意象，真实地展示了诗人内心的困惑和矛盾。黄鹄的志向本是诗人所渴望的，但效法黄鹄就会招来祸害，便会失去归路，无奈之下只好选择像燕雀一样卑微了。困惑着阮籍的不仅仅是人生无常、世事难以预测，还在于阮籍本身体验到"登昆仑而临四海"的"超遥茫渺"，《咏怀诗》第三首写道："嘉树下成蹊，东园桃与李。秋风吹飞藿，零落从此始。"自然界的繁华也是极其短暂的，一旦秋风吹来，零落与憔悴则不可避免，自然与人生都是如此的不可把握，变化无常。

《咏怀诗》中对比意象的运用非常普遍，如"多财"与"布衣"（其六），"穷达士"与"景山松"（其十八），"庄周子"与"雄杰士"（其三十八），"孔丘"与"渔父"（其三十二），等等，阮籍诗歌通过一系列对比的意象组合，既表达了诗人对各种事物的不同看法，又体现了诗人思想发展变化的轨迹，而更多的是写出了诗人内心的困惑、矛盾：企望"一飞冲青天，旷世不再鸣"，却只能"岂与鹑鷃游"（其二十一）；想要"飘摇云日间"（其四十一），却"天阶路殊绝"（其三十五）。

既不能像嵇康那样从容峻切，又不可能如陶渊明那样平和、冲淡，阮籍的生命形态是一种因苟合于乱世而付出了痛苦代价的被扭曲的生命形态，"终身履薄冰，谁知我心焦"便是诗人心态的真实写照。对比意象的组合，使阮籍诗歌呈现出一种不和谐、不均衡的反复凌乱，因而也呈现出一种独特的美学风貌。

三　用叠加的方式组合意象

诗歌的章节复沓形式，早在《诗经》中已是一种重要的章法结构形式。当然，《咏怀诗》中意象的叠加已完全不同于《诗经》的单纯的复述和字词的变化，诗人不仅善于捕捉具有不同感情色彩的物象，而且善于将某些具有相同指向的物象叠加起来以制造一种特定的情感气氛：

> 夜中不能寐，起坐弹鸣琴。薄帷鉴明月，清风吹我衿。孤鸿号外野，翔鸟鸣北林。徘徊将何见，忧思独伤心。

这是《咏怀诗》中第一首诗，也是整部诗中具有典型意义的一首诗。诗中有不寐弹琴的自我和清风、明月、孤鸿、翔鸟，这些意象传递出的是相同的艺术境界，即孤独、忧思、徘徊、伤心。最后一个"独"字总结全诗，点明诗人的心境，表现出诗人忧嗟悲愤不可尽言的情怀。

再看第三首：

> 嘉树下成蹊，东园桃与李。秋风吹飞藿，零落从此始。繁华有憔悴，堂上生荆杞。驱马舍之去，去上西山趾。一身不自保，何况恋妻子。凝霜被野草，岁暮亦云已。

此诗写了零落的嘉树、憔悴的繁华、凝霜的野草、自然界的岁暮，这些相近的意象传导出人生的飘零之感与命运的深不可测。

在《咏怀诗》中相近意象的叠加比比皆是，可以说，诗人在诗中创造了一个与自己当时心境完全吻合的艺术境界，从而使诗歌的情感指向更加集中，诗歌也因此而增加了厚重感。不仅仅是某些单个的篇目，就整部《咏怀诗》而言，这种意象的重复使用现象也比较突出。《咏怀诗》大部分内容体现了诗人孤独、忧愤的心境，所以，诗中出现最多的是能体现诗人这种特定情怀的意象，如写风有清风、秋风、寒风、朔风等，写鸟有孤鸿、寒鸟、孤鸟、翔鸟等，写云有青云、玄云、浮云等，写霜有凝霜、秋霜、露霜、微霜等，写日又多特定指向为落日，有"白日忽蹉跎""白日忽西幽""灼灼西隤日""忽忽朝日隤""日夕望西山""日暮思亲友""日夕难咨嗟"等。就意象出现的频率而言，出现最多的也是落日、凝霜、旷野、孤鸟这类意象，与此相联系的体现诗人同类情绪的词语如"徘徊""憔悴""凄怆""寂寞"等也是出现频率最高的词。这些特定的意象色调灰暗，境界寂寥。

人生太多的苦难，社会过大的动荡，对外面世界的厌恶与畏惧，使诗人的视角幽闭内敛，注重内心对物象的感受，所以，阮诗中的客观物象并不是现实中的景物，而是作者心造的物象。与上述意象相呼应，诗中还反复出现一种抒写作者在现实生活中找不到出路的"失路"意象："失路将何如？"（其五），"中路将安归"（其八），"杨朱泣歧路"（其二十），"出门临永路"（其十七）。其中有对贸然入仕、误入歧途的懊悔，有面对茫茫旷野无从择路的痛苦，是阮籍"进退失据"心态的真实写照。

另外，阮籍往往在对现实极度失望后，转向神仙世界，意象的叠加在这部分中也是很突出的。《咏怀诗》写了许多诗人企慕、追寻的神仙，如赤松子、王子乔等，以及仙界景物幽兰、琼华等，在这部分内容中诗人反复运用"逍遥""翩翩""俯仰"这些描写动作的词汇写诗人在仙界自在地畅游。游仙本来也是《咏怀诗》的一部分重要内容，尽管诗人并不可能真正超越世俗，但对神仙的渴望正体现了诗人追求光明、美好境界的情怀。上述《咏怀诗》中以叠加的方式组合的两类意象在对现实人生的忧患意识中揉进了仙界的玄秘色调，使诗歌具有沉痛幽深又宏放飘逸的双重特点。

四　景物意象与议论的有机结合

在阮籍生活的魏晋时期，纯粹的成熟的写景诗还没有出现，景物描写只是作为一种象征手法为诗歌的抒情服务，《咏怀诗》名曰"咏怀"，可见主要抒发内心的感慨，景物只是有助于咏怀的客体。《咏怀诗》中有些诗直接抒发感受，有些则通过景物意象的特定指向引发抒情、议论，景物为议论所设，议论又进一步阐述了景物所指的含义，二者很好地组合起来。第三首"嘉树下成蹊"前六句写景，从桃李的零落、华堂的荒芜这些自然界不可避免的盛衰无常中写出了一片紧张肃杀的气氛，象征政治形势的严酷，接着写"驱马舍之去，去上西山趾。一身不自保，何况恋妻子"，西山即首阳山，是殷末贤人伯夷、叔齐隐居处，由景物的特定指向引出了作者的行为指向——超脱世俗，归隐山林，接着引出议论部分"一生不自保，何况恋妻子"，这里驱马上西山的行为描述成为景物描写与议论部分的中介，使二者的组合极其自然。

《咏怀诗》其三十八写道：

> 炎光延万里，洪川荡湍濑。弯弓挂扶桑，长剑倚天外。泰山成砥砺，黄河为裳带。视彼庄周子，荣枯何足赖？捐身弃中野，乌鸢作患害。岂若雄杰士，功名从此大。

与《咏怀诗》中大部分诗相比，这首诗气势恢宏，波澜壮阔，前六句写景，后六句议论。这里有两个典型的意象，即虽然达观，但终不能长荣不枯的庄周和以挂弓扶桑、倚剑天外为怀抱的雄杰士。作者否定前者肯定后者，指出无论如何超脱的人在大自然的漫漫旅途中都是渺小的，只有雄杰士的功名才是伟大的，而雄杰士也即作者在《大人先生传》中所描写的"飘摇于天地之外，与造化为友"的"大人先生"，它反映了诗人追求的最高境界。诗中景物意象完全服务于议论部分，为议论部分中作者的思想倾向做铺垫。事实上，《咏怀诗》重在咏怀，景物作为陪衬本来就是咏怀的一部分，二者并不能分而论之。笔者以为，《咏怀诗》情感的抒发，往往由作者心造的景物意象生发开来，就景物的象征意义发表议论，有时景物意象本身就有一种哲理性，就是议论的组成部分，而议论部分只是做了进一步的说明。

总的来说，阮籍打破时间与空间的界限，以相当灵活的方式组合意象，现实与历史自由转换，实景与虚景交相融合，许多意象非一时之人，也非一地之景，逻辑上没有必然联系，却以其感情的发展为脉络，使其组合极其自然。此外，阮籍诗歌意象所隐喻的对象有很大的弹性空间，许多意象的所指所喻可做多种阐释，由此便拓展了诗歌的表现力与艺术空间，形成了"遥深"

的特点。魏晋诗歌追求诗歌的心灵化、个性化，阮籍诗歌以独特的意象组合，很好地体现了诗人隐约曲折、情致绵邈的诗风，为后世"咏怀"类诗歌创作提供了良好的典范。

第三节　阮籍《咏怀诗》中的"失路"意象

魏晋诗人阮籍的《咏怀诗》一直被认为是我国古代诗歌史上隐晦难解之作。钟嵘评价它："言在耳目之内，情寄八荒之表……厥旨渊放，归趣难求。"（钟嵘《诗品》）鲁迅先生也说："许多意思是隐而不显的。"（《鲁迅全集》第三卷）由此可见，《咏怀诗》有别于建安诗人"白骨露于野，千里无鸡鸣"的汉末实录般的社会写照，而是充分体现诗人个体的思想感情，完全个性化、心灵化的诗作。魏晋时期被后人称为"文学自觉的时代"，诗歌作为纯文学越来越要求高度的艺术性、充分的个性化。阮籍正是适应了这一潮流，精心构筑含蓄蕴藉、委婉唯美的诗风，特别善于运用各种精彩纷呈的意象曲折地表达其思想感情。但细读八十二首《咏怀诗》则可以看出其中最能体现诗人在残酷的黑暗现实中徘徊、苦闷、孤独无望心境的是其中一组"失路"意象，下面拟就这类意象做一阐述。

"失路"意象并非阮籍首创。早在先秦时期，《诗经·蒹葭》一诗中已成功地运用了这种意象。诗写主人公渴望见到"在水一方"的"伊人"，便设法通过各种方式去追寻、求索，但无论是顺流而下，还是逆流而上，总是可望而不可即。这里的"伊人"可以理解为恋人，也可以理解为作者追求的一种境界或理想人生，诗歌每章中出现的"蒹葭""白露"等意象，便是诗人寻而不得的失望心情的体现。屈原的《离骚》中"失路"的痛苦始终折磨着诗人："昔三后之纯粹兮……既遵道而得路。"这是屈原的政治理想，为了这种"美政"，诗人愿意"来吾导夫先路"，楚王却听信谗言，"羌中道而改路"。在屈原心中，国家的命运与自己的前途是相统一的，国家"失路"，诗人便也无路可走。曹植在《赠白马王彪》中写他在政治上的不得志心情，"霖雨泥我途，流潦浩纵横。中逵绝无轨，改辙登高冈"，诗人年轻时本是雄心万丈，期望有所作为，但在政治斗争中累遭挫折，前途渺茫。诗人正是用这种进退无门的"失路"意象，写出其心中愤慨之情的。可以说，"路"是古代诗文中经常出现的一种审美意象，诗人往往用现实的路比喻人生之路，用旅途的阻塞体现作者在人生征途上的艰难险阻。阮籍继承了前代诗人的这一传统，自觉地、成功地构筑了一系列"失路"意象，从而使《咏怀诗》成为诗人艰险生涯的象征。《晋书》本传载阮籍经常"率意独驾，不由径路，车迹所穷，辄恸哭而反"。"车迹所穷"之处，必不是理想所在，所以要"恸哭"，正因为没有通向理想的路可选择，才"不由径路"，"率意"并不潇洒，因为恸哭之后还得返回现实污浊的社会，何况又是"独驾"呢？可以说，这段记载作为阮籍诗中"失路"意象的重要参照，是诗人生命形态的真实写照。《咏怀诗》中的"失路"意象主要体现在以下几个方面。

一　对轻率入仕的悔恨与悲慨

阮籍自小受到儒家入世思想的教育，希望通过正当的途径出仕，有所作为，大济苍生，他在《咏怀诗》中写道："一飞冲青天，旷世不再鸣。"正是基于这种思想，阮籍进入了仕途，但现实的黑暗使他的思想有了很大的转变。汉末动荡时期，在改朝换代的权力之争中，无数正直士人惨遭杀害，阮籍是出身于高门士族的著名文人，自然成为统治者拉拢的对象。阮籍既不愿意与无行的统治者合作，又不得不为了保全生命虚与委蛇，在这种两难心境下，诗人深感生命危苦，人生无常，"丘墓蔽山冈，万代同一时。千秋万岁后，荣名安所之"（其十五）。济世之志难伸，隐居山林又不可能，阮籍诗歌多次写到这种进退两难的心境：

> 灼灼西隤日，余光照我衣。回风吹四壁，寒鸟相因依。周周尚衔羽，蛩蛩亦念饥。如何当路子，磬折忘所归。岂为夸誉名，憔悴使心悲。宁

与燕雀翔，不随黄鹄飞。黄鹄游四海，中路将安归。（其八）

诗人抒发感慨：宁随燕雀，不随黄鹄，并非为了得美名，而是唯恐一旦憔悴，徒然悲悔。诗人在这里看到了仕途的凶险，所以宁愿违心卑栖，也不愿有所作为，唯恐会因此"失路"而无所依归。因为这时代没有正直士人的济世坦途，徘徊于进退两难的"中路"，反而会给自己带来灾难，不如洁身自好，退安自屈。但作为魏末才华横溢的士人，无可奈何的仕途生活，使阮籍深感痛苦矛盾，懊悔不已：

> 平生少年时，轻薄好弦歌。西游咸阳中，赵李相经过。娱乐未终极，白日忽蹉跎。驱马复来归，反顾望三河。黄金百镒尽，资用常苦多。北临太行道，失路将如何？（其五）

这里"失路"的含义即走错道路。"太行失路"这个典故出自《战国策·魏策》：太行道上有一个人要去南方的楚国，却驱马向北而行，别人问他原因，他说，马好，资财多，又精于驭车。其实，条件越好，他离楚国就越远。诗歌借这一典故，叙述诗人少年时轻薄冶游，结交豪侠，致使岁月蹉跎，白白浪费了许多时光，并喻示当时轻率入仕，现在欲退不能，就像太行道上失路之人，南辕北辙。这里，黄金、资用象征诗人的学识过人，颇有志向，这些本来应该是诗人从仕的有利条件，但在那个特定的历史时期，反倒成为一种障碍，一种做错事的条件，所以诗人懊悔、苦闷又无法解脱。

《咏怀诗》体现的是一种忧愤躁动的情绪，诗人始终向往自我超越却无法超越，愤世之情溢于言表却无法真正忘世。可以说，上述这些心态的表达，正是借助于"失路"这一意象准确而形象地实现的。

二 象征诗人理想破灭、孤独失意的心境

《咏怀诗》中多处写到诗人济天下的理想追求。"昔年十四五，志尚好诗

书。被褐怀珠玉，颜闵相与期。"（其十五）回忆自己少年时代以自甘贫贱、好学深思的孔门弟子颜回、闵子骞为效法的榜样，希望通过正当的途径进入仕途，在贤君治天下的社会中有所作为。"愿揽羲和辔，白日不移光。天阶路殊绝，云汉邈无梁。"（其三十五）以羲和自比，愿像其一样成就事业，但天路殊绝，势所不能，这里"失路"意象体现了诗人理想的破灭。

《咏怀诗》中还有一些诗把对理想政治和理想人生的追求托之于美人："嘉时在今辰，零雨洒尘埃。临路望所思，日夕复不来。"（其三十七）"步游三衢旁，惆怅念所思。"（其四十九）"独坐山岩中，恻怆怀所思。"（其五十五）"出门望佳人，佳人岂在兹。"（其八十）关于诗人反复写到的"佳人""所思"，曾国藩曰："古人以不遇为不偶，《诗》、《骚》之称美人，皆求君、求友也。"（曾国藩《十八家诗钞》）作为一个饱读诗书，具有治国之略的士人，所怀、所望、所念的当然应当是自己从少年时期就念念不忘的理想追求。《晋书》曰："籍本有济世志，属魏晋之际，天下多故，名士少有全者，籍由是不与世事，遂酣饮为常。""酣饮为常"是诗人暂时的狂放、解脱，其实对济世之志诗人是念念不忘的，诗中与"所思""佳人"相联系的总是"惆怅""辛酸""恻怆"等，可见诗人对志向的无法实现何等忧伤。"大哀在怀，非恒言所能尽。"（陈伯君《阮籍集校注》）《晋书》载阮籍不认识死去的兵家女，但闻其有才便径直跑去痛哭一场，与其说是在哀悼死者，倒不如说是为自己感到悲哀，哀其社会多变。

阮籍《咏怀诗》中还多处写到诗人孤独惆怅的心情：

> 独坐空堂上，谁可与欢者？出门临永路，不见行车马。登高望九州，悠悠分旷野。孤鸟西北飞，离兽东南下。日暮思亲友，晤言用自写。（其十七）

诗中出现的意象"永路""旷野""孤鸟""离兽"都典型地写出了诗人孤独茫然、无所适从的心情。这一类意象是阮籍诗中出现最多的，"孤魂号外野，翔鸟鸣北林"（其一），"幽荒邈悠悠，凄怆怀所怜"（其二十九），"绿水扬洪波，旷野莽茫茫"（其十六），诗人常常借用这类具有特定情感色彩的意象描写悲戚人生，朔风严寒，寄迹茫茫旷野，孤独无依。在这里，悲鸣在茫茫旷野中的"孤鸟""离兽"，正是"失路"意象的充分体现。"多言焉所告，繁辞将诉谁？"（其十四）他感到世上没有志向操守方面的知音，没有圣明的君主可以依托，可以效力，更没有宽松的社会环境与生存环境，只能"发言玄远"，可见他时时刻刻都处在一种自我压抑的心绪中，"胸中怀汤火……终身履薄冰"（其三十三），在这种精神夹缝中生存，诗人的苦闷是不言而喻的。而诗人一生始终没有放弃求索、探寻，"驱马出门去，意欲远征行。征行安所如，背弃夸与名"（其三十）。现实中没有实现理想的途径，诗人往往转向仙界："愿登太华山，上与松子游。渔父知世患，乘流泛轻舟。"（其三十二）于是，《咏怀诗》写了许多游仙的感慨，仙界这一理想境界的自由、光明与现实人生的沉闷、黯淡、艰险形成了强烈的反差，但仙境毕竟是虚幻的，是诗人暂时的逃避之所，"逼此良可惑，令我久踌躇"（其四十一），茫茫旷野没有路，神仙世界也没有路，"失路"的痛苦时时折磨着诗人，最终，阮籍还是回到了现实中。阮籍一生一直在西晋政坛为官，他在对现实失望的同时并没有真正放弃自己的理想追求。

三　对人生无常、生存艰险的感慨

东汉末年，社会的极度混乱、统治者的腐败、接连不断的战争致使瘟疫流行，文士沉浸在一种对生命无常的恐惧之中，到正始时期，更加上司马氏的高压政策，正直文士大量被杀，人生的艰险就更加突出。这一点在《咏怀诗》中体现得也很充分，诗人常常感到自己像站在人生的十字路口，不知该如何选择：

> 杨朱泣歧路，墨子悲染丝。揖让长离别，飘飖难与期。岂徒燕婉情，存亡诚有之。萧索人所悲，祸衅不可辞。赵女媚中山，谦柔愈见欺。嗟嗟涂上士，何用自保持。（其二十）

诗的前两句出自《淮南子》："淮南子曰：杨子见歧路而哭之，为其可以南可以北；墨子见练丝而泣之，为其可以黄可以黑。"陈祚明解释此句："歧路素丝，无定者也，以比患至之无方。"（黄节《阮步兵咏怀诗注》）阮籍经历了汉末三国战乱和司马氏的代魏篡权，深感世事是如此变迁不定、翻覆无常、险不可测。在这种情况下，人也变得没有了法定的理想追求，可以随着环境的变化而变化。杨朱、墨子的悲哀，也正是阮籍的悲哀，"歧路"看起来似乎有多条路可选择，但实际上是一种"失路"，因为正确的路只能有一条。阮籍晚年替司马氏写《劝进笺》，无可奈何地卷进了"禅让"事件之中，诗末"嗟嗟涂上士，何用自保持"正是对这种无可奈何的慨叹。

唐人李善说："嗣宗身仕乱朝，常恐罹谤遇祸，因兹发咏，故每有忧生之嗟。"（李善《文选注》）对生命短促、人生无常的感伤和对现实的无法忘怀，使忧愁焦虑成为《咏怀诗》的主旋律。在阮籍之前，还没有一位诗人把人生写得如此沉闷，如此黯淡。《咏怀诗》充分体现了诗人内心世界的焦虑、痛苦、伤感、恐惧，"朝阳不再盛，白日忽西幽"，"丘墓蔽山冈，万代同一时"，诗中一再出现的夕阳、坟墓等意象，写出诗人对死亡的格外关注，其中尤其关注意外的灾难："但恐须臾间，魂气随风飘。""胸中怀汤火……终生履薄冰"，这里，"薄冰"一词作为"失路"意象的体现，准确地写出了诗人万分悲凉、忧惧无际的痛苦心态。

阮籍的《咏怀诗》向人们展示了一个矛盾的个体情感世界，时代未具备通过正常途径实现自己的政治理想的条件，而人又不能像神仙那样超越空间的界限，更不能超越时间而逃脱死亡的威胁，他既无法把握外界世事，也无法把握自己。但诗人始终向往纯洁、光明、美好的人生境界，并努力去追求它。"生命几何时，慷慨各努力"（其七十一），《咏怀诗》中也有这样的慷慨悲壮之音，可见，诗人在无路可走时仍在不懈地探索人生之路。

第四节　论阮籍诗歌重"意"与重"气"的美学追求

　　作为魏晋之际的著名玄学家、诗人，阮籍的创作深受玄学思想的影响，在诗歌创作中注重"意"的表达，用意象化的情感传达审美感受，使其诗歌具有了"遥深"的特征；同时，阮籍诗歌又与建安诗歌"慷慨任气"的风格一脉相承，具有重"气"之特征。这种重"意"与重"气"的风格特征，使他的诗歌具有了既含蓄朦胧又意动飞扬的美学风貌，使他成为魏晋诗坛独树一帜的著名诗人。

一　阮籍诗歌之"意""象"交融的美学追求

　　"言意之辨"这个玄学命题的起源应追溯到《周易》与《庄子》。《周易·系辞上》载："子曰：'书不尽言，言不尽意。然则圣人之意其不可见乎？'子曰：'圣人立象以尽意。'"《庄子·外物》云："筌者所以在鱼，得鱼而忘筌；蹄者所以在兔，得兔而忘蹄；言者所以在意，得意而忘言。"孔子、庄子都认识到语言的局限性，但孔子强调"立象以尽意"，庄子更强调"得意而忘言"。正始玄学继承了《易》《庄》之论，强调无"形"无"名"的"道"可以通过有"形"有"象"的"有"去把握。对于"象"的强调，促进了诗歌中意象的表达。阮籍是魏晋之际著名的玄学家，《晋书》本传称他"当其得意，忽忘形骸"，可见他在生活中便重神轻形，得意忘形。在美学思想上，他继承老子"大音希声，大象无形"的思想，提出了最高的美的价值存在于纯真自然、寂寞无为的心灵中的看法。他在《清思赋》中说："余以为形之可见，非色之美；音之可闻，非声之善。""是以微妙无形，寂寞无听，然后乃可以睹窈窕而淑清。"他认为玄学的最高境界便是摒弃了现实功利的心灵超越，文学创作更是如此，只有鄙斥凡近，排除俗念，才能"睹窈窕而淑清"，这与刘勰"陶钧文思，贵在虚静"的主张是一致的。

就阮籍的诗歌创作而言，重"意"的标志之一便是不追求语言形式的精雕细琢，而是"以天籁鸣之诗赋"，用自然的感情抒发来传导审美感受，但这种自然、天籁的感情抒发并不是直切鲜明的表白，而是借意象来传导情感。《咏怀诗》中意象的描写便深具情感化。诗人无意于塑造现实事物的具象形象，而只是从现实生活事件中抽象出一种感受，但对这种感受又不直言之，而是以大量的意象描写来阐发之。阮籍诗歌的意象精彩纷呈，构成许多具有整体意味的象征系列，如清露、寒风、凝霜、玄云、夕阳象征诗人忧伤、悲苦的心情，西山、首阳山、布衣、采薇士、渔父等隐者意象以及王子乔、赤松子、羡门子等仙界人物象征诗人渴望隐居弃世的理想，萱草、皋兰、修竹、朱草象征美好纯净的境界，而荆杞、荆棘则指向充满凶险的政治环境。这一系列意象群体现在《咏怀诗》中，从整体上传导出诗人在黑暗的现实面前徘徊、悲忧的心情以及对超脱、逍遥的仙隐境界的向往。

同样一种意象，在《咏怀诗》中又体现出不同的象征意义。如飞鸟意象是阮籍诗中出现频率最高的意象之一，它可分为三种类型：第一类是孤鸿、孤翔鸟、寒鸟，象征诗人孤独寂寞的心境；第二类为玄鹤、海鸟、黄鹄、凤凰等，象征有远大抱负并因高飞而可以远祸的理想人物；第三类是燕雀、莺鸠等，象征胸无大志的庸人。但这种看似类型化的整体意象又是不确定的。如第四十九首中的"高鸟摩天飞，凌云共游嬉"，高鸟则比喻飞黄腾达之人；第八首中的"宁与燕雀翔，不随黄鹄飞"，第四十首中的"莺鸠飞桑榆，海鸟运天池"，燕雀、莺鸠则象征甘甘淡泊、不求闻达的智者。这种意象的不确定性，反映出诗人内心的矛盾。"黄鹄游四海""海鸟运天池"固然可羡，但若因此而招致祸患，将会失路而无所归依，所以，只好用庄子的适性自足而自慰。

阮籍诗歌中这种"象"的多义性，是正始玄学会通众象合义而象征的哲学思辨的体现。《咏怀诗》中的意象本身蕴含着丰富的内涵，但并不能把它们与具体的现实人事相对应。"象"虽然是具体的、有限的，但其中蕴含的"意"则是丰富的、多义的。证之于诗人的人生经历，可知特定的历史环境使阮籍不能直抒胸臆，故而他只能在心理上远离现实人事，将情感思维寓于意象之中，这就使阮诗具有了多种解释的可能性。如《咏怀诗》的第一首自古便有多种解释，有人认为是八十二首之序诗，有人以为诗中意象纯为"赋景"，有人则认为"孤鸿，喻贤君孤独在外，翔鸟，鸷鸟，以比权臣在近，谓晋文王"。① 这种种比附虽有穿凿附会之处，却说明阮籍诗歌确实具有更大的延伸性，这也是阮籍诗歌之所以"难以情测""归趣难求"的原因所在。正如王夫之所言："不但当时雄猜之渠长，无可施其怨忌，且使千秋以还，了无觅脚根处。"② 事实上，读阮籍诗歌，不可拘泥于某一确指之义，许多研究者企图从阮诗中找出其讥刺曹魏集团与司马氏政治的蛛丝马迹，结果只能是牵强附会。《咏怀诗》虽重"意"，但并不指向某一确定之"意"。黄侃曾说："阮公深通玄理，妙达物情，咏怀之作，固将包罗万态，岂仅措心曹、马兴衰之际乎？"③ 这确实是十分准确的评述。

阮籍重"意"，主张"得意忘象"，追求诗歌的象外意，但又不弃绝"象"，故而他的诗歌形神合一，"意""象"交融。虽然诗歌的意象组合"反复零乱"，跳跃性很大，往往集悲、喜、古、今、仙、隐等意象于一首诗中，这些意象在逻辑上没什么联系，但贯穿始终的是诗人复杂的情感世界。有限的"象"引发出无限的"意"，并引发人们的审美感觉，使诗歌具有了深广的艺术感染力。

二　阮籍诗歌的生命之气

刘勰说"阮籍使气以命诗"，指出了阮籍诗歌重"气"的美学追求。阮诗虽隐晦曲折，却具有与"建安风骨"一脉相承的"慷慨任气"之特点。阮籍生逢乱世，壮志难酬的悲慨之气郁积胸际，不吐不快，但他不可能像建安诗人那样刚健、直切、鲜明，只能用曲折迂回的方式表达，故而，阮籍之"气"，不同于孟子所言之"养气"，而可以说是一种"积气"，是一种长期地、被动地郁积而成的情绪。它表现为一种深重的慨叹与悲忧的意气，其内

① 高步瀛：《文选李注义疏》（第一册），中华书局，1985，第 95 页。
② （清）王夫之：《古诗评选》卷四，中华书局，1975，第 129 页。
③ 陈伯君：《阮籍集校注》，中华书局，1987，第 209 页。

涵是饱经人生忧患的生命之气。

阮籍生活在魏晋交替之际，对于司马氏黑暗统治造成的对正直的知识分子的政治迫害，他感受很深，但特定的社会现实又使他无法远离统治集团权力之争的政治旋涡，故而内心郁积着极大的苦闷无处发泄，诗中充满一股郁闷之气。"胸中怀汤火，变化故相招。万事无穷极，知谋苦不饶。但恐须臾间，魂气随风飘。终身履薄冰，谁知我心焦。"（《咏怀诗》其三十三，以下只列序号）"对酒不能言，凄怆怀酸辛。"（其三十四）"多言焉所告，繁辞将诉谁？"（其十四）生命如此多艰，心灵备受煎熬，"轻肆直言"会招来祸害，至慎处世又不为人所理解，所以他常常"率意独驾，不由径路，车迹所穷，辄恸哭而反"。① 这种穷途恸哭的外显行为，体现于诗中便是孤独、焦灼、惶惑、痛楚之感受杂陈其中，形成一种强烈的郁闷之气。阮籍的痛苦还在于他深感时空无限，而人生苦短，壮志难酬，故而他的诗歌在对时空的慨叹中具有一种悲慨之气。阮籍是一个哲人，他能非常清醒地意识到时间与存在的永恒矛盾，故而他比同时代人更具有生命的悲剧意识，"朝为美少年，夕暮成丑老"（其四），"人生若尘露，天道邈悠悠"（其三十二），"飘若风尘逝，忽若庆云晞"（其四十）。生命苦短的感慨本为魏晋诗文的共同主题，阮籍则更能站在宇宙时空的高度体验生命价值，"去者余不及，来者吾不留"（其三十二），抒写一种处于广博天地时空的孤独感。这种理性的思考虽属于"意"，但久而久之，沉积于心，已经化为一种情感性的"气"而充溢胸中，这就是悲慨之气。人生不永，朝少暮老，严酷的政治形势又如凝霜之打杀野草。担心生命不能长久，也是诗人济世思想的流露，正因为济世与越世两种不同的人生观都强烈地存在于诗人心中，才有了阮籍对人生的无奈的悲慨。这种痛苦的感受欲说还休，千回百转，造成了《咏怀诗》"反复零乱，兴寄无端"的特点。

由于阮籍深感现实人生的郁闷与悲苦，故而对仙隐境界有强烈的向往。《咏怀诗》中有大量的企隐游仙之作，这些诗的存在又使阮诗具有一种清逸之

① （唐）房玄龄等：《晋书·阮籍传》，中华书局，1974，第1361页。

气。"驱马舍之去，去上西山趾。"（其三）"布衣可终身，宠禄岂足赖?"（其六）"渔父知世患，乘流泛轻舟。"（其三十二）"独有延年术，可以慰我心。"（其十）"愿登太华山，上与松子游。"（其五十）写尽仙隐之境界的超脱与美好。仙隐的境界本来就是魏晋玄学宅心玄远、超乎世界精神的体现，阮籍更希望借归隐、求仙来摆脱尘世的纷扰，寻求精神上的解脱。诗人沉浸在畅游仙隐之境的幻想中，似乎暂时忘却了人生的悲苦。"东南有射山，汾水出其阳。六龙服气舆，云盖覆天纲。仙者四五人，逍遥宴兰房。寝息一纯和，呼吸成露霜。"（其二十三）这里的神仙生活是如此的宁静和平、自在逍遥，令人心生向往之情。虽然诗人明白这种幻想境界是不存在的，"天阶路殊绝，云汉邈无梁"（其三十五），"采药无旋返，神仙志不符"（其四十一），但作为对理想境界的向往，这种企隐与游仙描写使诗歌呈现一种飘逸感。

阮籍"志气宏放"，响逸调远，其诗歌气象浑朴，专以气胜。诗中不仅有郁闷之气、悲慨之气、清逸之气，而且常在悲愤之中表达慷慨情怀，如"一飞冲青天，旷世不再鸣"（其二十一），"弯弓挂扶桑，长剑倚天外"（其三十八），"壮士何慷慨，志欲威八荒"（其三十九）。可见，诗人并没有因为人生的悲苦与郁闷而完全陷入消极之中，而是时有悲壮之气，尽管这种人生壮语在诗中出现不多，却是阮籍诗"极为高古"的充分体现。阮籍诗歌深具屈骚发愤抒情的美学精神，用跌宕起落的笔法抒写现实与理想的巨大反差，"和愉哀怨，杂集于中"，从而阮籍诗中体现的人生痛苦便不是轻烟薄雾的小感悟、小叹惋，而是一种强大、广博、异常深重的大痛苦、大悲哀，其中充满了意动飞扬的生命激情，也即生命之气。这种"气"，构成了强大的艺术张力，使阮籍诗歌具有鲜明的个性风格特征。

第五节　阮籍、嵇康诗歌中的孤独情怀与旷达清啸

建安诗人对音乐的描写以表现自然、表现音乐与人心悲怨之音的共鸣现

象为主，与之不同的是，正始诗歌中的音乐意象具有了深层次的象征意义。一方面，正始时期是中国历史上一个比较特殊的时期——魏晋交替的过渡时期，篡权的司马氏集团以其强大的统治力量直接制约、影响着当时的社会生活与社会关系。因此，从文人士大夫群体的人格层面来看，是否调适自我与怎样调适自我，是当时一个很大的人生话题。谨慎处事、发言玄远可以避开祸害，刚直不阿、直言进谏则会招来杀身之祸。在这种情况下，很多人写诗表达自己的情怀时，就要隐晦曲折，这是诗歌中象征意义产生的社会文化原因。另一方面，中国诗歌艺术发展到魏晋时期，逐渐走向艺术技巧和表现手法的成熟期。汉末无名氏的《古诗十九首》开始向含蓄蕴藉方向发展，"文温以丽，意悲而远"，讲求自然清丽、含意深远，其艺术水平有了很大的提高。建安诗人继承汉末古诗传统，以古乐府题写时事，对民间乐府质朴风格进行了文人化、艺术化的改造，尤其是曹丕、曹植对诗歌文人化的进程有很大的贡献。曹氏兄弟在乐府诗创作之外还写了大量的非乐府的徒诗，而且他们一改曹操古直质朴的风格，开创了清新明丽、词采华茂的诗风。曹丕在理论上提出了"诗赋欲丽"的主张，提倡诗赋的藻丽文饰。他们的诗歌创作，不仅在景物描写上细密、工致，而且在情感的抒发上倾向于个人化、细腻化、含蓄化。曹植则更讲究词采与对仗，注意炼字与声色，使其诗歌具有语言洗练、词采华美的特色。在写作技巧方面，曹植工于起调，托物起兴，富于想象，颇具气势，而且善于运用比喻、夸张、象征等手法，大大增强了文人五言诗的艺术表现力。建安之后的正始诗歌是继承建安诗歌文人化的趋势而又有所创新的。这种创新主要体现在象征手法的运用上。与建安诗人不同的是，正始诗坛的代表人物阮籍、嵇康是当时著名的玄学家，他们对玄学"言意之辨"的命题有独到而深刻的研究，所以便能够将玄学思维方式引入诗歌，为诗歌的抒情开辟一个新的天地。胡大雷先生在论述"言不尽意""得象忘言""得意忘象"等玄学思想对阮籍诗歌艺术的影响时有一段独到的见解：

　　　　诗歌本来即以形象来抒发情感，这种思想方法（按："得意忘言"

"言不尽意"等）在诗歌创作中的运用，深化了诗歌塑造形象的方法：第一，要求诗歌创作不只是塑造形象，还要突出更深更广的"意"（在这里，"意"包括情与理在内），钟嵘《诗品》称阮籍的诗"言在耳目之内，情寄八荒之表"，即有此义，因此，就要求诗歌更大程度地咏怀抒情。第二，既然"象"比"言"大，"意"比"象"大，那么，对"言"来说，"象"就有一种模糊性，不具体性；而对"意"来说，"象"又该是明晰的，具体的。只有把握住"象"的这种特征，才能追求到"意"。因此，就要求诗歌精心选择这种兼具"模糊"和"明晰"特征的"象"。《诗品》称阮籍诗歌"厥旨渊放，归趣难求"，刘勰《文心雕龙·明诗》称"阮旨遥深"，《文选》注称阮籍诗歌"文多隐避，百代之下，难以情测"，即是后人对阮籍诗歌"象"的模糊性的一种反响。而《文选》注又称阮籍诗歌"志在刺讥"，则又是对阮籍诗歌"象"的明晰性的一种认识。①

其实，不仅仅是阮籍，正始时代的许多作家都受玄学"言意之辨"思维方式的影响，他们都在诗歌中运用丰富的意象来表达对社会对人生的看法，抒发内心真实的情感。

一　独奏象征孤独情怀

《古诗十九首·西北有高楼》中的弹奏者便是一个孤独的独奏者。独奏形式成为诗人体现孤独情感很好的载体。这一意象在阮籍的诗中出现较多。阮籍原本就是一个较为孤僻的人。《晋书·阮籍传》载其"或闭户视书，累月不出；或登临山水，经日忘归"，"时率意独驾，不由径路，车迹所穷，辄恸哭而反"。阮籍所处的曹魏末期，是政治上较为黑暗的时期，世路险恶，人情淡薄，到处都是罗网和陷阱，时刻潜伏着生命危机，所以他倍感孤独，在现实

---

① 胡大雷：《中古诗人抒情方式的演进》，中华书局，2003，第 73 页。

生活中，他既无契友，也无同道，只能率意独驾，至径穷路绝、进退维谷之时，也只有彷徨无定，孤独忧愁。他的诗歌中充满了孤独感，"独坐空堂上，谁可与亲者"，"焉见孤翔鸟，翩翩无匹群"，"羁旅无俦匹，俯仰怀哀伤"，"人知结交易，交友诚独难"。《咏怀诗》第一首即写这种感受：

> 夜中不能寐，起坐弹鸣琴。薄帷鉴明月，清风吹我襟。孤鸿号外野，翔鸟鸣北林。徘徊将何见，忧思独伤心。

"夜中不能寐，起坐弹鸣琴"，看似随口道出的两句平淡之语，却表现了诗人焦灼、烦乱、不安的心境。已是深夜了，诗人想闭目安睡，心里却忧思百结，难以入眠，只好起坐弹琴。这里，"琴"似乎是诗人的朋友，弹琴则成了倾诉心中郁结的渠道。嵇康认为众器之中"琴德最优"，琴音可以代表自然之和谐精神，所以自然也便可作为人心与自然的审美中介。诗人看到了自然界中的"明月""清风""孤鸿""翔鸟"，这些具有清冷、孤独审美趋向的意象，是诗人内心忧伤的象征，而琴声成为沟通诗人内心情感与外在自然意象的中介。诗人试图借弹琴来慰藉痛苦的灵魂，但外界的威逼是如此的无孔不入，最后也只能怀着忧思独自伤心罢了。"中夜独奏"是汉魏诗歌中普遍存在的描写内容。建安诗人王粲《七哀诗》其二云："独夜不能寐，摄衣起抚琴。丝桐感人情，为我发悲音。"与阮籍同时代的刘伶也写了"长笛响中夕，闻此消胸襟"（《北芒客舍诗》）。可以说，这是当时诗人抒发情怀的一种独特的途径。

魏晋时期音乐的形式非常丰富，"啸"是一种特殊的音乐表达方式，它作为一种口哨音乐，并不是简单的口哨，而是合乎音律的一种艺术形式。阮籍善啸，其啸声与琴音能和谐相融，阮籍之啸在魏晋时期是相当有代表性的。《世说新语·栖逸》中有较为详尽的记载：

> 阮步兵啸，闻数百步。苏门山中，忽有真人，樵伐者咸共传说。阮籍往观，见其人拥膝岩侧，籍登岭就之，箕踞相对。籍商略终古，上陈

黄、农玄寂之道，下考三代盛德之美，以问之，仡然不应。复叙有为之教、栖神导气之术以观之，彼犹如前，凝瞩不转。籍因对之长啸。良久，乃笑曰："可更作。"籍复啸。意尽，退，还半岭许，闻上啾然有声，如数部鼓吹，林谷传响。顾看，乃向人啸也。

这段故事讲述了阮籍与苏门真人以啸会神的传奇故事，阮籍之啸由此知名。范子烨认为，由于阮籍对啸法的研习和个人的勤奋实践，使"啸也从音乐艺术的廊庑步入了语言艺术的殿堂，升华为中国古典诗文的固定意象之一，为文学作品增添了耐人寻味的生动性、微妙性和趣味性"。[①]

作为一种音乐意象，"啸"在阮籍的诗歌中并不像传说中那样作为超凡脱俗心态的象征，而是孤独情怀的体现。如四言《咏怀诗》其三：

> 清风肃肃，修夜漫漫。啸歌伤怀，独寐寤言。临觞拊膺，对食忘餐。世无萱草，令我哀叹。鸣鸟求友，《谷风》刺愆。重华登庸，帝命凯元。鲍子倾盖，仲父佐桓。回滨嗟虞，敢不希颜。志存明规，匪慕弹冠。我心伊何，其芳若兰。

又是一个不眠的漫漫长夜，诗人深感自己的志向不能实现，才华不被赏识，内心烦恼无处可诉，只能以啸歌来表达忧伤情怀。正始诗人诗歌中总是弥漫着这种令人无法释怀的孤寂气氛。他们在感慨生不逢时的同时，也苦恼生活中没有知心朋友，嵇康云："虽有好音，谁与清歌。虽有姝颜，谁与发华。"（《赠兄秀才入军》十八首之十一）在感慨其兄长在军队生活中没有知音的同时，寄托了自己孤独无友的心境。

二 悲音象征忧生之嗟

魏晋文学普遍崇尚悲音，悲音是这一时期文人创作的共同之音。正始诗

---

① 范子烨：《中古文人生活研究》，山东教育出版社，2001，第 453 页。

人的音乐意象中也同样有悲怨之倾向。阮籍《咏怀诗》其九云：

> 步出上东门，北望首阳岑。下有采薇士，上有嘉树林。良辰在何许？
> 凝霜沾衣襟。寒风振山冈，玄云起重阴。鸣雁飞南征，鹍鹍发哀音。素
> 质游商声，凄怆伤我心。

诗人在历史与现实的思考之中，探索"良辰在何许"这种关于自然生命
与人生生命本质的问题，在寻找不到确切答案的悲哀中，将自然的悲秋之
音与"清商"的音乐之声联系在一起。"清商"本为至悲之乐，这种音乐
特别适合表达阮籍深刻的忧生之嗟。

《咏怀诗》其四十七也有同样的感叹：

> 生命辰安在，忧戚涕沾襟。高鸟翔山冈，燕雀栖下林。青云蔽前庭，
> 素琴凄我心。崇山有鸣鹤，岂可相追寻？

诗人向往高翔山冈的"高鸟""鸣鹤"，但悲哀的命运让他只能成为独栖下林
的"燕雀"，所以面对"素琴"，凄凉伤心。陈伯君曰：

> 翔高栖下，皆有命焉，虽欲追随鸣鹤，不可得也。忧戚流涕，素琴
> 凄心，非复常言所能解矣。①

刘志伟先生说：

> （汉末魏晋时期）作家对外在自然的审美价值取向更偏重于人的悲怨
> 情怀同谐共振的方面。因此，模拟悲秋的自然生命之声为音乐的悲哀之
> 声，使人的悲怨之声与之共鸣，是一种普遍的创作倾向。②

在魏晋人看来，音乐本是艺术的最高境界，欣赏优美的音乐是人生至高的精

---

① 陈伯君：《阮籍集校注》，中华书局，1987，第341页。
② 刘志伟：《魏晋文化与文学论考》，甘肃人民出版社，2002，第245页。

神享受。但正如王国维所言："以我观物，则物皆着我之色彩。"在忧伤的诗人看来，优美的音乐也会给人带来凄凉、悲哀之感。正始诗歌中不断出现这样的音乐意象："青云蔽前庭，素琴凄我心。"（阮籍《咏怀诗》其四十七）"啸歌伤怀，独寐寤言。"（阮籍四言《咏怀诗》其三）

除了阮籍，嵇康、刘伶的诗歌也写过同样的情怀：

> 轻车迅迈，息彼长林。春木载荣，布叶垂荫。习习谷风，吹我素琴。交交黄鸟，顾俦弄音。感悟驰情，思我所钦。心之忧矣，永啸长吟。
>
> ——嵇康《四言赠兄秀才入军诗》其十二

> 泱漭望舒隐，黮黤玄夜阴。寒鸡思天曙，拥翅吹长音。蚊蚋归丰草，枯叶散萧林。陈醴发悴颜，巴俞畅真心。缊被终不晓，斯叹信难任。何以除斯叹，付之与瑟琴。长笛响中夕，闻此消胸襟。
>
> ——刘伶《北芒客舍诗》

这些诗歌中写到了素琴、长啸、巴渝舞、长笛等音乐意象，与阮籍不同的是，嵇康、刘伶希望音乐能帮人排解忧愁，消除胸中块垒。嵇康在《琴赋序》中总结汉魏时的审美风尚云："赋其声音，则以悲哀为主；美其感化，则以垂涕为贵。"魏晋文人把表达审美的悲剧意蕴作为艺术追求的目标，并用以作为人生悲剧心理的宣泄、排遣或补偿的手段。读正始诗人的大部分诗歌，我们可以感受到一种深沉的忧患意识，很多篇章都浸透一种极为悲凉、愤激、不满而又无可奈何的情绪。而这种种情绪是通过各种意象的创造、各种形象的塑造完成的，音乐意象便是其中较为突出的一种。

三　清音代表理想之境

"清"这一概念与魏晋玄学有很大的关系，玄学以"无"为本，然而，"无"作为一种抽象的本体存在，很难在以文学语言为主的诗歌中落实，体现在诗歌中的，就应该是与"无"相关的另一感性化范畴，"清"可以说是这一感性化范畴中的一个概念。它与庄子"虚室生白"之"白"接近，也接近于哲学中本体之"无"的素净寡淡，暗合哲学中的中和之质。"清"也给人以返璞归真的感受。《世说新语》中以"清"品评人物，主要有高雅、高洁、清新、清洁等意思。例如："嵇康身长七尺八寸，风姿特秀。见者叹曰：'萧萧肃肃，爽朗清举。'"（《容止》）"子敬实自清立，但人为尔、多矜咳，殊足损其自然。"（《忿狷》）"司马太傅为二王目曰：'孝伯亭亭直上，阿大罗罗清疏。'"（《赏誉》）这些"清举""清立""清疏"的含义用在音乐上，就是"清音"。

"清音"既是清商之音，又是空灵清丽之音。魏晋人对"清音"情有独钟，嵇康的《声无哀乐论》探讨了"清音"的内涵：

> 琴瑟之体，闻辽而音埤，变希而声清。以埤音御希变，不虚心静听，则不尽清和之极，是以听静而心闲也。

嵇康认为，埤音与希变看似对立，其实相辅相成，埤音繁，希变简，由繁而简，需要乐曲的制作者或演奏者心静而听。没有闲静的心境，难以表现音乐中的清和境界。嵇康在《琴赋》中如此评价"琴德"："愔愔琴德，不可测兮，体清心远，邈难极兮。""愔愔"谓默默无言，以此为琴德，正是说琴音重虚静，追求"体清心远"的境界。

嵇康是正始时期著名的文学家与玄学家，也是著名的音乐家。弹琴咏诗是嵇康生活中的重要内容，他以琴抒心胸，以诗发幽情，以琴与诗排解现实政治的种种忧患。嵇康在诗歌中极力推崇清和之乐：

> 淡淡流水，沦胥而逝。泛泛柏舟，载浮载滞。微啸清风，鼓楫容裔。放棹投竿，优游卒岁。
>
> 《四言诗》

流水、清风、船棹、钓竿、微啸、优游，一切都似有意，又似无意，清新淡远，优游潇洒，无心而自得。嵇康对音乐充满了诗意的深情，诗歌中的音乐意象追求一种冲淡清通的美学境界：

> 息徒兰圃，秣马华山。流磻平皋，垂纶长川。目送归鸿，手挥五弦。
> 俯仰自得，游心太玄。嘉彼钓叟，得鱼忘筌。郢人逝矣，谁与尽言。
>
> 　　　　　　　　　　　　　　　　　　《四言赠兄秀才入军诗》其十四

"目送归鸿，手挥五弦"，写诗人目送着远逝的归鸿，手弹着清冷的五弦，表达了一种超迈玄远的胸襟。这首诗体现了言由心生而心意玄远，虽有具象而意在象外的玄学旨趣，这种旨趣象征着诗人对理想人格的追求。嵇康的理想人格，即他在诗中反复咏叹的"真人""至人""大人""君子"等。这种理想人格是诗人对现实生活进行理性超越的结果，包含了诗人对人生的深刻体验，以及对传统意义上的陈腐价值的反叛与解构，同时也包含了其对新的人生价值的全新再造。所以，即使是行军打仗，也可以超越散淡的心态对待之。由此，嵇康作品便呈现出一种超凡脱俗的美感。"浊酒一杯，弹琴一曲"（《与山巨源绝交书》），"放棹投竿，优游卒岁""弹琴咏诗，聊以忘忧"（《四言诗》），"琴诗自乐，远游可珍"（《四言赠兄秀才入军诗》其十七），嵇康以音乐意象写出诗人旷达而知足、自适而乐观的心境，对这种心境的追求，使诗人专注于内心，恬淡于外物，外物与主体处于平等和谐的关系之中，而作品中的外在景物描写便呈现一种萧散的意态："习习谷风，吹我素琴。交交黄鸟，顾俦弄音"（《四言赠兄秀才入军诗》其十二），"藻泛兰池，和声激朗。操缦清商，游心大象"（《四言诗》其三），"临觞奏九韶，雅歌何邕邕。长与俗人别，谁能睹其踪"（《游仙诗》），"徘徊戏灵岳，弹琴咏泰真。沧水澡五藏，变化忽若神"（《五言诗》其三）。阮籍诗歌中也有此类音乐意象，"顾谢西王母，吾将从此逝。岂与蓬户士，弹琴诵言誓"（《咏怀诗》其五十八）。音乐的"清""和"境界，是人之平和清真精神状态的体现。阮籍在《清思赋》中论述了这种清虚恬淡精神的本质："夫清虚寥廓，则神物来集；飘摇恍惚，则洞幽贯冥；冰心玉质，则激洁思存；恬淡无欲，则泰志适情。"人可以通过音乐的和谐状态将哀乐情绪进行排遣或导引。

四 以琴会友

正始诗人还喜欢以琴会友。中国古代琴文化源远流长，琴的审美风格以古雅为主。南宋刘籍在《琴议篇》中以"美而不艳，哀而不伤，质而能文，辨而不诈，温润调畅，清迥幽奇，参韵曲折，立声孤秀"作为琴德的标准。曹植《白鹤赋》曰"聆雅琴之清韵"，认为琴德以清雅为主。崇尚玄远雅致的魏晋文人于是很喜欢古琴，并把是否懂琴艺作为判断一个人人品高低的标准之一。《晋书·阮籍传》载："籍又能为青白眼，见礼俗之士，以白眼对之。及嵇喜来吊（阮母），籍作白眼，喜不怿而退。喜弟康闻之，乃赍酒挟琴造焉，籍大悦，乃见青眼。"中国古代对母丧的礼仪特别讲究，嵇康却"赍酒挟琴"来吊丧，阮籍见状"大悦"，可见酒与琴为魏晋文人喜爱之物，同时也成为文士交往的很好的中介。郭遐周《赠嵇康诗三首》其一曰："援筝执鸣琴，携手游空房。"朋友相聚时，携琴前往，奏琴为乐。嵇康《答二郭诗三首》其二曰："遗物弃鄙累，逍遥游太和。结友集灵岳，弹琴登清歌。有能从我者，古人何足多。"好友相聚，摆脱一切俗务，逍遥畅游，弹琴清歌，其乐融融。刘志伟先生曾考察魏晋文人的"崇友"意识，认为"魏晋崇'友'的社会文化现象，深刻折射出了魏晋文化的特定内涵。一方面，魏晋时代赋予魏晋交友观念与行为以丰富的人文思想内涵，而注重精神、思想的交流与创造，注重扩大精神自由的向度，使交友成为激发魏晋文化创造、开拓审美空间的重要方式、途径"。① 阮籍的以啸会仙，郭遐周、嵇康、阮籍等人的以琴会友都是以乐会友，是魏晋人注重精神交流，注重志趣相投，以特殊的艺术性的对话方式进行纯粹精神交流的体现。他们追求审美精神方面的知音，追求超尘脱俗的艺术化的生活方式，由此成为后人争相效仿的精神偶像，这些都很值得探讨。

---

① 刘志伟：《魏晋文化与文学论考》，兰州大学出版社，2002，第140页。

第六节　阮籍、嵇康诗歌中的"悲音为美"

《韩非子·十过》中写到晋平公与师旷论乐，"清商固最悲乎？"，随后令师旷奏乐，"音中宫商之声，声闻于天。平公大悦，坐者皆喜"。《隋书·音乐志》中讲到隋炀帝令乐师造新声，此曲"掩抑摧藏，哀声断绝。帝悦之无已"。这里"悲"的含义，已不纯粹是悲哀，也指音乐艺术的感染作用。正因为悲哀之声易于感人，就由此而引申出感动人的含义。《淮南子·齐俗训》中"故瑟无弦，虽师文不能以成曲。徒弦则不能悲，故弦，悲之具也"，也是同义。最悲的音乐，不仅仅能感动人，而且能使人"悦之无已"。由此可见，悲声旨在使欣赏者产生美感，由此而产生了"悲音为美"这一命题。

汉代著名思想家王充在其《论衡》中多次涉及这一论题："唐虞时，夔为大夫，性知音乐，调声悲善"（《书虚篇》），"鸟兽好悲声，耳与人耳同也"（《感虚篇》），"饰面者皆欲为好，而运目者希；文音者皆欲为悲，而惊耳者寡"（《超奇篇》），"盖师旷调音，曲无不悲；狄牙和膳，肴无淡味""美色不同面，皆佳于目；悲音不共声，皆快于耳"（《自纪篇》）。当然，作者并没有在文章中具体论述悲音的美感，但在语言上有意无意地以悲音代美音，或认为悲音感人。从中可以见出我国古人"奏乐以生悲为善音，听乐以能悲为知音"（钱锺书《管锥编》），审美和艺术常以激发人的悲哀为特征与极致，这不仅是一种普遍规律，也是塑造人类感情的一种重要模式。

"悲音为美"在我国古代是针对音乐欣赏而言的，扩充到对一切文艺作品的欣赏，从广义的角度来考察"悲音为美"，就需要联系主体的心境状态和人格背景。嵇康的《声无哀乐论》认为：音乐只有善与恶，即好听或不好听，而没有哀与乐；人们听了音乐之后感到悲哀，是因为音乐激发了原来就存在于人们心中的悲哀感情，与乐音本身的性质无关。当然，嵇康主张情感与声音无关是其乐论的片面性所在。但嵇康还强调主体自身的情感状态在审美与艺术欣赏中的作用，以及审美感受因人而异的自发性。这种"载哀者闻歌声而泣，载乐者见哭者而笑。哀可乐者，笑可哀者，载使然也"（《淮南子·齐俗训》）的观点有其深刻的道理。这是因为，在对悲剧性作品的欣赏中，欣赏主体往往以自己的人生经验、人格态度和价值目的为参照系来对艺术作品中的人物事件做主观的评价，甚至提出自己的主观愿望，从而使欣赏者与作品形成一种交往关系：处于特定社会生活中的欣赏者把那一时代的生活世界的经验赋予作品中的悲剧性人物，而悲剧性人物也把他的特定的生活世界的经验带入欣赏者的内心世界。这一交往是两种历史的人生经验的交错叠合，在对悲剧性文艺作品的欣赏中，美感感受的程度高低，与欣赏主体这种和自我评价有关的情绪有很大关系。

《世说新语·言语》载"祢衡被魏武谪为鼓吏"，注曰："至八月朝会，大阅试鼓节，作三重阁，列座宾客。……衡击鼓为渔阳掺挝……鼓声甚悲，音节殊妙，坐客莫不慷慨，知必衡也。"这表明自身有不幸遭遇的人击鼓才可能使鼓声甚悲且音节殊妙。这里的"悲""妙"二字已点明悲产生了美感。而欣赏者了解并同情祢衡的遭遇，所以不仅未见其人而能"知必衡也"，且能被他的鼓声激起慷慨之情。这种慷慨之情，不能仅仅理解为悲愤之感，也不能理解为是一种艺术欣赏中单纯的快感，而是一种紧张、激愤、怜悯等交织在一起的复杂的感受。这是欣赏者与作品的一次成功的交往。

明代臧懋循认为戏曲必须"能够使快者掀髯，愤者扼腕，悲者掩泣，羡者色飞"（《元曲选序二》），同唐宋以前的艺术家和理论家相比，其明显的差异在于他们是从读者、观众的角度去要求作者，是站在欣赏者一边，以欣赏者的内心反应如何来评价作品的。

对于艺术欣赏中的悲是否为美感，中国古代文人的看法并不一致。阮籍的《乐论》反对"以悲为乐（yuè）""以哀为乐"，企图通过"乐"来实现一个"万物一体"的和平欢乐的世界。但也有很多人认为，艺术欣赏中的悲，实则是一种喜，人们在悲的同时，内心潜隐着满足的情绪。因此，从这个意义上说，悲与喜是一个统一体。陆机在《文赋》中讲文艺创作的弊病之一

"虽和而不悲",虽也指艺术的感染力,实际上已蕴含对上述观点的肯定态度。汉代王褒《洞箫赋》中"故知音者乐而悲之",汉代马融听吹笛"甚悲而乐之"(《长笛赋》),都很明确地肯定了悲感与美感的关系。明代屠隆则发现,人们之所以欣赏悲的作品,是因其"可喜"。"五音有哀有乐,和声能使人欢然而忘愁,哀声能使人凄怆恻恻而不宁。然人不独好和声,亦好哀声,哀声至于今不废也,其所不废者可喜也。""其言边塞征戍离别穷愁,率感慨沉抑,顿挫深长,足动人者,即悲壮可喜也。"(《唐诗品汇选释断序》)这种悲,实际是从情感上对于善的一种认识和评价,因而可以使人愉快。"它迫使我们流泪,却使我们遣怀。"(波瓦洛《诗的艺术》)

阮籍反对"以悲为乐(yuè)",他的《咏怀诗》却充满"悲""哀"的感情,这表明,和平欢乐世界的实现是一个充满种种尖锐矛盾的、曲折复杂的历史过程,因此它不能脱离"悲""哀",并且常常在对悲哀的深刻的展现中,显示出人类追求和平欢乐的无畏的力量和崇高的精神。

事实确实如此。中国文学从汉末,特别是从《古诗十九首》开始,到建安文学,再到阮籍的《咏怀诗》,始终回响着对人生的一种无限的感伤。这当然与当时社会动乱、苦难连绵有关。汉末魏晋时,贵族文人举行欢乐盛会,常常要用悲哀的"挽歌"来作乐:"大将军梁商……大会宾客,宴于洛水……酣饮极欢,及酒阑倡罢,继以《薤露》之歌,坐中闻者,皆为掩涕。"(《后汉书·周举传》)"袁山松出游,每好令左右作挽歌。"(《世说新语·任诞》)人生最悲哀莫过于死亡,对死的悲哀意识,正标志着对生存的自觉,从而它就不再是动物的临终或临刑前的生物式的哀号,而是在日常生活甚至在欢愉嘉会时对死亡的深切关注。这是一种浸满了高度理解因素在内的情感的深沉抒发。唯其如此,魏晋文人对人生宇宙的苍凉悲伤,才具有经久不衰的魅力。

阮籍本有济世之志,但他所处的时代正是魏晋之际政治黑暗时期:魏帝曹芳年幼,懦弱无能;曹爽固执浅薄,辅政擅权;司马懿老谋深算,韬晦待时。在司马氏的专权使魏之政权衰迹已显的情况下,阮籍不但难以有所作为,而且极易引火烧身，危及自身的生存。于是，他只好退避逃匿，不与世事，但内心的焦躁与哀怨在诗中时有体现，"胸中怀汤火，变化故相招。万事无穷极，知谋苦不饶。但恐须臾间，魂气随风飘。终身履薄冰，谁知我心焦"（《咏怀诗》其三十三）。在这样的政局动荡的险恶环境中，诗人胸中如怀汤火般焦躁痛苦，作为当时知名的学者却深感"知谋苦不饶"，自己的智慧不够丰富，无法把握变化不断的社会现实。人生像永远站在薄冰之上，随时都有生存的危机："天网弥四野，六翮掩不舒。"（其四十一）"清露为凝霜，华草成蒿莱。"（其五十）阮籍尽管在外表上表现出洒脱不凡的风范，内心却更强烈地执着于人生，非常痛苦。《咏怀诗》中有诸多心灵痛楚的宣泄："羁旅无俦匹，俯仰怀哀伤。"（其十六）"杨朱泣歧路，墨子悲染丝。"（其二十）"殷忧令志结，怵惕常若惊。"（其二十四）对这些"悲音"的描述，后世的学者评价很高，很多学者认为其深刻地体现了人生之痛，而且旨向深刻——"阮旨遥深"，这种"遥深"即对"悲音"的艺术价值的肯定。虞德懋先生认为阮籍"特别擅长表现虽囿于感情羁绊，悲怆欲绝仍对整个生命价值寻觅不止的潜蛟于渊的深长思绪"。① 正是这种在悲怆之后对生命价值的不止寻觅，使阮籍诗歌之"悲音"具有对当时以及后世的深远影响，也使读者在阅读时感受到一种特定的悲剧性美感。

对嵇康的诗歌，我们一般意义上更多的是探讨其旷达心态之下的"越名教而任自然"，但嵇康也处于魏晋之交的特定社会环境中，所以他的诗作中也体现出对生命变幻无常的担忧："坎壈趣世教，常恐婴网罗。"（《答二郭诗三首》其二）"富贵尊荣，忧患谅独多。……惟有贫贱，可以无他。歌以言之，富贵忧患多。"（《代秋胡歌诗》其一）"荣名秽人身，高位多灾患。"（《与阮德如诗》）这些诗句无不流露出嵇康在黑暗、险恶的时代中所产生的生命危机意识。"高位多灾患""富贵忧患多"，嵇康在正始时代险恶的政治环境中极度厌恶仕途与荣名，拒绝与司马氏合作，所以最终招来

---

① 虞德懋：《曹植与阮籍诗歌意蕴比较》，《扬州师院学报》（社会科学版）1990年第4期。

杀身之祸。葛晓音认为，嵇康诗歌所反映的内容"与阮籍一样，几乎篇篇一旨，反复抒写世路险恶，人生'忧患独多'的感叹"。① 嵇康诗作中也时有对人生苦短的感叹："人生寿促，天地长久。百年之期，孰云其寿。"（《四言赠兄秀才入军诗》其六）"人生譬朝露，世变多百罗。苟必有终极，彭聃不足多。"（《五言诗》其一）"这是嵇康对人生如朝露即对个体生命有限性的深刻体认，并让他由此产生了深沉的生命忧患意识。"② 徐公持先生认为："嵇康当时，客观环境十分险恶，在他之前已有不少名士罹祸遇难，他已经认识到自己的禀性素质，将给自己造成某种不利后果。"③ 嵇康意识到自己的刚肠疾恶、轻肆直言个性会给自己带来不好的后果，所以他希图以隐居不仕、退让无为来保全生命，认为自己如果能够遵循恭谨沉默的处世方式，祸害就不会出现在自己身上。但事实并非如此。阮籍、嵇康面对自己所处的政治环境下一系列悲惨事件的激烈上演，在诗歌中抒发了对生命无常的恐慌和焦虑，他们充分认识到个体生命有限的终极悲剧，同时也以自己的方式追求自然生命的长度。这种"悲音"主题的阐发，是诗人对生命意识深切关注的体现，也是他们的诗歌受到后世读者极力推崇的原因所在。

对"悲音为美"的考察，还应当联系欣赏主体在欣赏悲剧性作品时的心理感受，即悲剧性美感的实质。中国古代美学的局限性之一在于把"悲""哀"和"乐"对立起来，它忽视了人类历史发展过程中不可避免的、在许多情况下是悲剧性的矛盾冲突。所以，尽管有屠隆等人提出的悲剧性美感"可喜"说，却很少有人再去探讨其内涵。在西方美学中，亚里士多德提出了著名的"净化"说，但"净化"的实质是什么，也不很明确。也有一些学者仅仅拘泥于痛感与快感的关系来对其进行解释。朱光潜先生的《悲剧心理学》详细分析了痛感与快感的关系，并提出了"混杂感情"的观点。但对这种

---

① 葛晓音：《八代诗史》，陕西人民出版社，1989，第99页。
② 伍宝娟、杨栩生、吕晓玲：《对死生的探求与抉择——嵇康和阮籍生死意识之比较》，《绵阳师范学院学报》2008年第10期。
③ 徐公持：《魏晋文学史》，人民文学出版社，1999，第203页。

"混杂感情"他也未做明确的描述。

汤普森主编的《生理心理学》中讲到痛的知觉和感情体验是极为广泛和不同的，至少在脑的低级部位由痛刺激引起的冲动模式是经由多通路通向脑的广大区域，而不是沿着一条通路通向"痛觉中枢"的，它的性质和强度既受个体的独特的过去历史的影响，也受他当时的精神状态的影响，所有这些因素都确定上升到脑，并在脑中传导的神经冲动的实际模式中起作用。这表明，痛觉与整个个体的感觉有关，包括他现在的思想和焦虑以及他对未来的希望。

体验过欣赏悲剧性作品时的心境的人，都不难回味那种揪心的复杂感受：不安、紧张、悲切、激愤交织在一起。我们感到内心似乎有什么东西要急迫地奔涌出来，我们感慨万端，情绪死死攫住对象，各种不和谐的情绪都一致趋向亢奋。由此可见，悲剧性美感的最终心境即亢奋。亢奋既是悲哀感的"净化"，又是痛感的"升华"。人的孤苦无援迫使人努力寻找解放自己的力量，生命力就在痛楚的刺激下勃发。亢奋使欣赏过程中的消极过程转换为积极过程，悲的情绪、内心痛苦的体验逐渐升华为积极奋发的体验，亢奋是紧张的激愤状态，但它不以悲痛哀伤为主导因素，它超越痛苦，使痛苦为生命的追求服务。所以，用平和的快感去解释悲剧性美感的实质，是很不准确的。隋炀帝听"悲音"后的"悦之无已"，并不是单纯意义上的喜悦，而是激愤、慷慨、悲切等各种情绪的交织。而《世说新语》中，"坐客"因祢衡击鼓而产生的慷慨之情也是如此，仅仅用单纯的激愤、感动去解释也是不够的。《管锥编》引用美国著名心理学家威廉·詹姆斯的话说，一个人感受美好事物时，常常要觉得"胸隐然痛，背有冷水浇……"。总之，悲剧性的感受是复杂的，而不是单一的。

中国古代文论有"穷而后工"说。韩愈在《荆潭唱和诗序》中说："夫和平之音淡薄，而愁思之声要妙；欢愉之辞难工，而穷苦之言易好也。"为何如此？不仅韩愈，后人也未有令人信服的解释。新近的心理学研究证明，痛苦中枢位于大脑不同部位，但彼此互相辖接成一个统一的系统，快乐中枢则较为分散和独立（参阅美国克雷奇等编《心理学纲要》下册）。由此便可以解释为何痛苦、激愤之情可以形成一种持久的、富有魅力的心境，而喜悦之情却时长时消。悲哀之情的强度和复杂度都要超过喜悦之情，而悲剧性作品使人流泪又使人遣怀的美，也正在于此。美的历史生成是悲哀的，人们往往体味着死，渴求着生；体味着痛苦，渴求着欢乐。

第三章
西晋诗歌的文化内涵

第一节　西晋文人诗音乐意象的文化内涵

西晋诗歌与建安、正始时期又有所不同。由于西晋诗坛主流诗人对统治者的依附性加强，诗人人格力量减弱，因此，其诗歌情调平淡典雅，缺乏感人心魄的力量。西晋诗歌的典雅化体现在四言体盛行。西晋诗人挚虞在《文章流别论》中明确指出，"然则雅音之韵，四言为正，其余虽备曲折之体，而非音之正也"，从理论上提出了以四言为正的观点。张华、陆机、陆云等人都写了大量的四言诗，而这些四言诗已经没有了《诗经》的比兴赋意，也没有了曹操、嵇康四言诗的抒情言志，主要以融汇典诰、铺陈文辞为主，在内容上又以颂赞贤哲、敷衍天理为主。在五言诗创作方面，陆机等人写了大量的拟古诗，将汉乐府古诗做了文人化、典雅化的改造。与张华、陆机等诗人不同，左思与刘琨则以刚健的风格出现在西晋诗坛，给西晋诗坛带来一股劲健之风。由于西晋诗坛这两种诗风的存在，诗歌中的音乐意象也便有所不同。

一　尚悲尚雅

尚悲是汉魏六朝文化与文学的普遍风尚。它来自人们生命意识的觉醒，生命意识的觉醒则源自时间意识的觉醒。汉魏六朝时期是典型的乱世，动乱之中文人们既无机会实现理想，又时时面临死亡的威胁，所以对时光的流逝格外关注。当时的文人们不仅在日常生活的很多场合，如宴饮歌舞时关注生命，而且在文学作品中不断感慨人生苦短。张华、陆机、潘岳、陆云、傅玄等人的诗歌或叹生命之短暂，或伤人生之艰难，或叙羁旅之悲苦，或诉离人之哀怨，无论是自抒心志的赠答诗与行旅诗，还是借名古题的拟古乐府诗，都浸透着浓郁的生命意识。"人生何所促，忽如朝露凝。辛苦百年间，戚戚如履冰。"（陆机《驾言出北阙行》）"人生诚行迈，荣华随年落。"（陆机《君子有所思行》）"人生瀛海内，忽如鸟过目。川上之叹逝，前修以自勖。"（张协《杂诗十首》其二）"独悲安所慕，人生若朝露。"（潘岳《内顾诗二首》其二）"人居天地间，飘若远行客。"（潘岳《杨氏七哀诗》）其中既有对生命悲观的直接感怀，也有对迁逝之感的隐性表现。这种生命的悲凉感体现于音乐意象中，也以悲音为主："闲夜抚鸣琴，惠音清且悲。长歌赴促节，哀响逐高徵。一唱万夫叹，再唱梁尘飞。"（陆机《拟东城一何高诗》）悲音感人，能使万人哀叹，梁尘纷飞。"哀音附灵波，颓响赴曾曲。至乐非有假，安事浇淳朴。"（陆机《招隐诗》）"妙舞起齐赵，悲歌出三秦。"（张华《上巳篇》）"形影虽仿佛，音声寂无达。纤弦感促柱，触之哀声发。"（傅玄《怨歌行朝时篇》）。

陆机的《短歌行》最能体现悲怨的生命意识：

> 置酒高堂，悲歌临觞。人寿几何，逝如朝霜，时无重至，华不再扬。蘋以春晖，兰以秋芳。来日苦短，去日苦长。今我不乐，蟋蟀在房。乐以会兴，悲以别章。岂曰无感，忧为子忘。我酒既旨，我肴既臧。短歌有咏，长夜无荒。

古人往往在宴饮的欢乐场合奏悲乐，在对酒当歌时感慨人生苦短。此诗虽然有模仿曹操《短歌行》的痕迹，却无曹操诗歌中的积极进取，全诗充满了悲哀、痛苦，以悲歌引起忧伤，又以悲歌排解烦闷。陆机《文赋》云："遵四时以叹逝，瞻万物而思纷。"节物的盛衰、四时的变化引起诗人对生命的强烈感叹，即使是面对美妙的音乐歌舞，也不禁悲从中来，"人生何所促，忽如朝露凝。……良会罄美服，对酒宴同声"（陆机《驾言出北阙行》），饮酒赏乐本来是为了消除生命的感伤之怀，但悲哀之乐更加深了生命无常之感。我们从西晋诗人所描述的悲音意象中体会到了交织着虚无感、幻灭感的悲伤情怀。西晋诗人还喜欢写"挽歌诗"。傅玄有《挽歌》三首、《王侯挽歌辞》一首。这类诗歌把笔触转向死亡，"殡宫何嘈嘈，哀响沸中闱""哀鸣兴殡宫，回迟悲野外"（陆机《挽歌诗》三首其一、三），"挽歌挟毂唱，嘈嘈一何悲"（陆机《庶人挽歌辞》），写送殡时的悲乐哀鸣，无力挽救生命的无助使诗人面对宇宙时愈发有一种渺小感，死者精神随肉体而消亡了，生者则必须体味精神与物质的双重失落。

西晋诗人不仅尚悲，而且在诗文中体现了"悲音为美"这一美学范畴。较早提出"悲音为美"的是汉代王充的《论衡》：

师旷调音，曲无不悲；狄牙和膳，肴无淡味。（《自纪篇》）

美色不同面，皆佳于目；悲音不共声，皆快于耳。（《自纪篇》）

饰面者皆欲为好，而运目者希；文音者皆欲为悲，而惊耳者寡。（《超奇篇》）

王充将佳肴与悲音、美色与悲音、"好"与"悲"对举，而且提出了悲音"快于耳"的审美观点。陆机诗歌便崇尚"悲音为美"："置酒高堂宴友生。激朗笛，弹哀筝，取乐今日尽欢情。"（《顺东西门行》）在高堂上置酒宴饮，弹起悲哀的筝乐，感受到的却是"取乐今日尽欢情"，悲乐感人，所以带给人的不仅仅是简单的痛苦与不幸，痛苦与不幸需经过创作者的艺术"过滤"，成为"悲音"，再通过审美主体的观照，获得崇高感和壮美感，即美的感受、快感的满足，从而构成"悲音为美"。"佳人抚琴瑟，纤手清且闲。芳气随风结，哀响馥若兰"（陆机《拟西北有高楼》），琴瑟奏出的哀响竟然如兰花般芳香。悲音还可使"万夫叹""梁尘飞"，可见其感人的力量。

西晋诗歌中的音乐意象的审美趋向，不仅尚悲，而且尚雅。西晋是魏晋南北朝时期雅乐系统较为健全的时期。西晋诗人普遍喜欢制作具有典雅倾向的四言体诗，并且在诗中关注雅乐："鼓钟嘈囋赵女歌，罗衣绰粲金翠华，言笑雅舞相经过。"（陆机《百年歌十首》其五）钟鼓之乐为朝廷雅乐，欣赏雅乐与雅舞也可使人快乐，"嬉娱丝竹，抚鞞舞韶"（潘岳《为贾谧作赠陆机诗》），"鞞"和"韶"均为朝廷雅乐舞，傅玄并有《鞞舞歌》五首，而西晋朝廷雅乐歌辞的创作主要由荀勖、张华、傅玄来完成，现存有西晋雅乐歌辞、雅舞歌辞八十余首，全为此三人所写。在其他朝代，很少会有这种文人大量创作雅乐舞歌辞的现象。雅乐舞歌辞大多歌颂帝王、祖先功绩，描写的音乐也主要是宫廷雅乐。荀勖《晋四厢乐歌十七首》其十五较为典型：

> 既宴既喜，翕是万邦。礼仪卒度，物有其容。皙皙庭燎，喤喤鼓钟。笙磬咏德，万舞象功。八音克谐，俗易化从。其和如乐，庶品时邕。

乐歌强调乐舞的典雅风格与功利特征，并且强调乐舞娱人时"酣而不盈""动容有节"的中庸性。这是雅乐舞歌辞描写音乐的共同特点。

二 长啸之势

西晋诗歌从总的趋势看存在柔弱的特点，但并不是所有的诗歌皆如此，即使是在以"繁缛""深芜"著称的陆机的诗歌中，也有"渴不饮盗泉水，热不息恶木阴""日归功未建，时往岁载阴"之类的豪壮之语，而且还有左思、刘琨等以气势取胜的诗人。考察一个时代的文学作品，应该以所有的作家为对象。西晋有了左思、刘琨等作家，文坛便有了耿介之气，何况像陆机这样在西晋文坛创作甚丰，具有代表意义的诗人，由于其个性的耿介、正直，诗歌中也少柔弱。这里主要着眼于从诗歌的音乐意象来分析其气势恢宏的特点。

左思是西晋时诗赋成就卓著的作家，他的辞赋有著名的《三都赋》，诗歌则以《咏史》八首为代表，因其诗歌善抒情、有气势，被后人称为"左思风力"。左思诗歌不事雕琢，叙事、抒情皆清新自然，明白流畅，却气势充沛。

明代谢榛《四溟诗话》曰："皓天舒白日，灵景耀神州。……虽为律句，全篇高古。"① 左思诗中有许多写得很好的对偶句，如"左眄澄江湘，右盼定羌胡"，"郁郁涧底松，离离山上苗"，而且诗歌也不乏文采，但他的辞藻严格地为风格服务，使风力内充，不见沓冗平弱的毛病。左思诗中的音乐意象同样具有"风力"，如"长啸激清风，志若无东吴"（《咏史》其一），"何事待啸歌，灌木自悲吟"（《招隐诗》二首其一）。"啸"为中国古代一种独特的音乐意象，范子烨先生《中古文人生活研究》一书中对"啸"的音乐特点、历史发展、文化特质、文学意象以及啸与道教、神仙的关系做了十分全面的研究，认为"长啸"声音宏放，有石破天惊的气势，而其主要功能在于宣泄激荡的情思，"啸歌"则是以啸声模仿歌的曲调。②

　　陆机同样喜欢用"长啸"表达自己的豪情，如"静言幽谷底，长啸高山岑。急弦无懦响，亮节难为音"（《猛虎行》），"隆想弥年月，长啸入飞飙"（《拟兰若生朝阳诗》）。"长啸"之抑扬顿挫、起落有致、宛转连绵并合于音律的特点，最适合士人放情肆志，逍遥己心。前文曾提到阮籍善啸，声可闻数百步，苏门真人之啸"如数部鼓吹，林谷传响"，啸既体现了自由通脱、蔑视礼法的人格风韵，又表达了文人士子的豪情壮志。

　　刘琨在羁旅之中"揽辔命徒侣，吟啸绝岩中"（《扶风歌》），范子烨认为"吟啸"指且吟且啸，即在发啸之时，间以吟诗，以增加声韵的清雅和意境的美丽。"名流逸士们经常借以显示自我的风流与潇洒。"但刘琨"吟啸"之情感内涵则有所不同，《扶风歌》写于作者出任并州刺史时自京都洛阳赴任途中，诗歌抒发了作者对时局艰难的深切忧患，并借李陵故事写出了深沉的历史感喟，同时也表现出作者忠于王事、保家卫国的慷慨之志。刘大杰评此诗为："禾黍之悲，没落之感，表现得既生动又深刻，令读者一面悲怀当日的离乱，同时又寄予作者以同情。"③ 王钟陵认为："这是历史进入'三百年的战

① 吴文治主编《明诗话全编》，江苏古籍出版社，1997。
② 范子烨：《中古文人生活研究》，山东教育出版社，2001。
③ 刘大杰：《中国文学发展史》，上海古籍出版社，1982。

乱和分裂’之际，中国诗歌中所发出的第一声沉重凄戾的哀音。"① 这种具有"凄戾"风格的诗中之"吟啸"，亦应是悲愤、激越之声，与左思、陆机诗中"长啸"有相类似的情感内涵。

西晋诗坛左思、刘琨、陆机等人的有风骨、有气势的诗歌，使其诗风在整体的柔弱之中具有了振起的效果。这些诗人以音乐意象抒发内心情感时，体现了"写真心，抒真情"的情感特征，这与陆机和潘岳诗歌中的一部分作品注重思力的安排，注重辞藻的繁复，由此而减弱了诗歌的情感力度的情况有所不同，这类诗歌都是自然情感的真实流露，是西晋诗歌中的佳作。

第二节　陆机、陆云诗歌的客居游宦意识

徐公持认为，陆机"始终未能完全融入西晋主流社会，内心存在一种做客意识和游离感"，"陆云与兄陆机一样，在西晋乱局中颇受挫折，生出不少幻灭感，思乡情绪亦时时袭扰心间"②，准确道出了陆氏兄弟入洛之后的典型心态。陆机、陆云兄弟为江东吴郡名门之后，祖父陆逊，官至丞相，父亲陆抗，官至大司马。机、云兄弟从小饱读诗书，颇有承继父祖之业，济世建勋之心。但不幸遭遇吴国灭亡，兄弟二人退居旧里，闭门读书，积有十年，后应晋武帝之召入洛应仕，由于张华等人的推扬，才华横溢的江东"二俊"，很快便在西晋文坛崭露头角，尤其是陆机，被称为"太康之英"，成为西晋最杰出的诗人。但二陆所念兹在兹的并不是做一个文士，而是希望在政治上大展身手，恢复其陆氏家族在政治上的冠族地位。但由于二陆遭遇了西晋政坛的多事之秋，他们以不被中原文士接受的亡国贵族后代的身份跻身于矛盾尖锐、

---

① 王钟陵：《中国中古诗歌史》，江苏教育出版社，1985。
② 徐公持：《魏晋文学史》，人民文学出版社，1999，第367、381页。

激烈的统治阶级之间，并很快被卷入政治斗争的旋涡。现实处境的艰辛，社会环境的险恶，使二陆滋生出强烈的客居游宦意识。对这种客居游宦意识的形成原因以及在诗文作品中的表现的考察，有助于我们了解二陆诗文所蕴含的深层内涵。

一　名门之后的家族意识与功名进取心

陆机、陆云诗文中的客居游宦意识，与他们作为名门之后所具有的振兴家族的意识及功名进取心有很大的关系。二陆出身于江东高门，陆氏在东汉时期已为江东大族，到三国孙吴时，陆氏更是"文武奕叶，将相连华"（《晋书》），既有显赫的政治地位，又有杰出的军事地位。《世说新语·规箴》载：

> 孙皓问丞相陆凯曰："卿一宗在朝有几人？"陆曰："二相、五侯、将军十余人。"皓曰："盛哉！"

可见在孙吴陆氏有举足轻重的地位。陆机兄弟不仅在吴亡入洛之后成为文坛"二俊"，而且在吴亡之时便"分领抗兵"，入洛之后，仍被成都王司马颖委以重任。可见二陆自觉地继承了家族的义烈与尚武精神，有强烈的功名进取意识，而这种功名进取意识又是与其作为名门之后所具有的家族意识分不开的。二陆写了许多缅怀陆氏先辈业绩之作，如陆机有《辨亡论》《吴贞献处士陆君诔》《吴大司马陆公诔》，陆云有《吴故丞相陆公诔》《祖考颂》等，祖先的功业总是让二陆无法忘怀，他们在文章中，不仅歌咏祖先之功业，而且总结吴国灭亡、家族衰微的惨痛教训。"悠悠圣绪，上帝是临。世笃其献，于显徽音。神风往播，福禄来寻。……昭明有家，祖庙奕奕，中叶虎臣，称乱西秦。"（陆云《祖考颂》）二陆在互为赠答的诗中也多"咏世德之骏烈，诵先人之清芬"（陆机《文赋》）之作，这些诗作不仅颂扬先祖之显赫业绩，而且对先世基业的衰落充满了深深的惋叹：

> 於穆予宗，禀精东岳。诞育祖考，造我南国。南国克靖，实繇洪绩。

惟帝念功，载繁其锡。其锡惟何？玄冕衮衣。金石假乐，旄钺授威。

——陆机《与弟清河云诗》

昔我先公，邦国攸兴。今我家道，绵绵莫承。昔我昆弟，如鸾如龙。今我友生，凋俊坠雄。家哲永徂，世业长终。华堂倾构，广宅颓墉。高门降衡，修庭树蓬。感物悲怀，怆矣其伤。

——陆云《答兄平原诗》

这种以振兴先业为己任的家族意识，并非始自二陆。陆氏历来看重对子弟的教育，二陆之祖陆逊为吴国丞相，"怀文武之才"，不仅在军事上为国家、为家族的发展立下汗马功劳，而且在戎马倥偬中不忘修治文德，也非常注重对子弟的培养，他认为："子弟苟有才，不忧不用，不宜私出以要荣利，若其不佳，终为取祸。"① 二陆承继先辈遗风，力思振作陆氏祖先基业，并且不仅仅满足于做一介文士，而是要在政治舞台上有所建树，尤其是陆机，功名进取之心十分强烈，他在《辨亡论》中分析吴国灭亡的原因，认为只有"谦己以安百姓，驭惠以致人和"，才可"保其社稷而固其土宇"，体现了他"民为邦本"的政治理想。他的其他文章，如《豪士赋序》《吊魏武帝文》《汉高祖功臣颂》等文论述政治事件，剖析历史人生百态，都具有较高的政治与人生的义理。他的诗歌也多感慨人生苦短及功名的无从实现。《长歌行》感叹光阴倏忽，时不我待，"俯仰逝将过，倏忽几何间"，在生命短促面前，深感"但恨功名薄，竹帛无所宣"。事实上，陆机继承陆氏家学，学问蕴蓄深厚，气性高昂，常以济世功业之心自负，故而作品多抒发政治与人生理想。如陆机的《遂志赋》，从前人由败转兴的事迹中，认识到他们都是有所凭借的，抓住时机非常重要。二陆在吴亡之后无奈入仕敌国，入洛之后"好游权门，与贾谧亲善，以进趣获讥"等行为，都受克振家声的思想所支配。可以说，家族意识与功名进取心成为二陆一生思想与行为的主旋律。

---

① （西晋）陈寿：《三国志·吴志·陆逊传》，中华书局，1985，第1353页。

陆机把功名放在一个重要的位置，他在西晋王朝昏愚无能的情况下，仍然抱着恢复陆氏家族在封建朝廷的地位的一线希望，依附于成都王司马颖，结果招来杀身之祸。对此，《晋书·陆机传》曰："不知世属未通，运钟方否，进不能辟昏匡乱，退不能屏迹全身，而奋力危邦，竭心庸主，忠抱实而不谅，谤缘虚而见疑，生在己而难长，死因人而易促。"这是对陆机难以自主的悲剧命运的真实写照。据后人考察，陆云的三十余篇《与兄平原书》大都写于二陆出任成都王司马颖的属官之时，在战乱与权力之争时，陆氏兄弟却有闲情讨论诗赋的创作心得与写作技巧。对此，蒋方先生认为："因为他们所面对的不仅仅是置身于割据战乱中的无能为力，更是由于在分裂割据的战乱中破灭的功名追求而摆在了自己面前的痛苦现实。这种倾注生命的追求而造成的痛苦，怕也只能到叙愁诉怨的诗赋中去自我抚慰。""他们实质上是在以抽象的艺术来疏离以至于替代沉重的现实。""他们曾不计代价地努力，想做自己命运的主人，却还是无可避免地失败了。"① 这确实是非常精到的评语。比较而言，陆云的功名意识不像陆机那样强烈，但同样具有克振家声的理想愿望，也未痛下决心，遁迹逸世，故而得到了与陆机同样的悲剧结局。由于二陆被卷入司马氏家族的王室权争之中，他们并未能重振自己家族的声威，而是为别人的家族而奔波杀戮直至被诬身亡。他们的悲剧命运昭示了西晋割据战乱中一代文士政治理想的破灭。

二　南北士族之对立与南北文化差异

魏晋门阀士族有不同的地方宗派，南北士族历来便有矛盾与冲突。三国时期的曹、吴之争已经显示出南北文化的不同特征，而到西晋时期，灭吴之后的中原士族更是不把江南士族放在眼中。魏晋门阀士族虽主要集中在中原地区，但江南吴地也具有悠久的历史文化，故而也有许多著名士族，如被评为"张文、朱武、陆忠、顾厚"的吴郡四姓，便为当时大族，其中陆氏尤以

① 蒋方：《末世文人的一曲命运哀歌——吴灭仕晋的陆机兄弟》，《古典文学知识》2000 年第 2 期。

"忠"为名。陆氏时为东吴声名显赫的高门士族。二陆祖父在东吴战功卓著，政绩颇佳，机、云常引以为家族之骄傲。所以，陆机在吴亡之后入洛时，是满怀士族子弟的优越感的，"初，陆机兄弟志气高爽，自以吴之名家，初入洛，不推中国人士"（《晋书·张华传》），又加张华力推为吴之"二俊"，二陆可谓踌躇满志，但入洛不久，便受到中原士族的羞辱。《世说新语·方正》载：

> 卢志于众坐问陆士衡："陆逊、陆抗，是君何物？"答曰："如卿于卢毓、卢珽。"士龙失色。既出户，谓兄曰；"何至如此？彼容不相知也。"士衡正色曰："我父祖名播海内，宁有不知，鬼子敢尔！"

在人面前直呼父祖姓名，本是古人所不能容忍的，魏晋时期尤重父祖名讳。卢志出身于范阳卢氏，卢氏从东汉以来，就是显赫的高门望族，卢志也应该很清楚江南陆氏的声名，他在众人面前指名道姓地发问，很明显是对二陆兄弟的公开羞辱。在西晋灭吴之后，中原士族往往以战胜者的姿态居高临下，并不把江南士族放在眼里。

类似的记载还有多处：

> 陆机诣王武子，武子前置数斛羊酪，指以示陆曰："卿江东何以敌此？"陆云："有千里莼羹，但未下盐豉耳！"
>
> ——《世说新语·言语》

> 陆士衡初入洛，咨张公所宜诣，刘道真是其一。陆既往，刘尚在哀制中。性嗜酒，礼毕，初无他言，唯问："东吴有长柄壶卢，卿得种来不？"陆兄弟殊失望，乃悔往。
>
> ——《世说新语·简傲》

尽管有张华这样著名的文坛大家的推扬，二陆在入洛之后的仕途还是举步维艰。事实上，这种南北士族的对立情绪由来已久，在永嘉之乱之前，华夏民族的政治、经济、文化中心主要在中原一带，在中原人看来，江东吴越地区不过是蛮夷之邦。故而在吴亡后，晋武帝仍然认为"吴蜀恃险，今既荡平。蜀人服化，无携贰之心；而吴人越睢，屡作妖寇"（《晋书·华谭传》），这种对立情绪在狂傲的中原士族身上体现得更充分。《晋书·周处传》记载了中原大族与江南士人周处的一段对话："王浑登建邺宫酾酒，既酣，谓吴人曰：'诸君亡国之余，得无戚乎？'处对曰：'汉末分崩，三国鼎立，魏灭于前，吴亡于后，亡国之戚，岂惟一人！'浑有惭色。"孟超为小都督，又无家世背景，而敢公然斥骂作为河北大都督、全军统帅的陆机为貉奴。

在当时朝廷用人上，对南人也有明显的歧视和限制。陆机曾因为江东士人贺循、郭讷的不被重用而愤愤不平，他在《荐贺循、郭讷表》中写道："（贺、郭二人）皆出自新邦，朝无知己，居在遐外，志不自营。年时倏忽，而邈无阶绪，实州党愚智所为恨恨。……诚以庶士殊风，四方异俗，壅隔之害，远国益甚。至于荆、扬二州，户各数十万。今扬州无郎，而荆州、江南乃无一人为京城职者，诚非圣朝待四方之本心。"① 可见，来自江南的士人，即使是郎官之类的小官，也少有机会获得。所以，在吴亡之后的几年中，江南大族顾虑重重，不肯入洛。二陆便是退居故里十年后方才入洛的。

陆机在入洛途中写有著名的诗作《赴洛道中作》二首，其一云：

> 总辔登长路，鸣咽辞密亲。借问子何之，世网婴我身。咏叹遵北渚，遗思结南津。行行遂已远，野途旷无人。山泽纷纡馀，林薄杳阡眠。虎啸深谷底，鸡鸣高树巅。哀风中夜流，孤兽更我前。悲情触物感，沉思郁缠绵。伫立望故乡，顾影凄自怜。

诗歌写出了对故乡的眷恋以及对北上入洛的畏难与无奈的情绪。从陆云的书札中，也可以看到这种畏难情绪，《与戴季甫书》云"江南初平，人物失叙。当赖俊彦，弥缝其阙"，《与杨彦明书》说"东人近未复有见叙者，公进屈

---

① （清）严可均辑《全上古三代秦汉三国六朝文》，中华书局，1995。

久，恒为邑罔党"，充满了不得志的怨怼之情。可见在西晋时期南北士族之间的对立情绪还是非常明显的。

魏晋时期，南北学术文化也存在诸多差异。当时的中原地区，尤其是河洛地区，是魏晋玄学的发源地，像王弼、嵇康、阮籍、夏侯玄等著名玄学家都是河南人，他们代表着魏晋学术的创作主流，而江南的学风，则一直承袭汉代的儒学旧说。陆氏在汉代一直以义烈著称，陆氏族人著文也多承袭汉儒文风，陆氏注《易》便多从汉儒之说。中原士族中崇尚新学之人，对不懂玄学的江南人士也是不屑一顾的。二陆入洛之后，为了适应京洛的谈玄之风，与中原人士和谐交往，为进入仕途打开门路，也努力钻研玄学，这在他们的作品中也有所体现，陆机《文赋》《豪士赋》，陆云《逸民赋》《逸民箴》等作品都有玄学思想的痕迹。但二陆接受新学，完全是为了与北方士人有共同语言，而并非真正对玄学感兴趣。如前所言，二陆的言行中，更多地体现了儒家的功名进取心。"八王之乱"初期，二人依附赵王司马伦，司马伦败后陆机受到牵连，成都王司马颖救之。这个时候，有人劝陆机还吴，以免引来更大祸患，"机负其才望，而志匡世难，故不从"，在依附司马颖之后不久便被卷入政治斗争遭诬被杀。可见，玄学远害全身的道家意识并未在他们头脑中扎下根来，他们在诗文中写隐士、写逸民、写神仙，只是适应北方文风的一种浅层次的体现，而深层次的精神，还是江东士族固守的儒家学说。《晋书》本传称陆机"少有异才，文章冠世，伏膺儒术，非礼不动"。陆云年轻时曾被人称作"当今之颜渊"[1]，陆云在文章中也说："少长之礼，教化所崇，中叶陵迟，旧章废替。追惟前训，思遵在昔。"（《与朱光禄书》）"长幼之序，人伦大司。季世多难，失敬在昔。敢希令典，求思自迈。"（《与张光禄书》）二陆以儒为宗的传统思想与中原玄学思想在某种程度上也有一定的冲突，"陆君深疾文士放荡流遁，遂往不为虚诞之言，非不能也"。[2] 很显然，二陆入洛后

① （宋）李昉等：《太平御览》，中华书局，1985，第 236 页。
② （宋）李昉等：《太平御览》，中华书局，1985，第 236 页。

受到种种不公正的待遇以及思想上与中原新学的冲突和不适应，都是造成二陆诗文客居游宦意识的重要原因。

三　二陆诗歌中体现出的客居游宦意识

尽管陆机兄弟有强烈的政治功名意识，但在西晋乃至后世留名的，还是他们那些成就卓著的文学作品，尤其是陆机，"天才秀逸，辞藻宏丽"，张华尝谓之曰："人之为文，常恨才少，而子更患其多。"陆云曾与书曰："君苗见兄文，辄欲烧其笔砚。"葛洪著书称："机文犹玄圃之积玉，无非夜光焉，五河之吐流，泉源如一焉。其弘丽妍赡，英锐飘逸，亦一代之绝乎？"（《晋书·陆机传》）二陆的诗文创作颇为丰赡，尤其是陆机，被称为"大治""太多"之诗人。从篇制上说，长篇文与赋、组诗成为陆机诗文之主要方面；从数量上说，他的诗歌也为西晋诗人之首。在二陆的文学作品中，政治上的失意，家族的衰亡，思乡、怀土、游子心境等内容占了绝大多数。

二陆作品中有许多题旨雷同或接近之作，最典型的是写思乡怀土内容的作品，如陆机的《怀土赋》《思归赋》《思亲赋》《愍思赋》《叹逝赋》《感时赋》《述思赋》《行思赋》《感丘赋》《大暮赋》，陆云的《岁暮赋》等。这种同样思想感情的反复抒写，体现了二陆客居他乡对家乡故土的关切与思念：

> 背故都之沃衍，适新邑之丘墟。遵黄川以葺宇，被苍林而卜居。悼孤生之已晏，恨亲没之何速。排虚房而永念，想遗尘其如玉。眇绵邈而莫觏，徒伫立其焉属？感亡景于存物，惋陨年于拱木。悲顾眄而有余，思俯仰而自足。留兹情于江介，寄瘁貌于海曲。玩通川以悠想，抚归途而踯躅。
>
> ——陆机《怀土赋》

> 悲桑梓之悠旷，愧蒸尝之弗营。指南云以寄款，望归风而效诚。……忘天命之晚暮，愿鞠子之速融。兄琼芳而蕙茂，弟兰发而玉晖。感瑰姿之晚就，痛慈景之先违。
>
> ——陆机《思亲赋》

正因为在他乡异土的不尽如人意，二陆在作品中不厌其烦地反复吟咏思乡怀归之情，一如屈原之《离骚》，一篇之中三致意焉。对故土的思念之情是二陆诗文永恒的主题，辞赋如此，诗歌也如此，尤其是二陆写给吴中亲友的诗，如陆机的《赠从兄车骑诗》《赠弟士龙诗》《赠尚书郎顾彦先》，陆云的《答兄平原诗》（五言）、《答张士然诗》等皆为此类作品：

> 孤兽思故薮，离鸟悲旧林。翩翩游宦子，辛苦谁为心？仿佛谷水阳，婉娈昆山阴。营魄怀兹土，精爽若飞沉。寤寐靡安豫，愿言思所钦。感彼归途艰，使我怨慕深。安得忘归草，言树背与襟。

——陆机《赠从兄车骑诗》

> 行迈越长川，飘摇冒风尘。通波激枉渚，悲风薄丘榛。修路无穷迹，井邑自相循。百城各异俗，千室非良邻。欢旧难假合，风土岂虚亲。感念桑梓域，仿佛眼中人。靡靡日夜远，眷眷怀苦辛。

——陆云《答张士然诗》

吴中大族入洛后，由于许多共同的境遇、共同的心态，不仅在政治上互相提携，在生活上相互帮助，而且关系很密切，故而这些诗作写来情真意切，颇为感人。

二陆诗文中思乡怀土之情与客居游宦意识是不可分割的。陆机在诗文中反复提到"游宦""游子"："婉娈居人思，纡郁游子情。"（《于承明作与士龙诗》）"羁旅远游宦，托身承华侧。"（《东宫作诗》）"翩翩游宦子，辛苦谁为心？"（《赠从兄车骑诗》）"游宦久不归，山川修且阔。"（《为顾彦先赠妇诗》）"如何耽时宠，游宦忘归宁。"（《为陆思远妇作诗》）二陆在西晋，一直把自己放在"客子""游子"的位置上，他们这种心态也即徐公持所说的"做客意识"与"游离感"。而这种感觉几乎可以说贯穿于二陆大部分诗文中，尤其是陆机的诗文，这种意识体现得更充分一些，如"余固水乡士，总辔临清渊"（《答张士然诗》），"孤兽思故薮，离鸟悲旧林"（《赠从兄车骑诗》），"辞家远行游，悠悠三千里。京洛多风尘，素衣化为缁"（《为顾彦先赠妇诗》）。这里，"孤兽""离鸟"作为"游宦子"的象征，准确地写出了陆机远离故土，郁郁不得志的心境。建功立业、振兴家族的宏愿无法实现，客居他乡又处处受到排挤，人生如此艰险，陆机由此对生命的感悟深刻而悲怆。"置酒高堂，悲歌临觞。人寿几何，逝如朝霜。时无重至，华不再扬。蘋以春晖，兰以秋芳。"（《短歌行》）"坟垄日月多，松柏郁芒芒。天道信崇替，人生安得长。"（《门有车马客行》）这种人生苦短的感叹，来自魏晋时期整个社会对现实人生艰危与痛苦感的观照，也来自陆机从自身独特的经历中体验到的人生之无常与无奈。

二陆的诗文有很强的节物感，他们善于通过"感时""感物"来抒发生命的迁逝之感。"历四时之迭感，悲此岁之已寒。"（陆机《感时赋》）"嗟行迈之弥留，感时逝而怀悲。"（陆机《思归赋》）"瞻山川而物存兮，思六亲而人亡。"（陆云《岁暮赋》）"感物恋堂室，离思一何深！""载离多悲心，感物情凄恻。"（陆机《赴洛》二首）"感物悲怀，怆矣其伤。"（陆云《答兄平原诗》）他们对节气转换中风物的变化体察入微，其作品中所感之时之物，一般为秋冬季节之意象。这些具体的意象总给人一种穷苦悲凉之感。陆云《岁暮赋》悼念亡姑、亡姐，铺写作者在就任大将军右司马途中，一路行征，想起离家日久，姑姐相继去世，悲感不已，一路所见，皆为萧瑟零落之冬景，感逝物而伤悲，体会到造化陶钧，盛衰易变，脆弱的生命又岂能幸免：

> 瞻山川而物存兮，思六亲而人亡。同仁姑而背世兮，及伯姊而沦丧。寻余踪于空宇兮，想绝景于遗堂。悲山林之杳霭兮，痛华构之丘荒。……心悠悠其若悬兮，音既绝而复举。悲人生之有终兮，何天造而周极。

从自然兴衰想及姑姐逝世、家族衰落，从个体生命的艰危引发出对整体人生的观照，故而具有了对特定时代背景下人生忧患的宏观透视意义。客观景物本身不具备一定的意义，但文人以自我独特的心态"观物""感物"时，物则成为文人用以寄托生命哀思的特定的物，正如陆机在《怀土赋》序言中所言：“余去家渐久，怀土弥笃。方思之殷，何物不感？曲街委巷，罔不兴咏；水泉草木，咸足悲焉。”他的《思亲赋》中写了南云、归风、纤枝、落叶等“物”之变换，引发了人之思亲怀归之情。远离故土亲人，缅怀已故双亲，诗人的心境悲痛而忧伤，故而发出“天步悠长，人道短矣。异途同归，无早晚矣”的感叹。

古人咏物，往往叙及目之所见之自然景物，花草树木、鸟兽鱼虫，无不收于笔下。二陆生长于动乱的社会，经历了国家衰亡、家族衰落、六亲逝去等生命的盛衰突变，所以对生命的脆弱有深刻的认识。他们在诗赋中往往写到坟茔、荒丘，如陆机的“坟垄日月多，松柏郁芒芒”（《门有车马客行》），陆云的“悲山林之杳霭兮，痛华构之丘荒”（《岁暮赋》）。陆机则更写有《感丘赋》，诗人泛舟黄河，顺流而东，见一路崇岭山冈，荒冢累累，故徘徊慨叹，“伊人生之寄世，犹水草乎山河”，“生矜迹于当已，死同宅乎一丘”。面对累累坟茔，想起如寄人生，怎不令人产生强烈的心灵震颤？跻身西晋上层统治集团十几年的陆氏兄弟，对统治阶级之间权势争斗杀戮的残酷、官场的黑暗、仕途的险恶，有切肤的感受，所以对人生荣辱、生命无常的体会尤其深刻。后人认为二陆的许多作品因过多的叙时描物，弱化了内心的感受，事实上，他们诗文中的“物”大多还是有所寄托的，我们可以从这些物象中体会到客居他乡的诗人感伤脆弱的心。

第三节　左思诗歌的“风力”与情怀

西晋太康诗人左思的文学作品感情豪迈高昂，笔调劲挺矫键，诗风别具一格，尽显“左思风力”，誉于后世，在西晋文坛上有不可估量的地位。

繁缛是太康诗风的特征。西晋文坛，文人结集，相互标榜，诗作讲究形式技巧，内容贫乏空洞，描写繁复，词采华丽。而左思的诗，具有很强的艺术性和思想性，钟嵘评其诗："文典以怨，颇为精切，得讽喻之致。"① 在《诗品》中置其为上品。赵景深认为："惟有左思，可说是太康诗人中的特出者，他不像张协、陆机那样秾丽，也不像潘岳那样清丽，而是豪放的。"② 陆机诗歌内容多模拟，文辞繁缛，语言华美典雅而多用排偶，但是因过分注重修饰，雕琢太重，烦冗且抒情性差。潘岳诗歌追求绮丽，喜欢铺写，虽修饰不似陆机那样浓重，语言的表达却比较平庸。而左思的诗歌在笔法上矫健有力，在气势上高昂激扬，在手法上善作讽喻，在语言上词采壮丽。左思风力是太康文坛独树一帜的创作奇观，意境高远深邃，言辞犀利辛辣，阔达雄健，典雅重情，给人以高昂豪迈的情调。

一　左思诗歌的"风力"体现

左思风力体现在诗作强烈情感的抒发宣泄上。左思渴望建功立业，积极入仕，却生不逢时，社会的现实使之梦想幻灭，求而不得。他有对自己才华的自负，这也加深了他因理想实现受阻而产生的强烈的愤懑情绪和对上层贵族的抵抗情绪。左思在诗作中宣泄情感，有感而发，不趋从于当时的主流文学，遵从自我，塑造了他的理想人格，而理想人格的提出，正是"左思风力"时代特征的体现。左思在《咏史》组诗中呼唤建功立业，批判门阀制度，无情抨击现实；在《招隐》中抒发隐逸情怀，表达自己高洁不凡的人格理想；在《悼离赠妹》诗中抒写了对妹妹的赞美以及兄妹离别后对妹妹的想念之情；在《娇女诗》中寄托了父亲对一双女儿的深情和疼爱。他的作品体现了浓厚的主观色彩，他肯定自我价值，也珍视人格的独立性，在现实的摸索中不断看清自己的追求。

左思风力体现在诗作语言和意向的经营上。左思的诗作在用词造句上准确精练，言辞犀利辛辣。他不似当时多数文坛诗人，遮遮掩掩，而是勇于将

---

① 吕德申：《诗品校释》，北京大学出版社，1984，第87页。
② 赵景深：《中国文学史新编》，上海北新书局，1936，第42页。

自己心中的呐喊抒发出来，直率锋利。《咏史》诗是左思思想和情感的高度表现。在《咏史》其二中，"世胄蹑高位，英俊沉下僚"大胆写出了许多英才受门阀制度压制，无法施展抱负的社会现实，将自己对门阀制度的不满，壮志难酬的怨气犀利地表达了出来。而且在遣词中，使用"蹑"和"沉"，在准确表达意思之外，还形成对比，上层贵族占据高位，下层社会人才埋没，不满和怨气表达得更加强烈。叠字的运用也是左思诗歌的语言特点。《咏史》诗中使用叠字的诗句有很多，如"济济京城内，赫赫王侯居""寂寂杨子宅""寥寥空宇中""峨峨高门内，蔼蔼皆王侯"等。叠字的运用，使诗歌节奏鲜明，更富有韵律，更具音乐美；同时，叠字有突出强调作用，加强了诗人的话语表达，更具情感表现力。左思善用比喻，在《咏史》其二中，用"涧底松"比喻寒士，用"山上苗"比喻世胄；在《咏史》其八中将自己比作"笼中鸟"，生动形象地把自己受门阀制度压制，无奈挣脱不开，犹如笼中之鸟的境遇描写出来，控诉了对门阀制度的强烈不满。左思还巧用对比，诗作具有张力，气势堆叠。从《咏史》其二便可深刻体会这一点。"郁郁涧底松，离离山上苗"，"涧底松"相比于"山上苗"，显然是松树更为苗壮，却"以彼径寸茎，荫此百尺条"，被山上的小苗遮盖，地势使之然也，从而喊出门阀制度下"世胄蹑高位，英俊沉下僚"的残酷现实。意象的强烈对比、重复对比，十分具有感染力，增强了诗歌的总体气势。贵族与寒士鲜明的阶级对比，在《咏史》组诗中频繁出现，诗人劲挺矫健的笔调之下，尽显豪迈高昂的气韵。

左思风力体现在诗作题材的广泛性上。现今留存的左思作品不多，却涵盖了多种题材。史有左思的《三都赋》引发"洛阳纸贵"的震动，但其诗作有更高的价值。《咏史》八首表现了他对建功立业的渴望，对现实的无情抨击，对寒士遭遇的不平，对士族阶级的不满，对理想人格的追求；《招隐》呼吁人们急流勇退，追求人性美，隐逸避世而求其志；《娇女诗》描写女儿的生活日常，流露父女亲情；《悼离赠妹》体现兄妹情深。左思诗作题材广泛，都是他真实情感的表现，对不理想的现实的宣泄。

《咏史》是左思风力的集中体现，有"创成一体，垂式千秋"的佳誉，是咏史诗的变革创新，推动了咏史诗的发展进步。清人何焯有言："咏史者不过美其事而咏叹之，隐括本传，不加藻饰，此正体也。太冲多摅胸臆，乃又其变。"① 左思的咏史诗具有很强的主观性，直抒胸臆，八首《咏史》抒发了左思积极进取的入世心态，面对黑暗现实的失落和不平，追求不同于世俗的高洁情怀。《咏史》实际上是左思从痛苦挣扎到最终得到心灵安宁的心路历程的记录。左思借助古人来抒发自我情怀，是咏史诗的一大进步。在八首《咏史》中出现了众多历史人物，但左思并不是单纯提及古人写古事，而是以此寄托自己的思想感情，史我交错。左思的咏史诗突破了以前咏史诗单纯的历史内容，将自我情感融入，更具抒发性，更有人情味，推动了咏史诗的发展。鲍照、陈子昂、李白、杜甫的诗歌创作深受左思的影响。清代沈德潜《古诗源》中评注云："太冲咏史，不必专咏一人，专咏一事，咏古人而己之性情俱见。此千秋绝唱也，后惟明远太白能之。"②

左思风力体现了强烈的抒发性和深刻的现实主义精神，这在他对社会现实、寒士阶级和人格理想的抒发和描写中体现得淋漓尽致。现从左思的《咏史》、《招隐》和《娇女诗》看左思风力。

左思在咏怀古人古事中抒发了为国捐躯、淡泊名利的志向。这一点贯穿于八首诗歌之中。《咏史》其一：

> 弱冠弄柔翰，卓荦观群书。著论准过秦，作赋拟子虚。边城苦鸣镝，羽檄飞京都。虽非甲胄士，畴昔览穰苴。长啸激清风，志若无东吴。铅刀贵一割，梦想骋良图。左眄澄江湘，右盼定羌胡。功成不受爵，长揖归田庐。

左思在诗中通过歌咏古人古事，叙写自己的文才武略，展现自己的政治抱负和人生理想，为国效力的勃勃雄心可见一斑。《咏史》其三："吾希段干木，

---

① （清）何焯：《义门读书记》，中华书局，1987，第893页。
② （清）沈德潜：《古诗源》，中华书局，2006。

偃息藩魏君。吾慕鲁仲连，谈笑却秦军。"这是对段干木和鲁仲连的称赞，实际上也寄托了他自己的人生志向，在国难面前，以高尚的气节为国驱逐外敌，同时表示自己同二人一样，在功成之后不慕名利。这与"功成不受爵，长揖归田庐"交相呼应，表达了诗人高洁的人生理想。

左思在咏怀古人古事中抒写对权贵的蔑视，抨击残酷现实。《咏史》其二：

> 郁郁涧底松，离离山上苗。以彼径寸茎，荫此百尺条。世胄蹑高位，英俊沉下僚。地势使之然，由来非一朝。金张藉旧业，七叶珥汉貂。冯公岂不伟，白首不见招。

诗中，左思以"涧底松"比喻寒门才子，以"山上苗"比喻豪门子弟，比喻巧妙又形成强烈对比；借金日磾和张汤家族靠祖先的世业，世代为汉朝的贵官的史实来讽喻当朝制度，借冯唐历经三代君主，才华出众却一世屈居低位的现实映射自己如今的处境。通过两种人的对比，深刻揭示讽刺了门阀统治的黑暗现实。左思的《咏史》其五是最具左思气概的一首诗：

> 皓天舒白日，灵景耀神州。列宅紫宫里，飞宇若云浮。峨峨高门内，蔼蔼皆王侯。自非攀龙客，何为歘来游。被褐出阊阖，高步追许由。振衣千仞冈，濯足万里流。

左思强烈地表达了自己不攀龙附凤的决心以及对富贵功名的鄙夷，也再次借古人抒己怀，表明自己不与世俗同流合污的坚定立场，暗示愿做像许由那样的高士。左思以犀利的言辞强烈抨击了门阀制度的不公，直率不羁，体现了深刻的现实主义精神。

左思在咏怀古人古事中传达了自身的理想人格，肯定了寒士的价值。《咏史》其四描写了王侯贵族的奢靡生活和扬雄的穷居著书，二者的对比除了表现黑暗现实，更肯定了寒士的价值。《咏史》其六中的"虽无壮士节，与世亦殊伦"，歌咏荆轲、高渐离，二人虽然没有壮士节，但慷慨高歌、睥睨四海的精神，世人却无法与之相比。左思借二人来表达自己对权贵的藐视。"贵者虽自贵，视之若埃尘。贱者虽自贱，重之若千钧。"直截了当地表达了自己的气节，明确了自己的人生态度。虽然无法选择和改变自己在社会中的尊卑地位，但是人的尊严和生命价值的体现不在于荣华富贵，而在于向理想人格的一步步靠近。不受权势束缚，凭借自我才能，贡献国家社会，保持高洁不屈的精神品质，追求心灵的自由才是左思所想努力的境界。《咏史》其八："苏秦北游说，李斯西上书。俯仰生荣华，咄嗟复凋枯。"苏秦和李斯在贫寒之时不得志，而后荣极一时，却被权贵所累，左思反对如此暴兴暴亡，主张安贫知足，独善其身，在污浊的现实之中保持自我意识的觉醒，坚守自我的理想人格。《咏史》其五中的"振衣千仞冈，濯足万里流"两句是这组诗的最强音，深刻表达了左思远离世俗，不与之同流合污，隐逸避世以求其志的高洁情怀。

左思《咏史》是为寒士而作的不平之鸣，是对社会现实的无情抨击，对士族的蔑视和抗争，是表明自己高洁不凡的人格理想的宣言。《咏史》其实表现了诗人从积极进取到隐逸避世的心路变化。

二　左思诗歌所表现的生活情趣与隐逸情怀

左思的《招隐》抒发了对隐逸生活的向往。两首诗中，《招隐》其一写寻访隐士途中大自然的风采，大自然所体现的音乐之美，展现了诗人对大自然的欣羡之情。《招隐》其二描写隐居生活，凸显大自然的生意盎然，并表现出不为俗事纠缠，逍遥自在的意志。左思的隐逸思想是随着他的处境而变化的。他实际上很关怀世情，但是现实的不理想使他产生了深深的无奈和强烈的不满，独善其身不过是他退隐的一个借口。《招隐》呼吁人们急流勇退，歌咏隐士的清高生活，表达了对人性和人生美的渴望，表明了自己不为世俗所累而独立于世的高洁情操，同时也通过对自然美景的赞叹，对隐逸生活的描写以含蓄的形式表现对不理想的现实的抗争，对统治者的反抗；借自然抒发真实的情感，也是对现实的批判，想要立功扬名又欲远离世俗，认真品读可以感受到诗人所寄托的隐居以求其志的复杂情感。

左思的作品不仅是对政治理想无法达成内心愤懑的宣泄，对理想人格的向往追求，也是日常情感的抒发。他的《娇女诗》以儿童的生活为题材，通过对一双女儿梳妆、学习、跳舞等生活场景的细致描写，描绘出了两个女儿充满稚气、天真活泼的可爱情态。左思在生活中对两个女儿的观察是十分细致的，他对女儿们的生活习性十分熟悉，字里行间都透出他对一双娇女的喜爱。小女儿纨素笨拙地模仿大人化妆，背下几首诗就跑到大人面前炫耀以求肯定；大女儿惠芳经常坐在窗口对着镜子化妆，不满意就擦了重化，常忘了自己纺花织布的分内事，还未看清楚屏风的画作就开始随意批评。她们摘果实掐花朵，在雪地里嬉戏，有孩子的顽劣，任性又娇气。不难看出，左思对女儿的教育，挣脱了封建女德、女戒的束缚，纨素和惠芳生活得十分自在欢乐。《娇女诗》十分富有生活气息，体现了左思浓浓的父爱和浓厚的家庭情结。对女儿的教育方式，其实也是他反抗封建制度的一种表现。

左思风力在文学史上起着承上启下的作用。第一，建安文学慷慨激昂，气势雄浑，现实主义传统是其在文学创作中的主要形式。建安时期是中国文学史的重要阶段。在他人趋附时势之时，左思能坚持自我，特立独行，作品豪迈高昂，充满现实主义精神，与建安风骨一脉相承，并融合时代特征加以创新，继承并发展了建安风骨，使之得以流传后世并产生影响，具有积极的文学意义。这在前面已有提及。第二，从左思的作品中我们可以看出，他的思想发生了从积极济世向隐逸避世的转变。在社会动荡、统治黑暗的动乱时代，很多人都会在立功扬名和归隐避世中摇摆，内心充满矛盾。在左思之前，正始时期的阮籍是隐逸思想文人的代表，他的《咏怀诗》有颇多愤慨，其中有不少篇章写的是隐居。《咏怀诗》是阮籍政治感慨的记录，寄托的是面对污浊的社会，政治抱负无法实现的苦闷与孤独，他的诗歌精神体现了建安风骨的鲜明特征，而其隐逸思想，其实是他在诗歌中为自己寻求的精神出路。他的骨子里儒家积极入仕的思想根深蒂固，以至于在他的诗作中，即使描写归隐生活，也无法融入自然的恬淡自由，总是弥漫着苦闷、孤独的情绪。左思明显继承了阮籍的思想，他也曾怀有鸿鹄大志，也是无奈于现实转而归隐。

但左思的思想是对阮籍的升华。左思认清了现实并放弃了济世的追求，在《招隐》和《杂诗》中，所表现的自然是生机盎然、美丽怡人的，左思归隐后在身心上确实得到了舒缓，内心是宁静舒畅的。左思将隐逸思想从阮籍故作旷达的寄托转为一种现实的生活方式，这在当时是一个很高的境界。陶渊明的诗歌创作中的隐逸思想深受左思的影响，同样是在济世与避世中徘徊，最终归隐田园。陶渊明的隐逸情怀是更高的超越，他成功地将人与自然融为一体，是隐逸的至高境界。左思在阮籍和陶渊明之间，起到了重要的承上启下的作用。

第四章
东晋诗歌中的山水清音

第一节　东晋谢氏家族文化传统与谢灵运的诗歌创作

陈郡谢氏是两晋南朝的冠族大姓。谢氏较早的祖先是在西晋被称为"硕儒"的谢衡，他娴于掌故，通晓礼制，"以儒素显，仕至国子祭酒"（《晋书·谢鲲传》）。谢衡的儿子谢鲲，则未承父性，以旷达超脱而称世，《晋书·谢鲲传》载："鲲不徇功名，无砥砺行居身于可否之间，虽自处若秽，而动不累高。（王）敦有不臣之迹，显于朝野。鲲知不可以道匡弼，乃优游寄遇，不屑政事，从容讽议，卒岁而已。"《世说·品藻》云："明帝问谢鲲：'君自谓何如庾亮？'答曰：'端委庙堂，使百僚准则，臣不如亮；一丘一壑，自谓过之。'"谢鲲以"一丘一壑"自傲，开创了谢氏具有"庄老心态"的名士家风。家族中人不仅追求超然洒脱的生活态度，而且雅好文学，成为东晋南朝著名的文学家族。谢安深受伯父谢鲲的影响，他在四十岁之前寓居会稽，与王羲之等人"出则渔弋山水，入则言咏属文，无处世意"，四十余岁始出为桓温司马，后于淝水之战中与谢玄、谢石联手打败苻坚，建立功勋，为谢氏家族在东晋一朝奠定了很好的政治基础。不仅如此，谢安的人格魅力还在于他临危不乱、处变不惊、雍容优雅的名士风范。这些都成为谢氏家族文化传统的重要方面。

谢氏文学家族由于有稳定的门第、优越的生活环境，族中之人从小就受到良好的文化教育及家族文化传统的熏陶，故而到东晋南朝时文才辈出。他们不仅在政治上多有建树，"兼将相于中外，系存亡于社稷"（《晋书》卷七十九史臣语），而且爱好文学，并经常举行家族内部的文学活动，其内容有讲论文义、讨论作品、诗文创作等，而且这类活动经过几代人的承传，成为谢氏家族一个很好的学术传统。

　　谢安是谢氏家族中一个重要的代表人物，他既是东晋隐逸风度之代表，又是著名的风流宰相，他以自己在政治上及家族中举足轻重的特殊地位成为谢氏家族在东晋前期的中心人物。《晋书·谢玄传》载："（谢）安尝戒约子侄，因曰：'子弟亦何豫人事，而正欲使其佳？'诸人莫有言者。（谢）玄答曰：'譬如芝兰玉树，欲使其生于庭阶耳。'"这一段经典性的记载，既显示了谢安对家族后辈的殷切希望，也可以看出谢玄对家族的信心，以至后人常以"芝兰玉树"喻优秀子弟。由于谢安前半生隐居东山，所以有机会经常与子侄们聚在一起，"（谢安）又于土山营墅，楼馆林竹甚盛，每携中外子侄往来游集"（《晋书·谢安传》）。谢安对后代的教育非常重视，《世说新语·德行》第三十六则云："谢公夫人教儿，问太傅：'那得初不见君教儿？'答曰：'我常自教儿。'"谢安认为，他的教育方式是一种不言之教，即以自己的言行作为榜样来教导儿女。谢安教子的故事在史书上多有记载：

　　　　谢虎子（据）尝上屋熏鼠，胡儿（朗）既无由知父为此事。闻人道"痴人有作此者"，戏笑之，时道此，非复一过。太傅既了己之不知，因其言次，语胡儿曰："世人以此谤中郎（据），亦言我共作此。"胡儿懊热，一月日闭斋不出。太傅虚托引己之过，以相开悟，可谓德教。

　　　　　　　　　　　　　　　　　　　　　　　（《世说新语·纰漏》）

　　　　晋武帝每饷山涛恒少。谢太傅以问子弟，车骑（谢玄）答曰："当由欲者不多，而使与者忘少。"

　　　　　　　　　　　　　　　　　　　　　　　（《世说新语·言语》）

　　　　谢公云："贤圣去人，其间亦迩。"子侄未之许。公叹曰："若郗超闻此语，必不至河汉。"

（《世说新语·言语》）

谢太傅谓子侄曰："中郎（谢万）始是独有千载！"车骑曰："中郎
衿抱未虚，复那得独有？"

（《世说新语·轻诋》）

谢遏（谢玄）年少时，好箸紫罗香囊，垂覆手。太傅患之，而不欲
伤其意。乃谲与赌，得即烧之。

（《世说新语·假谲》）

看来，谢安经常与子侄一起讨论问题，并利用一切时机进行教育。他很
注意教育方式，有时用启发的方式，并"虚托引己之过"以期引发孩子的深
入思考，这就是所谓"德教"，有时又很委婉，如对谢玄佩带紫罗香囊的处理
方法，他还喜欢以平等的商量讨论的方式来共同探讨事情的原因。这些方式
又表现在文学创作与文学讨论上，谢氏家族的许多活动是真正意义上的文学
活动，家族的子弟聚会时常常讨论文学、研究古诗，谢安在其中往往起引导
作用。《世说新语·文学》载：

谢公因子弟集聚，问："《毛诗》何句最佳？"遏（谢玄）称曰："昔
我往矣，杨柳依依；今我来思，雨雪霏霏。"公曰："讦谟定命，远猷辰
告。"谓此句偏有雅人深致。

这里，谢玄所言本为《诗经》中之千古名句，主要从艺术欣赏的角度着眼，
谢安则希望子侄们能有远大抱负，故而提出"讦谟定命，远猷辰告"二句，
而这种引导则融入对诗歌的讨论中，即后世所谓的"不言之教"。在对古人
的评价方面，谢安也经常教导子侄们公正地看待古人的优劣长短，不作狂
傲偏执之语。《世说新语·品藻》记载："谢遏诸人共道竹林优劣，谢公
（谢安）云：'先辈初不臧贬七贤。'"谢安认为，竹林七贤在当时齐名并世，

并无高下。

谢安领导下的谢氏文学集团活动，也有以文学创作为主的。《世说新语·言语》载：

> 谢太傅（安）寒雪日内集，与儿女讲论文义。俄而雪骤，公欣然曰："白雪纷纷何所似？"兄子胡儿（谢朗）曰："撒盐空中差可拟。"兄女（道韫）曰："未若柳絮因风起。"公大笑乐。

这次文学活动因景而生文，谢朗与谢道韫的即兴创作虽各有所长，但谢安的"大笑乐"，显然是更赞成谢道韫的"柳絮因风起"，因为谢道韫的诗句通过对雪如柳絮的描写，烘托了一种洋洋洒洒、抒阔迂远的气势，显然符合魏晋文人对神韵境界的追求，同时也是谢氏家族名士风度的充分体现。谢安时期的家族文学活动，于游园宴集之中赏文赋诗，气氛融洽、谐和，是谢氏家族稳定上升时期的充分体现。

可以看出，以谢安为中心的谢氏文人，经常聚集在一起，即兴吟诗，讲论文义，探讨文学创作的规律，而参加的人员也不仅仅局限于谢玄、谢道韫、谢朗等。《世说新语·贤媛》第二十六则云："王凝之谢夫人既往王氏，大薄凝之。既还谢家，意大不悦。太傅谓释之曰：'王郎，逸少之子，人材亦不恶，汝何以恨乃尔？'答曰：'一门叔父，则有阿大、中郎。群从兄弟，则有封、胡、遏、末。不意天壤之中，乃有王郎！'"从谢道韫的这段话中，可以看出参与文学活动的有谢氏两代众多文士，包括与谢安同辈的谢尚、谢据，以及谢安的子侄辈谢道韫、谢韶、谢朗、谢玄、谢渊等，已初步显示出谢氏家族文人群体化的特征。

谢混为谢安之孙，史载"谢混风华为江左第一"，他不仅有乃祖的风度，而且继谢安之后成为谢氏文学集团的又一领导人。《宋书·谢弘微传》载："（谢）混风格高峻，少所交纳，唯与族子灵运、瞻、曜、弘微并以文义赏会。尝共宴处，居在乌衣巷，故谓之乌衣之游，混五言诗所云'昔为乌衣游，戚戚皆亲侄'者也。其外虽复高流时誉，莫敢造门。"谢混与众族子"以文义赏会"的活动继承了谢安时的平等亲和气氛。而且由于谢氏几代文士的努力，家族内部已形成了一种不可与其他家族共享的独特的文化氛围，也即钱锺书先生所言的一种独特的"语言天地"（《管锥编》第三册），呈现一种封闭特征，即使是"高流时誉"也"莫敢造门"。这种封闭性是文学家族在稳定上升时期家族自信心的体现。在这一时期的活动中，谢混常常就子侄们的品行与才智进行品评并加以规讽，《宋书·谢弘微传》载："（谢混）常云：'阿远（瞻）刚躁负气；阿客（灵运）博而无检；曜恃才而持操不笃；晦自知而纳善不周，设复功济三才，终亦以此为恨；至如微子（弘微），吾无间然。'"他准确地道出了子侄们的优劣，并赞赏谢弘微的谦虚。对于年轻气盛又喜欢臧否人物的谢灵运，谢混则更担心他由此而招来祸害，常常设法加以规劝。谢混并写有《诫族子》诗，分别赠予上述五位予以厚望的侄子。

> 康乐诞通度，实有名家韵，若加绳染功，剖莹乃琼瑾。宣明体远识，颖达且沉俊，若能去方执，穆穆三才顺。阿多标独解，弱冠纂华胤，质胜诚无文，其尚又能峻。通远怀清悟，采采摽兰讯，直辔鲜不踬，抑用解偏吝。微子基微尚，无倦由慕蔺，勿轻一篑少，进往将千仞。数子勉之哉，风流有尔振，如不犯所知，此外无所慎。

这种规劝与引导显示出谢混对谢氏家族的重振风流有一种深深的责任感，同时也隐含一种危机感，他已不像谢安当年与子侄们逍遥东山戏谑谈笑那样轻松无虑，而是认为子侄的偏执与浮躁不检都会给家族的繁荣带来负面影响。故而，谢混领导下的谢氏文学集团，对族人的成长及家族传统的流传，都有很大帮助。

谢混还经常与子侄们一起进行文学创作活动。《南史·谢瞻传》载："（谢瞻）与从叔混、族弟灵运俱有盛名。尝作《喜霁诗》，灵运写之，混咏之。王弘在坐，以为三绝。"谢混参与侄儿们的诗歌写作活动，并为之咏诗，可见对子侄们的文学写作很具倡导作用。谢混是东晋山水诗重要的代表诗人之一，其诗歌现存数量极少，但《游西池》一首写得很好。诗写诗人由蟋蟀鸣唱，心有所悟，感到时光飞逝，岁月蹉跎，但美好的山水之景使人忘掉了烦恼。写景部分比同时期的玄言诗增加了很多，尤其"景昃鸣禽集，水木湛清华"一联写得非常流畅、自然、清新，成为长期传诵的名句。谢混作为革除玄风的第一人，对山水诗的出现是有很大贡献的。他的诗歌创作对谢灵运乃至谢朓成为南朝著名山水诗人都有重要的引导和促进作用。

谢灵运是晋宋之际著名的山水诗人，也是继谢混之后谢氏家族中最重要的诗人，他对家族文化传统的继承，首先体现在他也像谢安、谢混那样经常举行族人的文学活动。《南史·谢瞻传》记载了谢灵运主持的一次文学活动："灵运问晦：'潘、陆与贾充优劣。'晦曰：'（潘）安仁诣于权门，（陆）士衡邀竞无已，并不能保身，自求多福。（贾）公闾勋名佐世，不得为并。'灵运曰：'安仁、士衡才为一时之冠，方之公闾，本自辽绝。'瞻敛容曰：'若处贵而能遗权，斯则是非不得而生，倾危无因而至。君子以明哲保身，其在此乎。'"这次活动重在品评人物，谢晦追求仕进，企羡权势，故推崇贾充；谢灵运则盛赞潘、陆之才。从这次聚会中可以看出，从谢安开始的谢氏"名士风范"已逐渐开始变化，谢晦在刘宋时热心仕进，却招来杀身之祸，临终前吟咏"斯洛信难陟"，后悔迈入仕途。

谢灵运组织的文学活动与谢混相比，具有一定的开放性，已不仅仅是谢氏子弟封闭式的"以文义赏会"了，开始吸收家族以外的人员参加。如与谢灵运"以文义赏会"的有被当时人称为"四友"的族弟谢惠连及何长瑜、荀雍、羊璿之。谢灵运组织的文学活动的开放性还体现在与诗友一起为"山泽之游"，到大自然中去共同体验山水至境，并共同探讨山水诗的写作技巧，这对谢灵运成为中国诗史上山水诗的开山之祖有很大的帮助。这种帮助还体现在其与谢惠连的交往中。《南史·谢灵运传》载："灵运性无所推，唯重惠连，与为刎颈交。"《谢氏家录》又记载："康乐（谢灵运）每对惠连，辄得佳语。后在永嘉西堂，思诗尽日不就，寤寐间忽见惠连，即成'池塘生春草'。故尝云：'此语有神助，非我语也。'"（《诗品》引）可以说，二谢的诗文交往与友谊是谢氏文学集团在南朝的延伸。虽然到南朝时，谢氏家族在政治上已逐渐衰微，家族中的文学活动从参加者的人数到活动的次数都无法与谢安、谢混时相比，但谢灵运这种对家族文化传统的自觉承传，却不能不说是对家族的一大贡献。

谢混死于东晋末年刘裕与刘毅的政治争端中，是谢氏家族丧生于争权斗争中的第一人，从此，谢氏在政治、军事上的地位一落千丈，而谢灵运便生活在这么一个特定的家族衰微期。优裕的出身门第，超众的才学声誉，贵胄子弟普遍的人格缺陷，养成了谢灵运倨傲骄恣的秉性。尽管谢混对他的"博而无检""诞通度"多有规劝，但是谢灵运恃贵矜才，任性不拘的性格并未改变太多。《南史·谢瞻传》载：

> 灵运好臧否人物。（谢）混患之，欲加裁折，未有其方。谓瞻曰："非汝莫能。"乃与晦、曜、弘微等共游戏，使瞻与灵运共车。灵运登车便商较人物，瞻谓曰："秘书（灵运父瑍）早亡，谈者亦互有同异。"灵运默然，言论自此衰止。

谢灵运生活的时期，谢氏家族经历了从巅峰跌入低谷的巨大变化。寒族出身的刘裕代晋称帝，大大改变了东晋王朝门阀士族当权的社会状况，大量的士族被削废或降级，谢灵运也由公爵降为县侯，尽管谢氏丰厚的产业使谢灵运还可以过奢侈的生活，但政治上的受压抑使生性高傲的他"常怀愤愤"，而且因为他的恃才傲物与恣纵任性，他在官场上树敌太多，故而一再受到排挤，经常迁徙与外任，最后被处死。可以说，谢灵运的悲剧与他自身的人格缺陷有很大关系，但这种自负倨傲的人格特征的形成，自然与世族贵胄子弟的地位也有很大关系。

谢氏家族在东晋时显赫的政治地位由于晋末的衰落没有在政治上成就谢灵运，但家族中深厚的文化传统却使谢灵运成为南朝著名的山水诗人。谢灵运自幼表现出超群的天资，祖父谢玄对他特别钟爱，曾对亲友叹曰："我乃生瑍，瑍那得生灵运！"（《宋书·谢灵运传》）优厚的文化修养，良好的文化教育，家族文学风气的熏陶，使他成为谢氏在文学上的重要诗人。他是中国山水诗的创始人,这与谢安的优游山水、谢混的玄言山水诗的影响是分不开的。他的山水诗融山水与玄、佛意趣为一体,通过抒写山水景物所寓含的玄学、佛教精义,深化对山水风致的理解,并由此得出人生的"理趣"。这并未妨碍其感情的表达。谢灵运的山水诗以其出色的景物描写,也以其强烈情感和个性的倾注,使诗歌具有了情、景、理三方面的内容。

谢灵运对家族建立的功勋念念不忘,而且在诗歌中反复提及。如在《答中书》《赠从弟弘元时为中军功曹住京》《赠安成》等诗中,他颇为自己的家族感到自豪,称谢氏家族为"昌族""冠族""华宗"。在《述祖德》二首中,他追慕家族先人的风范,期望能有所作为,振兴家族:"中原昔丧乱,丧乱岂解已。崩腾永嘉末,逼迫太元始。河外无反正,江介有蹶圯。万邦咸震慑,横流赖君子。"也正是因为不能忘怀家族先人的丰功伟绩,渴望建功立业,谢灵运才表现出对仕途的热衷,没能永远隐迹山水,避开仕宦。仕途上不得志,谢灵运只好徘徊山水间,谈玄说佛,吟咏诗文,把一腔不得志的哀怨之情融入诗中,成为谢氏家族在文学上的代表人物。从这个意义上讲,谢灵运在文学创作上重振谢氏风流,完成了谢氏家族从政治上的重臣地位到文学上的杰出地位的转换。

第二节 从《世说新语》看孙绰在东晋文坛的 文学地位与诗文创作

东晋著名文学家孙绰(314～371),太原中都(今山西平遥附近)人。其祖孙楚,是西晋时有名的诗人,其兄孙统、从兄孙盛在东晋皆有文名,而孙绰之于东晋,用刘孝标注《世说新语·文学》的话来说即"为一时文宗"。《晋书·孙绰传》称"绰少以文才垂称,于时文士,绰为其冠"。可见孙绰是当时最有影响的作家。他不仅是东晋著名的玄言诗人,而且文赋兼擅,碑诔论赞也写得很好。他还是当时著名的品藻大家,对人物的风韵气度与文章的文采藻饰都有独到的见解。《世说新语》中有关孙绰的记载有 28 条，比正史更详细地记载了他的思想品性与文学成就，从中我们可以看到一个较全面的孙绰形象。

一 品藻大家

人物品藻是汉魏六朝时期重要的文化现象，它主要产生于东汉开始的荐举入仕的选人方式。东汉人物品评受时代思想的约束，其首要标准是德行。而汉末魏晋"九品中正制"的推行，则完全体现了曹操"唯才是举"的用人思想，"才性""气质""容止"成了魏晋人物品藻的重要内容。这种人物品藻的审美化，在《世说新语》中体现得很充分：

> 王戎目山巨源："如璞玉浑金，人皆钦其宝，莫知名其器。"
>
> （《赏誉》）

> 庾子嵩目和峤："森森如千丈松，虽磊砢有节目，施之大厦，有栋梁之用。"
>
> （《赏誉》）

> 时人目"夏侯太初朗朗如日月之入怀，李安国颓唐如玉山之将崩"。
>
> （《容止》）

> 时人目王右军"飘如游云，矫若惊龙"。
>
> （《容止》）

魏晋文人品评人物，往往能捕捉人的神韵，并用恰当形象的语言表达出来。孙绰是东晋人物品评之大家，《世说新语》中有关孙绰的记载中最多的是他对人物以及作品风格的品评。有关人物的品评有：

> 抚军问孙兴公："刘真长何如？"曰："清蔚简令。""王仲祖何如？"曰："温润恬和。""桓温何如？"曰："高爽迈出。""谢仁祖何如？"曰：

"清易令达。""阮思旷何如？"曰："弘润通长。""袁羊何如？"曰："洮洮清便。""殷洪远何如？"曰："远有致思。""卿自谓何如？"曰："下官才能所经，悉不如诸贤；至于斟酌时宜，笼罩当世，亦多所不及。然以不才，时复托怀玄胜，远咏《老》《庄》，萧条高寄，不与时务经怀，自谓此心无所与让也。"

（《品藻》）

支道林问孙兴公："君何如许掾？"孙曰："高情远致，弟子蚤已服膺；一吟一咏，许将北面。"

（《品藻》）

简文问孙兴公："袁羊何似？"答曰："不知者不负其才，知之者无取其体。"

（《品藻》）

人物品评在魏晋蔚然成风，士人经常聚集在一起品评人物。通过品评，统治者可以确立选拔人才的新标准，士人则以此为进身之阶。擅长品评的人因此而身价倍增。在上述记载中，都是由他人如抚军司马昱、支道林、简文帝向孙绰提问"某某何如"而引出孙绰的一番评语，可见孙绰已是当时著名的人物品藻专家，他对不同人物的品评是很准确的。他能用最简洁的语言，描绘出众士人不同的精神境界，同时，在这些准确而简洁的描绘中，可体现出魏晋士人的审美观，从"清蔚简令""温润恬和""清易令达""洮洮清便""高情远致"等评语中，可见出东晋人崇尚"清""静""远"的审美境界，能清廉平易，有清雅恬静的风度、清新简约的言论，是时人对东晋人士的较高评价。孙绰不仅品评别人，他对自己也有一个颇符合时尚的评价，他认为自己"托怀玄胜，远咏《老》《庄》，萧条高寄，不与时务经怀"，这是玄学家所推崇的最高境界。但与许询的"高情远致"相比，他认为自己仍有差距，而文学创作上的才华与成就则胜许一筹。

孙绰对人物的品评，还体现在他写的碑诔之作中。他在为王濛所作诔中说："余与夫子，交非势利，心犹澄水，同此玄味。"在《太尉庾亮碑》中说："公雅好所托，常在尘垢之外，虽柔心应世，蠖屈其迹，而方寸湛然，固以玄对山水。"孙绰品评人物，还追求"玄味"的人格气质，实质上就是老庄所提倡的超功利的审美人生态度的外在表现，它体现了追求个体精神自由的审美性质。而且玄儒双修成为孙绰心目中国家大臣的形象，他笔下的王导、庾亮、桓温都是这种"出处同归"的典范，这是东晋人理想的人格气质，而孙绰则成为这种人格气质的总结者。

孙绰的品评才能，不仅仅局限于人物，他对作家的才华及文学作品的特征的评价也很有见地。首先，他认为一个人的风韵、神情的高低与文学创作有很大关系。

> 孙兴公为庾公参军，共游白石山，卫君长在坐。孙曰："此子神情都不关山水，而能做文！"

> （《赏誉》）

魏晋人认为"高情远致"是和"清风朗月"紧密相连的，人物的"高情远致"与自然界的"清风朗月"在审美本质上具有相同点。人与自然的沟通，是山水诗出现的契机。在东晋人的心目中，山水是有特定审美本质的，并不是每个人都可以亲近山水。孙绰强调人物主体要有审美的心胸，要"以玄对山水"，以一种超越世俗的虚静的心胸面对山水，才能捕捉到人物的神态和自然山水美的特质。这说明孙绰作为玄言诗的代表诗人，已开始用艺术和审美的眼光看待自然山水，从而使纯粹山水诗的出现成为可能。

孙绰对作家与作品的品藻，又体现出他的文论观上。《世说新语·文学》载：

> 孙兴公云："《三都》、《二京》，五经鼓吹。"

> 孙兴公云："潘文烂若披锦，无处不善；陆文若排沙捡金，往往见宝。"

> 孙兴公云："潘文浅而净，陆文深而芜。"

> 孙兴公道："曹辅佐才如白地明光锦，裁为负版绔，非无文采，酷无裁制。"

论及曹毗时，孙绰认为其有才华却不善于谋篇布局。孙绰是在刘勰、钟嵘之前较早对潘、陆诗文特点提出很中肯的观点的评论家。后人对潘岳"清绮浅净"和陆机"缛旨星稠，繁文绮合"的评价，都源于孙绰上述评语。这些评语体现了孙绰的文论观，对陆机文章"若排沙捡金，往往见宝"与"深而芜"的评价，既指出了陆机文章"繁缛""杂芜"的特点，又认为其深奥而自有闪光之处，这种评价有较大的准确度，但对比他对潘岳文章的评语，则可以见出孙绰有贬陆褒潘的倾向。孙绰既言潘文"浅而净"，又认为潘文"烂若披锦，无处不善"，可知孙绰是赞称浅净文风的。崇尚浅净与华美的文风是东晋文人的风尚，东晋玄言诗便以语言风格的简约清淡而称世。魏晋玄谈中"言不尽意""微言尽意"的观念是诗风简约浅净的一个重要基础。在浅净的同时，还不能质而无文，还要讲求文辞的华美，孙绰的文论观充分体现了东晋文人的文学观念。

二　玄味人生及其"秽行"

魏晋士人大多崇尚超俗旷达的人生态度，东晋文士则更在挥麈谈玄中体味其玄味人生，如前所说，孙绰认为自己"托怀玄胜，远咏《老》《庄》，萧条高寄，不与时务经怀"。这种具有玄味的高情远致是时代精神的典型体现，《世说新语》中还有几处类似的记载：

> 孙绰赋《遂初》，筑室畎川，自言见止足之分。斋前种一株松，恒自手壅治之。高世远时亦邻居，语孙曰："松树子非不楚楚可怜，但永无栋梁用耳！"孙曰："枫柳虽合抱，亦何所施？"

> （《言语》）

> 孙长乐作王长史诔，云："余与夫子，交非势利，心犹澄水，同此玄味。"
>
> （《轻诋》）

《遂初赋》在《世说新语》中几次被提到，《轻诋》云："桓公欲迁都，以张拓定之业，孙长乐上表，谏此议甚有理。桓见表心服，而忿其为异，令人致意孙云：'君何不寻《遂初赋》，而强知人家国事！'"可见这是一篇很有影响力的赋作，现在能见到的只是一些残句，刘孝绰注补《遂初赋叙》曰："余少慕老庄之道，仰其风流久矣。却感于陵贤妻之言，怅然悟之。乃经始东山，建五庙之宅，带长阜，倚茂林，孰与坐华幕击钟鼓者同年而语其乐哉！"可见其向往老庄隐居生活，希望能在自然的陶冶与慰藉中，去体味人生的妙谛。孙、高二人对松树的不同态度，可看出二人对自然与人生关系的不同理解。孙绰种松树，本不为其有栋梁之用，他的目的正是去感受松树的"楚楚可怜"，这是其"心犹澄水，同此玄味"审美气质的充分体现。

孙绰并非完全不关心国家政事，比如上举条目中，他曾劝阻桓温迁都，由于谏言很有道理，使桓温"见表心服"，但统观孙绰之全人，他更推崇逍遥自适的人生态度。他在诗中这样写道："散以玄风，涤以清川。""道足胸怀，神栖浩然。"（《答许询诗》）"垂纶在林野，交情远市朝。淡然古怀心，濠上岂伊遥。"（《秋日》）诗中充满了冲淡平和、逍遥自适的情怀。孙绰在给王导、庾亮、王濛等人写的碑文中，称颂这些国家大臣能"体玄悟道""出处同归""居官无官官之事，处事无事事之心"，他认为成功的为仕之道应是以超脱的心态居官办事。有一些评语不一定符合碑主的真实情况，却充分体现了孙绰的理想人生。

《世说新语》还记载了孙绰人品中的一些缺陷：

> 褚太傅南下，孙长乐于船中视之。言次，及刘真长死，孙流涕，因讽咏曰："人之云亡，邦国殄瘁。"褚大怒曰："真长平生，何尝相比数，而卿今日作此面向人！"孙回泣向褚曰："卿当念我！"时咸笑其才而性鄙。
>
> （《轻诋》）

孙兴公、许玄度皆一时名流。或重许高情，则鄙孙秽行；或爱孙才藻，而无取于许。

（《品藻》）

这里提到的孙绰"性鄙""秽行"，到底指哪些方面呢？考之史书可知一二，《续晋阳秋》曰："绰虽有文才，而诞纵多秽行，时人鄙之。"《晋书·孙绰传》曰："绰性通率，好讥调。"对所谓孙绰"秽行"提及的主要是"性通率""诞纵""好讥调"。但在魏晋时期，随着以君权思想和人伦关系为核心的名教思想的逐渐崩溃，人们的观念发生了很大的变化。胡毋辅之的儿子醉酒后，常常直呼父名（《晋书·胡毋辅之传》）。王戎的妻子常常称王戎为"卿"，王戎认为这样的称呼在礼节上是不敬重的表现，但王妻不听，并曰："亲卿爱卿，是以卿卿，我不卿卿，谁当卿卿！"（《世说新语·惑溺》）还有名士刘伶狂饮箕踞，谢鲲因调戏邻女而折齿等，可谓纵诞、通率至极。至于"好讥调"，也是魏晋名士傲慢自信的一种表现。《世说新语·简傲》云：

陆士衡初入洛，咨张公所宜诣，刘道真是其一。陆既往，刘尚在哀制中。性嗜酒，礼毕，初无他言，唯问："东吴有长柄壶卢，卿得种来不？"陆兄弟殊失望，乃悔往。

既然"性通率""诞纵""好讥调"是魏晋士人的时尚，后人记载这些事时也不认为属于"秽行"，为何孙绰的如此行径会被目为"秽行"呢？笔者认为，这与东晋为门阀制度全盛期有很大的关系。东晋门阀士族的地位很高，他们不仅在政治、经济、文化上占有特权，而且他们对事物的好恶也影响了人们的观念。对孙绰的"秽行"，《世说新语》中也有所记载：

孙绰作《列仙·商丘子赞》，曰："所牧何物？殆非真猪。傥遇风云，为我龙摅。"时人多以为能。王蓝田语人云："近见孙家儿作文，道何物、真猪也。"

（《轻诋》）

蔡伯喈睹睐笛椽，孙兴公听妓，振且摆，折。王右军闻，大嗔曰："三祖寿乐器，扺瓦吊，孙家儿打折。"

（《轻诋》）

王文度弟阿智，恶乃不翅，当年长而无人与婚。孙兴公有一女，亦僻错，又无嫁娶理；因诣文度，求见阿智。既见，便阳言："此定可，殊不如人所传，那得至今未有婚处！我有一女，乃不恶，但吾寒士，不宜与卿计，欲令阿智娶之。"文度欣然而启蓝田云："兴公向来，忽言欲与阿智婚。"蓝田惊喜。既成婚，女之顽嚚，欲过阿智。方知兴公之诈。

（《假谲》）

这里记载了孙绰文章的语言的粗俗、听妓折笛的不拘小节、瞒恶嫁女的欺诈行为，孙绰也由此而受到世家大族的指责。孙绰拿着王羲之家的祖传笛椽，听歌女唱歌，听到忘乎所以时，且振且摆，不小心给折断了，动作可能略显粗鲁，但也不失为率真之举。嫁女于王氏，虽然有欺诈之嫌，但既然王家之子与孙家之女一个"恶乃不翅"、一个"僻错"，也可谓个性相近，很相配，但为什么王述认为孙绰欺骗了他呢？这主要是门第观念在作怪。这里提到的琅琊王氏、太原王氏皆为东晋时第一流的世族。孙氏其实也不能算是庶族。孙氏远祖孙资为魏骠骑将军，孙绰祖父孙楚由于"多所陵傲，缺乡曲之誉"（《晋书·孙楚传》），到四十多岁时才出仕，孙绰之父"未仕而早终"，孙绰在东晋也只做过著作佐郎、参军、长史之类的官职，孙绰兄孙统、从兄孙盛也未做高官，故而孙氏只能算是中小士族。又加上像琅琊王氏这样的大族，在永嘉东渡之后既任高位，又对国家的兴亡做出了贡献，而孙氏兄弟渡江时还都是少年，后来在政治上也没有大的成就，所以不被时人重视。上面所引三段记载也透露了这方面的信息，孙绰在大族太原王氏面前自称"但吾寒士，不宜与卿计"，而王述与王羲之在提到孙绰的时候也流露出鄙视的口吻，"孙家儿"显然是对一般寒士之称。当然，孙绰"好讥调"的个性，可能也会得罪一些名士，这可能也是孙绰受人指责的原因所在。

三　为文之自信

东晋人士在"鄙孙秽行"的同时，又"爱孙才藻"，可见孙绰的才华是被当时人共同推崇的，孙绰对自己在文学创作上的才华也十分自信：

> 支道林问孙兴公："君何如许掾？"孙曰："高情远致，弟子蚤已服膺；一吟一咏，许将北面。"
>
> （《品藻》）

> 孙兴公作《天台山赋》成，以示范荣期，云："卿试掷地，要作金石声。"范曰："恐子之金石，非宫商中声。"然每至佳句，辄云："应是我辈语。"
>
> （《文学》）

孙绰认为，与许询相比，自己的优势不在高情远致，尽管自己也追求玄味人生，但更为出众的则是文学创作上的才能。后一条记载更为具体，孙绰自信所写《游天台山赋》掷地有"金石声"，范荣期本不以为然，但读了全文后，还是赞扬有加，说明孙绰绝非盲目自信。孙绰"博学善属文"，为"一时文宗"，是东晋文坛卓有成就的作家，他的诗文、辞赋、碑文、诔文都写得不错。但后世对孙绰的评价褒贬不一。钟嵘《诗品》将孙绰归入"下品"，并认为孙绰之诗"平典似《道德论》"。这一评价主要指他的玄言诗，尤其是具有代表性的《答许询诗》《赠温峤诗》《与庾冰诗》等，如《答许询诗》第一章云："仰观大造，俯览时物。机过患生，吉凶相拂。智以利昏，识由情屈。野有寒枯，朝有炎郁。失则震惊，得必充诎。"这类诗旨在表现抽象的玄理，既无形象性，又缺乏诗歌应有的情感，也未能给人以"理趣"，正如钟嵘所言"理过其辞，淡乎寡味"。但这类玄言诗也并非毫无价值，玄言诗对现实与人生的理性思考，进一步发展了中国诗歌以理入诗的创作方法，并由此而逐渐发展成为后来的哲理诗，这一开创之功不应被埋没。

　　使孙绰成为"一时文宗"的，肯定不仅仅是上述玄言诗，在他的作品中还有一些诗，玄言与山水杂糅其中，很有艺术价值，如《兰亭诗》《三月三日诗》《秋日》等。这些诗在体玄的同时，对自然山水的描绘也颇细致生动，如"莺语吟修竹，游鳞戏澜涛"（《兰亭诗》其二），"萧瑟仲秋月，飂戾风云高。山居感时变，远客兴长谣。疏林积凉风，虚岫结凝霄。湛露洒庭林，密叶辞荣条"（《秋日》），景物描写清新、明快，不管是春天的风暖草长，还是秋日的凉风疏林，诗人都旨在从大自然的草长叶落中体悟玄理，而不是用抽象的道理谈玄。在孙绰这一类诗歌中，自然界春生秋败虽然会引起诗人的悲叹，"抚茵悲先落，攀松羡后凋"，但诗人通过玄思的洗涤，把人生放入宇宙本体中加以观照，便体悟到了与自然相融的快乐，"垂纶在林野，交情远市朝。淡然古怀心，濠上岂伊遥"（《秋日》）。孙绰这类诗歌用山水所包含的玄义来说理，是玄言诗向山水诗过渡时期的重要代表作。

　　孙绰以《游天台山赋》自许，而此赋成为《文选》中唯一一篇孙绰的作品，可见此赋确实有价值。这是一篇山水记游小赋，其中景物描写和诗中的山水描写同样出色，"赤城霞起以建标，瀑布飞流以界道"，在句式的整练、对偶的精工等方面均有成就。此赋不仅体现玄理，而且阐扬佛理，体现了玄佛合流的趋势。

　　孙绰的诔碑之作也写得不错，刘勰对孙绰这方面的文学成就极为推崇，曾认为"孙绰为文，志在碑诔"（《文心雕龙·诔碑》）。孙绰为东晋许多名臣与名士写过诔文、碑文，如《庾公诔》《王长史诔》《刘真长诔》《丞相王导碑》《太尉庾亮碑》等文，在这些文章中孙绰根据碑诔之作"标序盛德""昭纪鸿懿"的标准，极力颂扬这些东晋名士的高尚人格。如写王导"玄性合乎道旨，冲一体之自然，柔畅协乎春风，温而俨于冬日"，"雅好谈咏，恂然善诱。虽管综时务，一日万机。夷心以延白屋之士，虚己以招岩穴之俊，逍遥放意，不峻仪轨"，称颂庾亮"公雅好所托，常在尘垢之外，虽柔心应世，蠖屈其迹，而方寸湛然，固以玄对山水"，认为刘真长能做到"居官无官官之事，处事无事事之心"，这些褒美之辞有些并不完全符合墓主实际，以至于被人目为"谀墓文"，但将中兴名臣理想化，本来就是东晋人的风尚，并不是孙绰所独创，而且，这些碑诔之作写得萧散简淡，能用很简练的语言概论墓主的性格与处事特征，成为当时传颂的名篇。

孙绰的为人与文学创作，在历史上多有争论，可惜此方面史料甚少，而《世说新语》中记载的大量有关孙绰的内容，则让我们看到一个较全面的孙绰形象。

第三节　东晋诗歌中的清音与琴趣

东晋是玄言诗盛行的时代。玄言诗创作风气肇始于正始"诗杂仙心"的何晏，最初的创作以西晋永嘉年间王济等人为代表，东晋偏安江左之后，玄言诗创作风靡朝野。东晋初年，文人士大夫面对国家残破、山河分崩、居无定所，难以摆脱精神上的困顿与失落，且因玄学以虚无清淡为其本质特征，遂成为士大夫们逃避残酷现实，寻求精神解脱的最后园地。玄言诗的兴起与玄学清谈的盛行有很大关系，可以说，玄言诗是玄学清谈在文学领域内的一种扩大形式。玄学家们在其玄言诗作中谈玄论道，寄情山水，不仅为空谈玄理之奥妙，更是为了净化心灵，舒展性情，表达其逍遥自足、自适任性的人生态度。玄言诗的这些特点，也导致了诗人音乐观的改变。

一　非必丝与竹，山水有清音

玄学与山水一直有所关联。玄学家们将人生观与自然观结合起来，借山水体玄，借山水而化郁结、畅情志，他们接受了老子"道法自然"、庄子返璞归真的思想，在大自然中追求道之纯净，从而使心境澄澈虚静、精神爽朗超迈。"散以玄风，涤以清川。"（孙绰《答许询诗》）"散怀山水，萧然忘羁。"（王徽之《兰亭诗》）文学作品中的山水自然观并非始于东晋，在东汉时，张衡的《归田赋》展示的便是与现实官场相对立的田园山水风光，这些自然风景成为作者超尘遗俗、纵心物外之心志的形象说明。到魏晋时期，嵇康的《四言赠兄秀才入军诗》等作品以超然的态度面对自然山水，嵇康诗中的景物充满清虚高蹈的气息，"揭示自然山水本身的超逸气质，在嵇诗中往往是与他追求老庄超尘脱俗的境界相联系的"。① 可以说，玄言诗人借山水散怀，由此而达到虚静超拔之至美之境，而对音乐欣赏的自然观，则是这种境界中富有哲理的表现。

音乐与自然的关系，也是魏晋文人关注的焦点。嵇康在《声无哀乐论》与《琴赋》中将"自然之和"视为音乐之本，"音声有自然之和，而无系于人情""声音以平和为体""和心足于内，和气见于外，故歌以叙志，舞以宣情"（《声无哀乐论》），琴乐之本质在于"含至德之和平"（《琴赋》）。在嵇康看来，音乐的本质就是"和"，即和谐，因为音乐是自然的产物，具有自然的属性。嵇康之后，左思在《招隐》中提出了"非必丝与竹，山水有清音"的自然音乐观。在左思看来，无论多么美妙动听的人为之音也无法与自然天成的山水之音相比，山水胜过丝竹，自然胜过人为。这一音乐观的提出，象征着一个审美新时代的到来。左思这两句诗，深得东晋南朝文人的赏识。《晋书·王羲之传附王徽之传》载："（徽之）尝居山阴，夜雪初霁，月色清朗，四望皓然，独酌酒咏左思《招隐诗》，忽忆戴逵。逵时在剡，便夜乘小船诣之，经宿方至，造门不前而反。人问其故，徽之曰：'本乘兴而行，兴尽而反，何必见安道邪！'"《梁书·昭明太子传》载："（昭明太子）性爱山水，于玄圃穿筑，更立亭馆，与朝士名素者游其中。尝泛舟后池，番禺侯轨盛称：'此中宜奏女乐。'太子不答，咏左思《招隐诗》曰：'何（《南史》作'何'）必丝与竹，山水有清音。'侯惭而止。"可见，东晋南朝文士十分推崇这种以自然为本的音乐观。后世学者对这两句诗评价也很高，明人胡应麟在《诗薮·外编》卷二中说："太冲以气胜者也，'振衣千仞冈，濯足万里流'至矣；而'非必丝与竹，山水有清音'，其韵故足赏也。"清人宋徵璧在《抱

---

① 王玫：《六朝山水诗史》，天津人民出版社，1996。

真堂诗话》中称此二句："所谓渐近自然。""渐近自然"是诗意与自然相结合的最好的注脚。到了东晋时期，文人士子更为崇尚自然山水。王羲之《兰亭集序》的观点跟左思如出一辙："虽无丝竹管弦之盛，一觞一咏，亦足以畅叙幽情。"在自然之中畅饮赋诗，从天地辽阔、宇宙永恒中领悟人生"大道"的真义，感受生命与自然的交融、个体生命向宇宙自然本体回归的快乐，已经超越了有形的音乐带来的愉悦。我们知道，西晋时期也曾有一次著名的文人集会，即石崇组织的金谷园集会，石崇在《金谷园诗序》中曰："或登高临下，或列坐水滨。时琴瑟笙筑，合载车中，道路并作。及往，令与鼓吹递奏。"石崇等诗人面对山水之时，载乐而往，琴瑟、笙筑、鼓吹递奏，既以音乐抒其心志，又以音乐显示其贵族身份。相比之下，东晋诗人更崇尚自然，认为山水之中自有清音，觞咏之时亦可会意，他们将生命投入自然之中，将追寻自然山水之妙视为音乐的最高境界。

那么，东晋诗人是否便不再关注音乐了呢？非也。事实上，东晋很多文人谙音乐，善鼓琴，《晋书》中此类记载很多，如谢鲲"能歌善鼓琴"，谢尚"善音乐，博综众艺"，戴逵"谈琴书愈妙"。《世说新语·任诞》注引《续晋阳秋》曰："羊昙善唱乐，桓伊能《挽歌》，及（袁）山松以《行路难》继之，时人谓之三绝。"东晋文人仍然赏乐、知乐，在他们的诗中也推崇自然之乐：

> 回驾蓬庐，独游偶影。陵风行歌，肆目崇岭。高丘隐天，长湖万顷。可以垂纶，可以啸咏。取诸胸怀，寄之匠郢。
>
> ——王胡之《赠庾翼诗》八章其八

> 朝乐朗日，啸歌丘林。夕玩望舒，入室鸣琴。五弦清澈，南风披襟。醇醪淬虑，微言洗心。幽畅者谁，在我赏音。
>
> ——谢安《与王胡之诗》六章其六

东晋诗人在自然之中"行歌""啸咏"，以玄虚心境"鸣琴""赏音"，歌咏之中交织着生命的自然形态，他们所欣赏的音乐也便有了平和冲淡的意境。

二　但识琴中趣，何劳弦上声

陶渊明为东晋大诗人，关于陶渊明与音乐的关系，历来有各种不同说法。《宋书·隐逸传》说："不解音声，而蓄素琴一张，无弦，每有酒适，辄抚弄以寄其意。"《晋书·隐逸传》载："性不解音，而蓄素琴一张，弦徽不具，每朋酒之会，则抚而和之，曰：'但识琴中趣，何劳弦上声。'"皆提到了陶渊明之不解音声与弹无弦琴。陶渊明弹无弦琴是因其不解音律吗？抑或别有所寄？我们可以从他的诗文中找到答案。

其实，陶渊明颇擅弹琴，他在《与子俨等疏》中说："少学琴书，偶爱闲静，开卷有得，便欣然忘食。"在《归去来兮辞》中也说："悦亲戚之情话，乐琴书以消忧。"诗歌中的此类描述更是随处可见：

> 衡门之下，有琴有书。载弹载咏，爰得我娱，岂无他好，乐是幽居。
>
> ——《答庞参军》

> 凯风因时来，回飙开我襟。息交游闲业，卧起弄书琴。
>
> ——《和郭主簿》之一

> 弱龄寄事外，委怀在琴书。
>
> ——《始作镇军参军经曲阿作》

在陶渊明的诗文中，"琴"与"书"总是联系在一起的，可见在他的生活中，弹琴与读书一样，都是必不可少的内容。

> 亲戚共一处，子孙还相保。觞弦肆朝日，樽中酒不燥。
>
> ——《杂诗》其四

> 花药分列，林竹翳如。清琴横床，浊酒半壶。
>
> ——《时运》其四

琴又是与酒紧密相关的，亲戚朋友在一起时，饮酒、弹琴、品书，其乐无穷。不仅如此，陶渊明对音乐所表达的情感内涵也十分了解。"荣叟老带索，欣然方弹琴。原生纳决履，清歌畅商音。"（《咏贫士》其三）借曾子、原宪安贫乐道、不慕荣利的典故，表明了诗人安贫守贱、不愿为官的情怀。"饮饯易水上，四座列群英。渐离击悲筑，宋意唱高声。萧萧哀风逝，淡淡寒波生。商音更流涕，羽奏壮士惊。"（《咏荆轲》）借荆轲易水之别，咏叹壮士的悲国之情，寄意遥远。

此外，陶渊明还喜欢吟唱"长吟掩柴门，聊为陇亩民"（《癸卯岁始春怀古田舍》其二），"啸傲东轩下，聊复得此生"（《饮酒》其七），"登东皋以舒啸，临清流而赋诗"（《归去来兮辞》）。《拟古》其七曰：

> 日暮天无云，春风扇微和。佳人美清夜，达曙酣且歌。歌竟长叹息，持此感人多。皎皎云间月，灼灼叶中华。岂无一时好，不久当如何！

东晋许多名士以携妓宴游、酣歌达旦视为名士风流的体现，陶渊明则"闲静少言，不慕荣利"，即使是饮酒，也多与稚子弱女、田父故人同饮，故而此诗并非写实，诗写诗人酣饮歌唱，既而感慨美人迟暮，并借此委婉地表达不可耽于宴乐逸游之意。

有人认为，陶诗中所说的弹琴鼓瑟"皆为托其心志之虚笔，并非他真会弹琴瑟"。[①] 倘若我们将陶诗中的一些音乐典故如"别鹤""孤鸾""商音"等看作比喻、象征以托其心志的话，也许有一定的道理，因为陶渊明博览群书，可以于古诗中随手拈来音乐意象用以寄托心志，这也是古人写诗善用的手法，但他自述"衡门之下，有琴有书。载弹载咏，爰得我娱""少学琴书，偶爱闲静"，这些话就不可能是"托其心志之虚笔"了。诗人从小就学习琴书，在学琴与读书上花了相当多的时间和工夫，后来不管是在家闲居，还是息交归隐，时时以琴书自娱。"（陶渊明）退隐田园以后，在很大程度上已经

---

① 潘志国：《陶渊明会弹琴吗》，《中学语文教学》2006 年第 3 期。

审美化、艺术化了，而在他审美化、艺术化的生活中，弹琴读书等文艺活动是一个重要内容。"① 那么，既然陶渊明知音律，好弹琴，能吟啸，为何要弹无弦琴呢？笔者认为，一方面，陶渊明在醉酒之后取出家中年久已坏的琴抚弄一番，以寄心意，是文人潇洒率真风度的体现。我们无法想象，陶渊明会专门去制作一张无弦之"素琴"，应推测为原来有弦的琴年久损坏，干脆不要弦了，这说明陶渊明归隐后在平淡、闲适的田园生活中，人生修养已经达到了一个很高的境界。另一方面，"但识琴中趣，何劳弦上声"与他"好读书，不求甚解"一样，并非不懂音律，而只是不取弦上之声。因为在他看来，如果真正理解"琴"之趣味，也就是音乐的真谛，又何必一定要去追求具体的音声呢？实际上，从他的文学作品中大量抒写音乐的内容可以看出，他比别人更懂音律，对音乐的理解和感悟更透彻、更深刻。因为一个人如果没有"少学琴书"的基础，没有长期以来的文化积累，没有对音乐艺术的理解、感悟，是谈不到能识琴中之趣的。他弹无弦琴，其实是在推崇无声之乐。关于无声之乐，老子曾言"大巧若拙，大音希声"，认为真正完美的音乐是五音所无法表达的，只有个体心灵与宇宙自然的精神息息相通，领略"道"的幽微无形，才能体味到美妙绝伦的"大音"。魏晋玄学崇尚"得意忘言"，推崇"无形之音"。阮籍《清思赋》曰："余以为形之可见，非色之美；音之可闻，非声之善。……是以微妙无形，寂寞无听，然后乃可以睹窈窕而淑清。"阮籍认为，实际生活中的形声音色都是不完美的，只有与空漠无边的宇宙本体相融合，才能在想象中领略到最完美的形象和声音。这些音乐美学思想都对陶渊明有很大的影响。陶渊明的哲学思想与人生态度，在很大程度上受老庄思想的影响，他以自然朴素为美，认为自然是美的极致。正如他的诗歌创作不追求华丽的辞藻、空泛的形式，而以自然朴素之美取胜一样，他对音乐的喜好也不可能追求娴熟的技巧与美妙的音色，因为他认为具体的琴声是无法演绎出对生命、宇宙的深刻理解的。正如庄子所言："果且有成与亏乎哉？果且

---

① 张可礼：《东晋文艺综合研究》，山东大学出版社，2001。

无成与亏乎哉？有成与亏，故昭氏之鼓琴也，无成与亏，故昭氏之不鼓琴也。"（《齐物论》）不鼓琴，虽然在音乐具体形式上不完备，却在避免"亏"的同时，达到了"成"，而"成"则是具体的音乐曲调无法表达的境界。

再者，从音乐欣赏、听众接受的角度而言，有声之乐虽然美妙，却容易限制人们欣赏音乐的空间，约束人们想象力的发挥，而无声之乐则可给欣赏者以无限的音乐审美空间，使审美主体的思想能超越时空而自由遐想。陶渊明意识到，有声响就必定是由具体的人在歌唱或演奏，就会刻意地修饰以达到完美的境界，而音乐只有到了无声或忽略其声响的地步，才会十分和谐。就像他对待读书一样，对音乐他也不像一般人那样拘谨，那样追求落实，而是以一种玄虚的、审美的情趣去体悟。

第四节　东晋玄言诗的审美意趣

东晋玄言诗是中国西晋末年兴起的以阐释老庄和佛教哲理为主要内容的诗歌，其特点是以玄理入诗。永嘉之乱后，中原动荡，贵族们纷纷南下，且其中大多数为世家大族成员，很多都是对玄学有研究且擅长清谈的人物。清谈是一种魏晋名士讨论老庄玄理的方式，唐翼明教授在《魏晋清谈》中说："魏晋名士以清谈为主要方式，针对本和末、有和无、动和静、一和多、体和用、言和意、自然和名教的诸多具有哲学意义的命题进行了深入的讨论。清谈的进行有一套约定俗成的程式，清谈一般都有交谈的对手，藉以引起争辩。争辩或为驳难，或为讨论。在通常情况下，辩论的双方分为主客，人数不限，有时两人，有时三人，甚至更多。"① 这些清谈名士对玄学清谈的盛行有重要的作用，间接推动了玄言诗的发展。这个时候的诗人笼罩在一片玄学清谈的文化氛围中，他们在游山玩水之余，追求玄虚的精神境界和审美旨趣，使他

---

① 唐翼明：《魏晋清谈》，人民文学出版社，2002，第103页。

们的诗作于无形中形成清虚恬淡的风格。

玄言诗自从产生以来，就经常有批评之声，最著名的即钟嵘《诗品》："永嘉时，贵黄老，稍尚虚谈。于时篇什，理过其辞，淡乎寡味，爰及江表，微波尚传。孙绰、许询、桓、庾诸公，诗皆平典似《道德论》，建安风力尽矣。"① 很多学者认为，玄言诗是以老庄玄理为主的哲学类文字，哲理超过诗味，建安风骨等现实主义传统被抛弃了。这些评价有一定的道理，诗歌是言志和抒情的，需要反映现实，这是中国传统的诗歌观，但玄言诗的出现有它存在的合理性，玄言诗也是反映现实的，反映的是当时文人心灵的现实，所以，探讨玄言诗的审美意趣有特别的意义。

玄言诗是随着玄学的兴起而兴起的。玄学是在正始时期兴起的，正始时期也可以说是玄言诗的开端。正始是魏齐王曹芳的年号。刘勰《文心雕龙·明诗》云："正始明道，诗杂仙心，何晏之徒，率多浮浅。唯嵇志清峻，阮旨遥深，故能标焉。"② 指明诗歌创作至正始有大的变化，而这个时期的玄言诗人，不得不提的是既是著名文学家也是著名玄学家的阮籍和嵇康，他们是"竹林名士"的重要成员，也是最负盛名的诗人。阮籍"本有济世志"，他的思想里有很深的儒家信仰，但是特定的历史时期与经历使他的这种信念发生了动摇，从而引发了他对社会、历史和人生的重新思考，因此他创作的《咏怀诗》展示了一个玄学家哲理探索中思绪和情感上的错综复杂。而嵇康是一位具有相当高的玄学修养和很强的逻辑思辨能力的文学家。《晋书·嵇康传》言："康善谈理，又能属文，其高情远趣，率然玄远。"他将这种哲学上的探求直接加入文学创作之中，构成了其诗歌既超拔又富有理趣的特色。

西晋是玄言诗的发展时期。西晋前期，正始以来的玄言诗风随着玄学的遭受压制而陷入低迷，取而代之的是汉儒思想指导下的以儒家教义为内容的"雅化诗派"。西晋后期，玄学复兴，并快速地取得了较高的地位。关于西晋

---

① （南朝梁）钟嵘：《诗品》，上海古籍出版社，2007。
② （南朝梁）刘勰：《文心雕龙》，凤凰出版社，2011，第98页。

的玄言诗，不得不提"元康之放"，"元康之放"既有后人所称的奢靡与腐败之意，又有高雅和审美的旷达情怀。如石崇《赠枣腆》："携手沂泗间，遂登舞雩堂。文藻譬春华，谈话犹兰芳。消忧以觞醴，娱耳以名娼。博弈逞妙思，弓矢威边疆。"这首诗一面游戏山水，言咏玄虚，一面又纵情酒色，使气任侠，可视为名士放纵享受生活的实录，是"元康之放"在文学中的反映。

东晋是玄言诗兴盛的时期。这主要是因为随着东晋政局的逐步稳定，玄学也进入它的全面高潮期，玄言诗开始有覆盖整个诗坛的趋向，并且呈现各种复杂的变化，和正始、西晋时期相比较，不管是内容、题材还是表现手法等都变得丰富多样起来。这个时期的玄言诗人主要有孙绰、许询、支遁、庾阐、王羲之等人。如庾阐，他的玄言诗在当时也是出类拔萃的，他是通过对特定的审美对象如山水的游玩欣赏来体悟玄理的。他的《观石鼓》写道：

> 命驾观奇逸，径鹜造灵山。朝济清溪岸，夕憩五龙泉。鸣石含潜响，雷骇震九天。妙化非不有，莫知神自然。翔霄拂翠岭，缘涧漱岩间。手澡春泉洁，目玩阳葩鲜。

从此诗可以看出，东晋玄言诗不再是玄理的直接演绎，而是通过对山川大地的感受、玩味、咀嚼来体悟玄理。在这里，玄思开始与山水结合起来，玄言诗得到了新的发展。

玄言诗结束于晋宋之际。此时的一个重要人物就是谢灵运，他真正改变了玄言诗风。谢诗的一大特点就是山水和玄言的有机结合，道玄理仍然是谢灵运诗歌创作的主要特点。同时要指出的是，谢诗玄言的特色，并非玄理本身的表达和发挥，而是通过"以玄对山水"来写作山水诗，体味人生哲理。他的《石壁精舍还湖中作》就是一首典型的山水与玄理相结合的诗作：

> 昏旦变气候，山水含清辉。清辉能娱人，游子憺忘归。出谷日尚早，入舟阳已微。林壑敛冥色，云霞收夕霏。芰荷迭映蔚，蒲稗相因依。披

> 拂趋南径，愉悦偃东扉。虑淡物自轻，意惬理无违。寄言摄生客，试用
> 此道推。

诗歌结构绵密，紧扣题中一个"还"字，写一天的行踪，从石壁到湖中再到回家，层次清楚，而且情、景、理相融，前面刻画描写山水为后面的玄言做铺垫，只不过这个玄言不是抽象的玄理推演，而是从山水的美感中引发出的"淡虑"与"惬意"。玄理正表现出转向山水背后的趋向。

玄言诗的审美意趣主要体现在以下几个方面。

第一，理趣之妙。

玄言诗又被称为哲理诗，而哲理所具有的哲学性必然意蕴深远，耐人寻味，需要人们反复去咀嚼和品味。如孙绰的《答许询》：

> 仰观大造，俯览时物。机过患生，吉凶相拂。智以利昏，识由情屈。
> 野有寒枯，朝有炎郁。失则震惊，得必充诎。

这首诗便是被钟嵘称为"理过其辞，淡乎寡味"的作品。这首诗简要表达了得失和福祸之间的相互转化，确实缺乏艺术形象及真挚感情，文学价值不高。孙绰作为以玄理为题材创作玄言诗的一代文宗，在中国诗歌发展史上有不可忽视的地位。他以玄理入诗拓宽了诗歌的表现领域，增加了诗歌的深沉性和含蓄性。

同时，"理感"表达也为玄言诗增添了一份韵味。陈顺智在《东晋玄言诗派研究》中说："理感就是玄言诗人对玄理的一种自然冥会的感觉，是主体对客体的一种审美关照。"① 因此富有理感的玄言诗才可称为玄言诗的佳作。如孙绰的《兰亭诗》：

> 流风拂枉渚，停云荫九皋。莺语吟修竹，游鳞戏澜涛。携笔落云藻，
> 微言部纤毫。时珍岂不甘，忘味在闻韶。

---

① 陈顺智：《东晋玄言诗派研究》，武汉大学出版社，2003，第89页。

这首诗是在东晋那场著名的兰亭集会上写的，在这个天时地利人和的场合，吟诗作赋，抒发理感，让人感到心神舒畅。而诗的结尾用了孔子的典故，更显韵味，值得人反复品味。之所以有如此精妙的理感体现和玄学智慧，一个很重要的原因就是对传统诗学精神的突破。何光顺先生指出：

> 中国传统诗学是集"情感—表现"的本位精神与"道德—讽谏"的功能主义于一体的双层结构。"发乎情，止乎礼义"说，"兴观群怨"说，是这种诗学的双层结构的典型代表。情感表现几乎涵盖了中国古代大部分的诗，是中华民族气质的集中表达，它所包含的艺术气息和民族神韵是传统诗学的重要概括。"诗言志"作为一种比较成熟的诗学观念，建构了中国两千多年的诗学本位精神，对中华民族的文化精神与艺术精神有着重要的作用，同时从另一个角度来看也阻止了其它文化体系的渗透。而玄言诗常常被称为"非诗"就是因为玄言诗是注重玄道感悟的诗学，它与传统的"情感—表现"诗学内涵相违背。

同时还指出："魏晋玄言诗人挑战了传统诗学的双层结构，将老庄本真的诗学精神向具有某种艺术形式的诗歌世界进行了一次成功的转渡。"① 指的就是传统诗学的变化。社会环境铸就特定的文化氛围，特定的文化氛围造就特定的文化表达。玄言诗所追求的是超出经验的理性思考，所发之情是畅理之后的高情，玄言诗的兴起对后来具有禅味的诗歌的出现有所启迪，所呈现的意境为后世知识分子提供了文学创作的理性空间。

孙绰《秋日》：

> 萧瑟仲秋月，飂戾风云高。山居感时变，远客兴长谣。疏林积凉风，虚岫结凝霄。湛露洒庭林，密叶辞荣条。抚菌悲先落，攀松羡后凋。垂纶在林野，交情远市朝。淡然古怀心，濠上岂伊遥。

---

① 何光顺：《玄响寻踪：魏晋玄言诗研究》，暨南大学出版社，2011，第65页。

孙绰是东晋著名的玄言诗人，他不仅有像《答许询》那样单纯解释玄理的诗歌，也有像《秋日》这样虽也涉及玄理，却并不"淡乎寡味"的诗作。作者首先写秋日的萧瑟之感。在这样的寒秋，苍松不怕寒冷，秋气无损于它，所以作者不禁要攀其枝叶，投以羡慕的眼光。人生苦短，诗人愿意来到林边野外钓鱼，与朝廷等争名逐利的场所断绝联系。"淡然古怀心，濠上岂伊遥"，只要把纷繁的世界看得淡漠一些，以一种超然之心面对一切，无求于人，无苛于己，保持远古人的心胸，那我们离无为自适的境界也就不远了。作者是在对秋日景象的描绘和由此而产生的悲、羡之情上引出对濠上之风的颂扬的，此诗虽然涉及玄理，但并非阐释道家的具体教义，仅仅是表明一种归依道风的感情，而诗歌更多的是在写景抒情。这是一首借山水而抒发玄理的诗歌，哲理的表达并没有影响诗意，是玄理与诗意很好地结合的诗作。

第二，超脱之境。

特定的时代有特定的思维，魏晋时期是社会动荡不安的时代，在这种时代人们必须找到一种特定的精神慰藉。例如在关乎生死问题上，世人都畏死，阮籍虽然狂放任达，但也无法逃脱这种忧思，因此他的内心也是非常惧怕这一人生必经之事的。但是如果能顺其自然，就能泰然处之，以一种超脱的心态对待生死，人生便会有一种释然之感。大部分玄言诗人在诗歌中对待生死有一种超然的态度。他们从玄理里面提取的超脱境界和旷达的态度正是玄学天道合一思想和玄学人生态度的表现。正始诗人在诗歌中已经有这样一种情感倾向，如嵇康的"俯仰自得，游心太玄"尽显达观和超脱的精神世界，同时东晋士人的"以玄对山水"也体现了超拔的精神境界。到了这个时期，玄理和山水的结合是一种意境，是一种纵享人生旨趣的境界。宗白华先生在《论〈世说新语〉和晋人的美》中说："晋人向外发现了自然，向内发现了自己的深情。"的确，东晋士人追求玄学的人格美是因为他们内心解决了名教与自然的问题，自然山水和自然人格共同组成了玄言诗人的自然人格美。在《世说新语》中，魏晋士人展示出任性不羁、洒脱放达、一往情深的自然人格，他们求真、尚情，冲破世俗纲常的藩篱，以顺其自然的态度为人处世，体现了魏晋士人对自然人格美的崇尚，成为后世文人的精神家园和人格范式。从张翼《咏怀诗三首》之中的一首便可看出：

> 运形不标异，澄怀恬无欲。座可栖王侯，门可回金毂。风来咏逾清，鳞萃渊不浊。斯乃玄中子，所以矫逸足。何必玩幽闲，青衿表离俗。百龄苟未遒，昨辰亦非促。曦腾望舒映，曩今迭相烛。一世皆逆旅，安悼电往速。区区虽非党，兼忘混砾玉。恪神罔丛秽，要在夷心曲。

这是一首以说理为主的玄言诗，诗人认为人生在世，在言行上并不需要孤高傲世，处处"标异"，如果悟到真如，"斯乃玄中子，所以矫逸足"，便可达到禅悦之境。诗歌充分抒写了诗人旷达的胸怀，诗人强调"恪神罔丛秽，要在夷心曲"，关键是人的思想要达到禅悟的境界，这样才能摆脱世俗生活的困扰，不再忧虑伤悲，从而进入禅悦。只要保持心境的平和安宁，无欲无求，便能在浑浑噩噩的尘世中拒绝媚俗，而不必像隐居山林之士那样离群索居，远离尘世。人生最高之境即"心远地自偏"的超脱之境界。

第三，恬淡之趣。

"清虚""恬淡"是人们评价玄言诗常用的词。这两个词出自钟嵘《诗品》卷下："永嘉以来，清虚在俗。王武子辈诗，贵道家之言。爰洎江表，玄风尚备，真长、仲祖、桓、庾诸公犹相袭。世称孙、许，弥善恬淡之词。"[1] "清"为至纯之意，"虚"为道家的意境。张廷银在《谶纬及道教对玄言诗兴起的影响》中说："道教对玄学的影响作用也曾被不少学者所提及，但被大家所认识到的影响作用，仍然是道教思想中某些与老庄思想相切合的观点，对当时人生活态度的制约和支持。"[2] "清虚"正可以概括玄言诗的本质，如"松竹挺岩崖，幽涧激清流。消散肆情志，酣畅豁滞忧"（王玄之《兰亭诗》），松树和修竹挺立在有岩石的悬崖上，清幽之涧有激流的声音，在这种

---

① （南朝梁）钟嵘：《诗品》，上海古籍出版社，2007，第106页。
② 张廷银：《谶纬及道教对玄言诗兴起的影响》，《西北师大学报》（社会科学版）2003年第4期。

恬淡境界中，诗人内心空灵清净。"恬淡"用在玄言诗中，就是一种清澄不加修饰的纯朴气息。郭璞的诗句"林无静树，川无停流"，可谓恬淡之气尽显，它本身质朴的韵味、不加修饰的词语更加体现了玄言诗的真意，让人领悟到一种世界都在运转的朗朗大气。因此，陈顺智说道："'清虚'是玄言诗人'玄心'的内在状态，'恬淡'是内心清澄的外化。"① 玄言诗是"清虚"与"恬淡"的交融，体现了淡泊质朴，心境平和宁静，外不受物欲之诱惑，内不存情虑之激扰，物我两忘的境界。

总之，东晋玄言诗确实在历史长河中缓缓流过，它给世人留下的除了"理过其辞，淡乎寡味"外，还有它的理趣与韵味。玄言诗所呈现给世人的还有它独特的智慧和理感之妙、本身所表达的达观与超脱的精神追求，以及特有的审美旨趣。

---

① 陈顺智：《东晋玄言诗派研究》，武汉大学出版社，2003，第76页。

第五章
南朝诗歌的体式新变

第一节　永明体诗歌的体式新变及其意义

中国诗歌发展至南朝齐永明年间，诗歌的体式发生了重大变化，出现了被称为"新变体"的新体诗，即"永明体"。关于永明体的含义与代表作家，《南齐书·陆厥传》云：

> 永明末，盛为文章。吴兴沈约、陈郡谢朓、琅琊王融以气类相推毂。汝南周颙善识声韵。约等文皆用宫商，以平上去入为四声，以此制韵，不可增减，世呼为"永明体"。①

可见，四声八病即永明体的特征，标志着诗歌格律化的正式形成，而最初建立永明体体式以及在诗歌创作中运用此体式写作的是南齐时的沈约、谢朓、王融、周颙等诗人，这些诗人在诗歌创作上实践着格律诗的声律规范，在中国格律诗的形成中起到了承先启后的作用。声律论的推出和产生是永明体产生和兴盛的重要原因。永明体诗歌主要指五言诗，讲求对仗，运用时应该避免犯"平头、上尾、蜂腰、鹤膝"等声病，它利用汉字的平上去入四声，将四声音调不同的文字按一定的规则排列组合起来，使文章产生抑扬顿挫的

---

① （南朝梁）萧子显：《南齐书·陆厥传》，中华书局，1972，第898页。

声韵美。永明声律论的主要倡导者是沈约，他历仕宋、齐、梁三朝，又著有《四声谱》，倡导声律理论。有人认为四声法则是他提出来的，也有人认为沈约是在前人的声律理论的基础上整理延伸出来的。

四声的总结和提出推动了声律论的产生和发展。刘跃进总结了永明声律的特征：

> 第一，句式渐趋于定型，以五言四句、八句为多。第二，律句大量涌现，平仄相对的观念已经十分明确……"粘"的原则尚未确立。第三，用韵已相当考究，其主要表现在押平声韵为多，押本韵很严，至于通韵，很多已接近唐人。第四，在对仗方面，追求自然与情理的完美结合。①

但是，永明体对声律的苛刻、细致的规定，显然给诗歌的创作带来了一些弊端。曾经有许多文学评论家指出，任何新事物的产生都来自旧事物的自我淘汰，新事物不会直接在产生时就全面替代旧事物，而旧事物也不会就此消失，它们都有其存在的必要意义。当然，就永明体而言，在永明年间是新事物，当时以及其后的一些文人墨客对这一新事物抱有消极的态度，因为他们只看到了永明体这一新事物给文坛和诗歌写作带来的消极影响。然而，从文学史变化、发展的必然性来讲，四声的提出和永明体的兴起，使文人墨客有了积极地去主动把握和运用声律的自觉意识，这对强化诗歌的艺术功能，加强诗歌格式、格调的美感，有很重要的积极效果。在永明体的影响下，南朝诗人创作了许多优秀作品，为后世格律诗的繁荣奠定了基础。

因此，永明体的产生和发展，是中国诗歌史发展变化乃至繁荣的开始。永明体的出现，让文人懂得了主动把握诗歌本身的形式美和音乐美，而不依附于外在的声乐。同时，永明体对诗歌的创作形式的规范和要求也使诗人主动对中国诗歌的创作理论进行摸索和总结，更关键的是为后世格律诗的出现和兴盛奠定了基础，并且为唐宋诗歌创作的繁荣做了极其重要的准备工作。

---

① 刘跃进：《门阀士族与永明文学》，三联书店，1996，第 150 页。

当然，任何时代产生的新事物都是有利有弊的，不存在绝对正确的真理，也不存在绝对错误的谬论，任何事物都有其两面性，因此对一切事物都要用辩证的眼光去看待。永明体的兴起和发展对中国古代诗歌文学的发展有重要的作用，在中国文学诗歌史上是一大关键的转折。

永明体讲求声律，用韵已相当考究，诗的篇幅也主要以五言四句、五言八句为主，讲求骈偶、对仗，律句已大量出现，有些典故很自然地融入诗中。近体诗歌与汉魏古体诗歌相比，在平仄、押韵、对偶等方面都有较为严密的要求。但是由古体到近体的转变不是一蹴而就的，其中间阶段就是永明新体诗。永明体注重四声的应用，永明诗人在创作过程中努力实现其体式的主张，即在五字之内轻重悉异，在十字之内颠倒相配，对这些体式方面的创新应当给予充分的肯定。

永明体的三位代表作家为沈约、谢朓、王融。

沈约在当时甚有名望，诗歌成就也较为突出。钟嵘《诗品》以"长于清怨"概括沈约诗歌的风格。这种特征主要表现在他的山水诗和离别诗中。与同时代的其他诗人相比，沈约诗歌中写自然山水的并不算多，但也同样具有清新之气，不过其中又往往透露出一种哀怨感伤的情调。如《登玄畅楼》：

> 危峰带北阜，高顶出南岑。中有陵风榭，回望川之阴。岸险每增减，湍平互浅深。水流本三派，台高乃四临。上有离群客，客有慕归心。落晖映长浦，焕景烛中浔。云生岭乍黑，日下溪半阴。信美非吾土，何事不抽簪？

相比沈约的宫体诗，这首山水诗写景尤其是对不同视角所见之景物变化的捕捉与描摹清新而又自然流畅，如此美景而非吾土，体现了一种感伤的思归之情。沈约的离别诗也同样有"清怨"的特点，如最为后人所称道的《别范安成》：

> 生平少年日，分手易前期。及尔同衰暮，非复别离时。勿言一樽酒，明日难重持。梦中不识路，何以慰相思？

将少年时的分别同如今暮年时的分别相对比，已经蕴含了深沉浓郁的感伤之情。全诗语言浅显平易，但情感表达得真挚、深沉而又委婉，在艺术技巧上具有独创性。沈德潜评此诗："一片真气流出，句句转，字字厚，去《十九首》不远。"

谢朓是永明体诗人中在诗歌创作上成就最大的一位诗人。他对山水诗和永明体都进行了很多探索。在山水诗方面，他继承了谢灵运山水诗细致、清新的特点，善于通过对山水景物的描写来抒发情感意趣，达到了情景交融的地步，形成一种清新流丽的风格。如他的名作《晚登三山还望京邑》：

> 灞涘望长安，河阳视京县。白日丽飞甍，参差皆可见。余霞散成绮，澄江静如练。喧鸟覆春州，杂英满芳甸。去矣方滞淫，怀哉罢欢宴。佳期怅何许，泪下如流霰。有情知望乡，谁能鬒不变？

诗人以自然流畅的语言，抒写登上三山时遥望京城和大江美景引起的思乡之情，将登山所见之清丽多姿的自然景观编织成一幅色彩鲜明而又和谐完美的图画，使读者感受到春天的色彩、春天的声音和春天的气息。写景色调绚烂纷繁，满目彩绘，写情单纯柔和，轻清温婉，而景物之美又与诗人的恋乡之情相融，写景、抒情结合得非常自然，具有很强的艺术感染力。

谢朓曾说"好诗圆美流转如弹丸"，后世很多学者认为谢朓的诗歌达到了这样的一种境界。要达到"圆美流转"，语言的清新流畅与声韵的铿锵婉转是十分重要的因素。谢朓是永明体的提倡者与实践者，他将讲究平仄四声的永明声律运用于诗歌创作之中，如他的诗歌《游东田》：

> 戚戚苦无悰，携手共行乐。寻云陟累榭，随山望菌阁。远树暖阡阡，生烟纷漠漠。鱼戏新荷动，鸟散馀花落。不对芳春酒，还望青山郭。

这首诗音调流畅和谐，对仗工整，清新隽永，读起来朗朗上口，铿锵悦耳，充分体现了永明体诗歌的特点。

另一位积极参与创作永明体的诗人王融，也是颇有才华的诗人。钟嵘说他"有盛才，词美英净"。《南齐书》本传也说："文辞辩捷，尤善仓卒属缀，有所造作，援笔可待。"王融在永明声律论的推行和实践中也有较为突出之处。钟嵘《诗品序》载：

> 齐有王元长者，常谓余云："宫商与二仪俱生，自古词人不知用之。唯颜宪子乃云'律吕音调'，而其实大谬。惟见范晔、谢庄颇识之耳。尝欲造《知音论》，未就。"王元长创其首，谢朓、沈约扬其波。①

通过这段话我们可以看出钟嵘对王融在永明体的实践和推行中的贡献有很高的评价，甚至将其推至永明体诗歌创作的开创者的地位，从中可以发现他对声律论的提出和总结起着关键性的作用。

王融的诗歌的主要特点是构思含蓄而有韵致，写景细腻而清新自然，语言华美而平易流畅，在某种程度上表现出与谢朓相近似的风格。如《临高台》：

> 游人欲骋望，积步上高台。井莲当夏吐，窗桂逐秋开。花飞低不入，鸟散远时来。还看云栋影，含月共徘徊。

这是一首以写景为主的诗歌，诗人描绘了一幅美丽而又祥和的夏秋之际景象。诗人被眼前美丽、安宁的风景所吸引，置身其中，好像可以完全抛开世俗的杂念，尽享这短暂而又悠闲的美景。写景清新细腻，造语流畅精巧。全诗平仄对仗工整，很符合永明体的体式特征，读起来抑扬顿挫。再如《古意》二首：

> 霜气下孟津，秋风度函谷。念君凄已寒，当轩卷罗縠。纤手废裁缝，曲鬓罢膏沐。千里不相闻，寸心郁纷蕴。况复飞萤夜，木叶乱纷纷。
>
> 游禽暮知反，行人独未归。坐销芳草气，空度明月辉。顿容入朝镜，思泪点春衣。巫山彩云没，淇上绿条稀。待君竟不至，秋雁双双飞。

---

① （南朝梁）钟嵘：《诗品·诗品序》，中州古籍出版社，1959，第33页。

这两首是王融诗歌中比较好的思妇诗。通过写秋日的寒霜、秋风、稀条、飞萤、明月、秋雁等景象，点出了秋日的离别主题，并间接或直接地写出闺中思妇对远方行人深切的思念之情，以秋日景物细致入微地写出了闺中思妇的痛苦心境。诗境自然平淡，对仗工整，讲求韵律。

从王融的诗歌中可以看出其在押韵、句式上与永明体之间的紧密联系。王融的诗歌，不仅语言华美流畅，写景细腻生动，而且讲求韵律，音调和谐，既讲求比喻、对偶等艺术手法，又不失壮美之气。从以上诗歌来看，不管是咏物、写景之作，还是借思妇来抒情之作，都体现了王融诗歌创作的清新、含蓄之特点。

永明体的出现与成熟，使诗歌越来越讲求一种和谐流畅的音韵美，革除了刘宋时元嘉体诗痴重板滞的风气，追求圆美流转、通俗易懂的诗风和写景、抒情有机地融为一体，而且讲求诗首尾的完整性，讲求构思的巧妙，追求诗的意境。但如果要求过分苛细，则势必会带来一定的弊病。从现存的一些资料中可以看出，沈约等人对声律的要求是相当精细烦琐并十分严格的，连沈约自己也难以达到要求。但从文学史的发展来看，四声的发现和永明体的产生，使诗人具有了掌握和运用声律的自觉意识，对增加诗歌艺术形式的美感，增强诗歌的艺术效果，是有积极意义的。永明体的产生，标志着中国古典诗歌的一大进步，也为后来律诗的成熟及唐诗的繁荣奠定了基础。

第二节　南朝咏乐诗及其价值解读

一　南朝咏乐诗的特点

南朝咏乐诗属于南朝宫体诗的范畴。南朝咏乐诗主要盛行于梁代，宋、齐、陈三代比较少。笔者就此做过详细的统计，现存南朝文人咏乐诗三十四首，分别是宋一首、齐四首、梁二十四首、陈五首。南朝咏乐诗分为咏乐器、咏乐伎、咏歌、咏乐等几类，其中咏乐器是重点，所咏乐器有琵琶、琴、瑟、笛、篪、笙、筝等等，与六朝咏乐器类辞赋相比，种类相对少些，但还是可以看出六朝文人对音乐中"器"概念的重视。与梁代同类诗相比，齐代的两首咏乐器诗写得清丽流畅：

> 抱月如可明，怀风殊复清。丝中传意绪，花里寄春情。掩抑有奇态，凄锵多好声，芳袖幸时拂，龙门空自生。
>
> （王融《咏琵琶诗》）

> 洞庭风雨干，龙门生死枝。雕刻纷布濩，冲响郁清危。春风摇蕙草，秋月满华池。是时操别鹤，泫泫客泪垂。
>
> （谢朓《同咏乐器得琴》）

诗中不仅有对乐器形状的描述，还重点阐述了乐器所表现的情感类型，而且以"抱月""怀风""春风""秋月"来比喻乐器之形与声，是较为成功的咏物之作。

梁代的咏乐器类诗歌创作，可以说是蔚为大观，在现存的十五首诗歌中，大部分都写得不错，如萧衍《咏笛诗》："柯亭有奇竹，含情复抑扬。妙声发玉指，龙音响凤凰。"对仗工巧，清新自然。沈约是齐梁著名诗人，也是著名的宫体诗人，他写作了大量的咏物诗，这些诗歌不仅咏各种植物、水果及自然现象，而且将一些极小的生活用品也纳入诗中，如竹槟榔盘、领边绣、脚下履，这是宫体诗善于描写女性用品的充分体现。沈约有五首咏乐器诗，其中三首写得颇有特点：

> 江南箫管地，妙响发孙枝。殷勤寄玉指，含情举复垂。雕梁再三绕，轻尘四五移。曲中有深意，丹诚君讵知。
>
> 《咏篪诗》

> 彼美实枯枝，孤筱定参差。鹍鸡已喗唶，枣下复林离。本期王子宴，

宁待洛滨吹。

《咏笙诗》

　　秦筝吐绝调，玉柱扬清曲。弦依高张断，声随妙指续。徒闻音绕梁，宁知颜如玉。

《咏筝诗》

沈约诗歌既注重对物象外部特征的刻画，也继承了传统咏物诗比兴寄托的特点，能够在诗中充分体现作者所要表达的内心情感，如"曲中有深意，丹诚君讵知""本期王子宴，宁待洛滨吹"等诗句都体现了心曲不为人知、志向不得施展的落寞之感。就语言形式而言，沈约非常注重诗歌语言的华美流转，所以他的咏乐器类诗歌对乐器产生的环境、弹奏曲调的悲美感人，以及弹奏者的优美姿态都有形象而生动的描述，是宫体诗中的优秀之作。

　　刘孝绰、到溉均有《秋夜咏琴诗》：

　　上宫秋露结，上客夜琴鸣。幽兰暂罢曲，积雪更传声。

（刘孝绰）

　　寄语调弦者，客子心易惊。离泣已将坠，无劳别鹤声。

（到溉）

这两首同题诗，均以"客子"秋夜鸣琴与听琴体现其离愁别绪，题旨相近，语言凝练，对仗工整。梁代咏乐诗还有刘孝仪与萧纲的作品写得颇有特点：

　　危声合鼓吹，绝弄混笙簴。管饶知气促，钗动觉唇移。箫史安为贵，能令秦女随。

（刘孝仪《咏箫诗》）

　　弹筝北窗下，夜响清音愁。张高弦易断，心伤曲不道。

（萧纲《弹筝诗》）

萧纲为梁代著名的宫体诗人，他所写咏物诗中虽不乏镂刻雕绘的"匠气"之作，但其中一些小诗写得还是十分精工流丽的。如"张高弦易断，心伤曲不道"一联，不仅对仗工整，而且以抒情的笔触写出了人之心绪对音乐的影响。

到陈代时，咏乐器诗便不再像齐梁时那样工整流丽，陈代模仿梁代宫体诗作法而写咏乐诗，诗风也便以艳俗为主。如陈后主叔宝之《听筝诗》：

> 文窗玳瑁影婵娟，香帷翡翠出神仙。促柱点唇莺欲语，调弦系爪雁相连。秦声本自杨家解，吴虞那知谢傅怜。只愁芳夜促，兰膏无那煎。

诗风艳俗，辞藻靡丽，更无抒情言志之风，已经失去了齐梁咏物诗刻画细致与工丽流畅的诗风，转为绮靡低下了。

咏乐诗中的另一部分为咏乐、咏歌诗，这一部分中有一类直接写乐歌的，如萧绎《咏歌诗》、庾信《听歌一绝诗》等，另一类是通过写歌伎、乐伎而写乐歌的，如刘骏、萧纲、谢朓各有一首同题的《夜听妓诗》，还有丘巨源的《听邻妓诗》、江洪的《咏歌妓诗》、邓铿的《奉和夜听妓声诗》、沈君攸的《待夜出妓诗》，以及陈代阴铿、刘删各有一首《侯司空宅咏妓诗》等。萧绎的《咏歌诗》"汗轻红粉湿，坐久翠眉愁。传声入钟磬，余转杂箜篌"，写"汗轻""红粉""翠眉"，完全是宫体诗的艳俗风格。而庾信的《听歌一绝诗》则写得自然流畅，无宫体诗味："协律新教罢，河阳始学归。但令闻一曲，余声三日飞。"咏歌伎、乐伎诗，其实就是咏美人诗，南朝文人可以说是非常具有"美人"情结的一代诗人，在他们的诗歌中，"美人""佳人"之类的词语不断出现，他们似乎并不掩饰自己对倾城之美人的爱慕与欣赏，从现实与想象的角度写了大量的咏美人诗。咏歌伎、乐伎是他们咏美人诗的一大类内容，这些诗歌除了对美女之容颜进行描述外，还称赏其弹奏之乐以及歌唱水平。"云间娇响彻，风末艳声来。"（丘巨源《听邻妓诗》）"朱唇随吹尽，玉钏逐弦摇。留宾惜残弄，负态动余娇。"（萧纲《夜听妓诗》）"低衫拂鬟影，举扇起歌声。"（沈君攸《待夜出妓诗》）这些描写虽然不出宫体诗的内容，但对歌声与乐曲的描述还是颇为准确而生动的。

陈诗的诗歌水平相对比不上齐、梁诗，但有两首咏妓诗写得不错：

> 佳人遍绮席，妙曲动鸲弦。楼似阳台上，池如洛水边。莺啼歌扇后，
> 花落舞衫前。翠柳将斜日，俱照晚妆鲜。
>
> （阴铿《侯司空宅咏妓诗》）

> 石家金谷妓，妆罢出兰闺。看花只欲笑，闻瑟不胜啼。山边歌落日，
> 池上舞前溪。将人当桃李，何处不成蹊。
>
> （刘删《侯司空宅咏妓诗》）

诗歌写歌伎的歌舞表演，语言清丽流转，对仗精当工巧，用典也准确而不生僻，已经脱出宫体诗的窠臼，成为有很高艺术水平的诗歌。

二　南朝咏乐诗的价值及形成的原因

南朝咏乐诗的出现与大量创作，是对汉魏六朝以来咏乐赋创作的继承。从西汉枚乘《七发》开始，以赋来写音乐，就成为文学创作的一个新方向，《七发》奠定了先写制琴之材，次写制琴，再次写操琴并以歌相和，最后渲染音乐效果这样的咏乐赋写作范式，汉代王褒的《洞箫赋》、马融的《长笛赋》皆承袭了这种范式并在篇幅上进一步扩大。作为有较长篇幅的单独成篇的音乐赋作，此两篇作品思路开阔，想象丰富，并大量运用比喻与夸张手法，把箫、笛的高雅，乐声的美妙而富于变化以及艺术感染力描述得有声有色，而且在咏物之中融入了作者浓烈的情感，把音乐赋的创作推向了高潮。东汉音乐赋还有侯瑾的《筝赋》与蔡邕的《琴赋》，是汉末抒情小赋的代表作。魏晋六朝音乐赋的创作蔚为大观，现有存目三十余篇，但内容完整者只有嵇康《琴赋》、潘岳《笙赋》、成公绥《啸赋》、夏侯湛《夜听笳赋》、江淹《横吹赋》、萧纲《金錞赋》《筝赋》等七篇作品。值得一提的是嵇康的《琴赋》，其强调以自然为本的音乐观，认为琴曲产生的作用是使人"感荡心志""发泄

幽情"，也即宣泄情感、寄托情志、陶冶情操，而不是为了道德的教化。南朝咏乐诗虽然不像咏乐赋那样用很长的篇幅铺陈渲染音乐之美，但其以凝练的语言、细致的刻画、工巧的对仗抒写音乐的悲美感人，有辞赋所不具有的另一种风格特征。

如上所述，南朝咏乐诗属于南朝宫体诗中咏美人一类的诗歌，它有宫体诗词采华艳、旋律柔婉、风格轻靡的特点。但纵观现存南朝咏乐诗，柔靡华艳之作并非主体，大部分诗作写出了音乐的美感。例如："丝中传意绪，花里寄春情。掩抑有奇态，凄锵多好声"（王融《咏琵琶诗》），"殷勤寄玉指，含情举复垂"（沈约《咏篪诗》），"情多舞态迟，意倾歌弄缓"（谢朓《夜听妓》二首其一），写音乐之传情与奇妙之美；"是时操别鹤，淫淫客泪垂"（谢朓《同咏乐器得琴》），"张高弦易断，心伤曲不道"（萧纲《弹筝诗》），"看花只欲笑，闻瑟不胜啼"（刘删《侯司空宅咏妓诗》），写乐声之悲美感人的感染力；"弦依高张断，声随妙指续"（沈约《咏筝诗》），"管饶知气促，钗动觉唇移"（刘孝仪《咏箫诗》），描摹音乐演奏者柔美而优雅的姿态。即使是咏乐器类的诗歌，也不是完全意义上的体物诗，它具有体物寓情的特点。器乐虽为物，但它可以奏出动听的乐曲，可以传导演奏者的情感，所以"情"在其中便是必不可少的。"殷勤寄玉指，含情举复垂"（沈约《咏篪诗》），"管清罗袖拂，响合绛唇吹"（陆罩《咏笙》），南朝诗人通过对演奏者柔婉情态的描绘，写出了女子的"情多"与"意倾"，这里也许只是写歌者与奏者的多情，抑或是诗歌作者的"倾情"，即使有所谓男女之情的表达，也是十分委婉的。作者并不像其他宫体诗人一样，着力描摹"美人"之容貌与妆饰，而是着意于歌者的姿态与情绪，着意于歌者在演奏与歌唱中的情感表达。

南朝咏乐诗句并不仅仅见于题目中有"看妓""咏琴"之类的诗以及咏乐器等作品之中，而是在诸多咏美人诗中都有咏乐诗句。宋人吴幵在《优古堂诗话》中说："古今诗人咏妇人者，多以歌舞为称。"如萧纲的"密态随流脸，娇歌逐软声"（《美女篇》），"但歌聊一曲，鸣弦未肯张"（《戏赠丽人》），谢朓的"清歌留上客，妙舞送将归"（《永明乐》）等。歌舞本不可分，在咏舞诗中也有许多咏乐诗句，第三节有详细论述。

南朝咏乐诗的繁荣，渊源于南朝音乐文化的高度发展。南朝贵族阶层歌姬舞女群体的繁盛是咏乐类作品出现的重要前提。帝王的倡导无疑是某一朝代音乐文化繁荣的重要条件，梁武帝是一个具有很高文学艺术修养的帝王，他喜欢民间俗乐，曾经对吴歌、西曲进行改造，以满足宫廷音乐的审美要求。他曾把民谣"襄阳白铜蹄"改造成具有文人高雅趣味的宫廷音乐。吴歌、西曲中很多描写民间男女情爱的乐歌对南朝宫廷音乐有不可估量的影响，宫体诗中的诸多描写与其风格特征均受到这些民间俗乐的影响。梁武帝还喜欢将俗乐赏赐予有功之士。《南史·徐勉传》载："普通末，武帝自算择后宫《吴声》《西曲》女妓各一部，并华少，赉勉，因此颇好声酒。"南朝宫廷中对俗乐的推崇与喜好，直接影响了士族阶层歌舞演出的繁盛以及畜妓之夫的"无有等秩"。《梁书·贺琛传》记载："今畜妓之夫，无有等秩，虽复庶贱微人，皆盛姬姜，务在贪污，争饰罗绮。"南朝宫廷中音乐文化的发展，使歌舞艺人数量不断增多，表演技巧也不断提高。梁代羊侃"善音律，自造《采莲》《棹歌》两曲，甚有新致"。他以豪门之家畜养了很多高水平的歌舞艺人，如善弹筝的陆太喜与能为掌中舞的张净琬。南朝时文士喜以歌舞自娱，《南史·谢裕传》载刘宋时的王彧与表兄弟谢孺子"宴桐台，孺子吹笙，或自起舞"。可以说，南朝乐舞文化的高度发展，是咏乐诗出现并繁荣的主要原因。

第三节　南朝宫体诗中的咏舞作品

南朝咏舞诗是南朝诗歌中一类较为特殊的诗歌，属于宫体诗吟咏女性美的一类。咏舞在汉代是通过辞赋的形式来表现的，傅毅和张衡各有《舞赋》，详尽地描述了汉代舞蹈的表演方式、表演场合以及舞容舞姿。其他辞赋作品如《七发》《子虚赋》《上林赋》《两都赋》《二京赋》都有完美的乐舞描写。

六朝舞赋虽不像汉代时那么发达，但也有萧纲《舞赋》、顾野王《舞影赋》
这些较有水平的辞赋作品。咏舞诗虽然不能像辞赋那样，以较长的篇幅铺写
舞容舞姿，但也可以通过比喻、象征手法，形象地传达出舞者外在的形体特
征与内在的情感内涵。

一　咏舞诗体现的女性之美

宋时鲍照、汤惠休等人创作了歌咏白纻舞的歌辞，但不是自觉的咏舞诗，
只是具有咏舞诗的性质，其中有很多描写舞姿舞容的诗句。如南平王刘铄著
有《白纻曲》，鲍照有《代白纻舞歌辞四首》和《代白纻曲二首》，汤惠休有
《白纻歌三首》等。这些舞辞大多为七言，句数灵活不一，内容上描写舞者的
妆饰、神态，有些诗歌还揣测舞者的内心，似有一种芳华不再、红颜难长的
忧伤之感。

齐代有无名氏的长篇《齐白纻舞歌诗》。值得一提的是，王俭有《齐
白纻辞》：

> 阳春白日风花香，趋步明月舞瑶裳。情发金石媚笙簧，罗袿徐转红
> 袖扬。清歌流响绕凤梁，如惊若思凝且翔。转眄流精艳辉光，将流将引
> 双雁行。欢来何晚意何长，明君驭世永歌昌。

内容上写舞服、舞曲，最后引入舞情。诗歌为七言体，格式上句句押韵，注
重声律，句法稍多变化。

再如宋鲍照《代白纻舞歌辞四首》其一：

> 三星参差露沾湿，弦悲管清月将入。寒光萧条候虫急，荆王流叹楚
> 妃泣。红颜难长时易戢，凝华结藻久延立，非君之故岂安集。

诗歌充满一种凄冷感，寒露、"寒光萧条"、"弦悲管清"、"妃泣"，清秋时
节，寒露凄冷，舞女感慨时光易逝、红颜难长，"凝华结藻久延立"，长时间
的徘徊和忧思不断，读者不禁爱之怜之。

严格意义上的咏舞诗是从梁代开始的。梁代的《白纻歌》仍以称赞舞者为基本内容，梁武帝萧衍作《白纻舞辞》，其诗今存百首中大半为艳诗。其《咏舞诗》曰："腕弱复低举，身轻由回纵。可谓写自欢，方与心期共。"既写舞者的轻柔舞姿，又写舞者的内心之感。由于萧衍的开创之功，随后的梁陈时期，出现了一批成熟的描绘刻画、吟赏品评舞蹈表演和艺术的咏舞之作。《先秦汉魏晋南北朝诗》收录梁朝诗人以舞为题的诗歌有 18 首，另有诗题中未出现"舞"字，但以舞蹈为描写主题的诗歌 21 首，若加上那些内容与舞蹈有关的诗作，数量还会更多。南朝咏舞诗最具代表性的诗人是简文帝萧纲，其诗作精细刻画，代表作有《咏舞诗二首》《咏独舞诗》《咏舞诗》等。

如萧纲的《咏舞诗二首》：

> 戚里多妖丽，重聘蒈燕余。逐节工新舞，妖态似凌虚。纳花承褶襗，垂翠逐珰舒。扇开衫影乱，巾度履行疏。徒劳交甫忆，自有专城居。

> 可怜称二八，逐节似飞鸿。悬胜河阳伎，暗与淮南同。入行看履进，转面望鬣空。腕动苕华玉，衫随如意风。上客何须起，啼乌曲未终。

再如何逊的《咏舞妓诗》：

> 管清罗荐合，弦惊雪袖迟。逐唱回纤手，听曲动蛾眉。凝睛眄堕珥，微睇托含辞。日暮留嘉客，相看爱此时。

以上几首咏舞诗一方面写舞女的舞蹈动作，通过"动""回"等动词以及扇、珰、履、鬣、蛾眉等侧面饰物的衬托共同描绘了轻柔的舞步和舞姿；另一方面，又通过描绘舞者的眼神变化、神态和情绪来体现其情感特征，如"凝睛""微睇托含辞""日暮留嘉客，相看爱此时"。在轻回慢转、顾盼生姿之间，展现的是一个情感丰富的舞女。宫体诗一直被认为诗风浮艳轻靡，辞藻秾丽，缺乏抒情，但是梁朝后期的咏舞诗不只从外形上描摹人物以烘托舞者的精湛舞技，还从动态中传其神、达其情，这相较于之前的咏舞诗无疑是一种进步，既体物又抒情，真正做到了形神兼备。

　　体态轻柔是南朝女子追求的一种时尚美。一般女性极力缩小腰围，追逐轻柔。而就轻歌曼舞于达官贵人消遣之所的舞女而言，轻柔美更是她们追求的一种舞蹈胜境。萧梁时期，羊侃家有"舞人张净琬，腰围一尺六寸，时人咸推能掌中舞"，她们所追求的能为掌中舞的境界，便是体态轻盈的舞者形象。从诗中，我们也能一览时人对舞伎轻柔美的尊崇。以梁朝的两首诗歌为例：

　　　　娼女多艳色，入选尽华年。举腕嫌衫重，回腰觉态妍。情绕阳春吹，
　　影逐相思弦。履度开裙褶，鬟转匝花钿。所愁余曲罢，为欲在君前。

　　　　　　　　　　　　　　　　　　　　　　（刘遵《应令咏舞诗》）

　　　　红颜自燕赵，妙妓迈阳阿。就行齐逐唱，赴节暗相和。折腰送余曲，
　　敛袖待新歌。鬐容生翠羽，曼睇出横波。虽称赵飞燕，比此讵成多。

　　　　　　　　　　　　　　　　　　　　　　（杨瞰《咏舞诗》）

诗中"回腰""折腰"等都突出了舞者的轻盈柔缓，旨在活现佳人盈盈的体态和轻柔的舞姿。举凡南朝宫体诗中的咏舞之作，皆歌轻柔，如"状似明月泛云河，体如轻风动流波"（刘铄《白纻曲》），"倾腰逐韵管，敛衽听张弦"（王训《应令咏舞诗》）等。舞者身体徐动，腰身纤细，似轻风、流云，显得格外轻柔瘦弱，美不胜收。

　　南朝女性治妆严谨，"画眉千度拭，梳头百遍撩"（庚信《梦入堂内》），力求妆容尽善尽美。这些折射在咏舞诗中，舞者形象无不是妆铅点黛、傅粉施朱、佩玉鸣环、小衫广袖。试看诗中对舞者的描写：

　　　　回履裙香散，飘衫钿响传。低钗依促管，曼睇入繁弦。

　　　　　　　　　　　　　　　　　　　刘孝仪《和咏舞诗》

　　　　娇情因曲动，弱步逐风吹。悬钗随舞落，飞袖拂鬟垂。

　　　　　　　　　　　　　　　　　　　（萧纲《咏舞诗》）

用"回履""飘衫""钿""低钗""悬钗""飞袖""拂鬟"等服装和配饰，点缀曼妙的舞蹈，无疑是锦上添花。

化妆是表现美艳的重要手段，"容华艳艳将欲然"（汤惠休《白纻歌三首》），"颧容生翠羽"（杨曦《咏舞诗》）等诗句对其有充分体现。更有约黄效月、裁金作星的流行妆饰，如徐陵《奉和咏舞》："低鬟向绮席，举袖拂花黄。"穿着和饰物也为女性的美丽增辉。"趋步明月舞瑶裳。情发金石媚笙簧，罗袿徐转红袖扬"（王俭《齐白纻辞》），"纤罗雾縠垂羽衣""垂珰散佩盈玉除"，珠玉满身，杂沓繁复。服装大多注重轻、薄、窄、小，配饰多为金钗、玉钏、珥珰、步摇、珠绳等。舞者为舞蹈、为欣赏者而容，云髻雾鬟、蛾眉青黛、朱唇皓齿、红装粉饰，美艳之风溢于容表。

> 因风且一顾，扬袂隐双蛾。曲终情未已，含睇目增波。
>
> 何敬容《咏舞诗》

> 依歌移弱步，傍烛艳新妆。徐来翻应节，乱去反成行。
>
> 刘孝仪《舞就行诗》

> 因羞强正钗，顾影时回袂。非关善留客，更是娇夫婿。
>
> 萧纲《咏独舞诗》

> 腰纤蔑楚媛，体轻非赵姬。映襟阗宝粟，缘肘挂珠丝。发袖已成态，动足复含姿。斜睛若不眄，娇转复迟疑。何惭云鹤起，讵减凤惊时。
>
> 江洪《咏舞女诗》

不仅舞容和舞态妍媚，从玉腕素臂、明眸流盼、细腰纤瘦上也表现出女性诱人的仪态，如"玉腕俱凝若云行"（刘铄《白纻曲》），"素腕举"（鲍照《代白纻曲二首》），"流目送笑不敢言"（汤惠休《白纻歌三首》），"蛾眉与曼脸，见此空愁人"（吴均《小垂手》），"含睇目增波"（何敬容《咏舞诗》），"折腰送余曲"（杨曦《咏舞诗》），"回腰觉态妍"（刘遵

《应令咏舞诗》）等。

此外，咏舞诗中还多次出现关于"透香"的描写，如"从风衣起发芬香"（张率《白纻歌》），"熏衣杂枣香"（王训《奉和率尔有咏诗》），"笑态千金动，衣香十里传"（王训《应令咏舞诗》）等。虽然这比不上肢体透香来得诱人，但是对沉溺于声色之娱的士庶来说无疑魅惑至极。

咏舞诗的写作，为我们展现了舞者轻盈的体态美、繁复的妆饰美和曼睇流波的妖媚之态，为书写女性的美丽提供了丰富的素材。

> 从风回绮袖，映日转花钿。同情依促柱，共影赴危弦。
>
> 王暕《咏舞诗》

> 斜身含远意，顿足有余情。方知难再得，所以遂倾城。
>
> 殷芸《咏舞诗》

> 飞凫袖始拂，啼乌曲未终。聊因断续唱，试托往还风。
>
> 庾肩吾《咏舞诗》

> 歌声临画阁，舞袖出芳林。石城听若远，前溪应几深。
>
> 庾肩吾《咏舞曲应令诗》

> 洞房花烛明，燕余双舞轻。顿履随疏节，低鬟逐上声。步转行初进，衫飘曲未成。
>
> 庾信《和咏舞诗》

> 十五属平阳，因来入建章。主家能教舞，城中巧画妆。低鬟向绮席，举袖拂花黄。烛送空回影，衫传篝里香。当由好留客，故作舞衣长。
>
> 徐陵《奉和咏舞诗》

咏舞诗一方面写舞女的舞蹈动作，如"斜身""顿足""折腰""敛袖""扬袂""回履""飘衫""腕动""衫随""飞袖""顿履""衫飘"等描写舞蹈动态的词语，将优美舞姿的诸多方面都准确生动地描绘出来；另一方面则又善于通过描述舞者的眼神变化而体现其情感特征，如"鬐容生翠羽，曼睇出横波""曲终情未已，含睇且增波""低钗依促管，曼睇入繁弦""斜睛若不眄，娇转复迟疑"等，轻回慢转、顾盼生姿之间，体现了舞者表演的生动性与丰富性。不仅专门冠名以"咏舞诗"的作品写舞蹈，其他如看伎诗或咏美人诗中也写舞蹈，这些对女性舞蹈的大量的描写，主要写女子之容貌、舞姿、舞容等方面，而少有对舞者情感的抒发。

南朝咏舞诗最具代表性的诗人是萧纲，作为宫体诗的理论家与诗人，他认为写得好的诗便是逼真又细致地摹写女性的服饰、容貌及其凄婉哀怨的神态的作品。萧纲在《答新渝侯和诗书》中评价新渝侯萧暎的诗句曰：

> 垂示三首，风云吐于行间，珠玉生于字里，跨蹑曹左，含超潘陆。双鬟向光，风流已绝；九梁插花，步摇为古。高楼怀怨，结眉表色；长门下泣，破粉成痕。复有影里细腰，令与真类；镜中好面，还将画等。此皆性情卓绝，新致英奇。①

萧纲及其同时代的宫体诗人，善于写女性美，而且着力描绘女性的外在美，包括容貌、姿态、举止、风度、装束、修饰等，并认为越是精雕细刻的作品，越是"性情卓绝"之作。对于歌舞描写，萧纲乃是一位高手，他曾经著有《舞赋》，对宫廷宴饮之舞有细致入微的描摹与刻画。他在《七励》中也写舞蹈，写舞者"金钿设翠，步摇藏花。遥同暮雨，逼似朝霞。发鬓如点，纤腰成削。玉齿笑容，红妆绰约"，与其咏舞诗一样，以精细刻画为主。

二 咏舞诗的形式美与音乐美

结构对称和短小精巧是咏舞诗形式美的两大重要特征，构造了诗歌结构上的形式美。齐梁时期的南朝宫体诗人对传统杂言体诗进行了改造，使杂言

---

① （清）严可均辑，冯瑞生校《全梁文》卷十一，商务印书馆，1999。

体诗歌愈加成熟，如在咏舞诗中，"白纻舞辞"系列以七言为主，或穿插三言为辅，充分展现了诗歌的参差美。梁以后的咏舞诗则以五言句型为主，使五言绝句小巧玲珑的诗型在诗坛上站稳了脚跟，充分展现了小巧美。而对称是始终贯彻在诗行当中的。咏舞诗结构上的形式之美首先体现为对称之美。自元嘉诗人颜延之以来，赋诗为文特别讲究排偶属对，故而刘勰《文心雕龙》专设《丽辞》一篇，论述偶对的缘起、优劣等，因而形成一股偶对之风。咏舞诗人对此也十分痴迷，在诗文写作上将偶对体现得淋漓尽致，如"耳中解明月，头上落金钿"（丘迟《敬酬柳仆射征怨诗》），"寂寂檐宇旷，飘飘帷幔轻"（何逊《铜雀妓》），"举腕嫌衫重，回腰觉态妍"（刘遵《应令咏舞诗》），"鞏容生翠羽，曼睇出横波"（杨皦《咏舞诗》）等。部位、妆饰、方位、动名词、形容词等都有对称，平仄相对，形成了诗歌结构上相辅相成、相映成趣的对称美。

短小精巧是咏舞诗形式美蕴含的另一特征。宫体诗人在不断推动诗歌律化的过程中，借鉴"古绝句"的创作经验，创造了五言律诗中的"新绝句"。在篇幅上，"新绝句"承袭了"古绝句"的特征，每首四句，短小精干。在体格上，"新绝句"注入了南朝"新变"时尚，构思精巧，剪裁精致，声律精密。这种"新绝句"的诗体，在聚会中常常用以联句酬唱。短短四句二十字，加上精致的构思、巧妙的剪裁与和谐的声律，可读性很强：

> 转袖随歌发，顿履赴弦余。度行过接手，回身乍敛裾。
>
> （刘孝仪《又和咏舞诗》）

此诗抒情写意，精练而不拖沓，耐人把玩和吟诵。它以短小精巧的审美特征博得了后代诗人的喜爱，发展成为中国古典诗歌中最为精干也最为流行的诗体——近体五绝。

咏舞诗还存在音乐美。南朝时期，人们产生了把汉字四声活用于诗歌创作实践的灵感，在诗中自觉应用声律则从永明体开始。"沈约在《宋书·谢灵运传论》中首先提出了声律论的主张，而后则有'欲使宫羽相变，低昂互节，若前有浮声，则后须切响'的理论和实践，也就是要通过合理调配汉字的声调来取得声音的美感。刘勰《文心雕龙·声律》里予以总结：异音相从即调配好诗句的平仄，同声相应即布置好诗篇的韵脚。"①

咏舞诗人精心搭配诗句的平仄，写出很多显示声律特征的律句、诗篇，如"曲终情未已，含睇目增波"（何敬容《咏舞诗》），"低钗依促管，曼睇入繁弦"（刘孝义《和咏舞诗》）。通篇平仄相对的如庾信《和咏舞诗》："洞房花烛明，燕余双舞轻。顿履随疏节，低鬟逐上声。步转行初进，衫飘曲未成。"除了平仄，咏舞诗还讲求韵律，王俭的《齐白纻辞》通篇以"香""裳""扬""翔""光""行""长""昌"等"ang"韵一韵到底，读来整齐有韵，朗朗上口。吴均《大垂手》韵律也颇为讲究。南朝咏舞诗是在永明体的形成与成熟期创作的，永明体注重对偶与押韵，咏舞诗在韵律方面的讲究，使其摆脱了单调和乏味，颇有音韵的变化和美感。这种接近于近体格律诗的诗作的实践，使诗歌在拥有音乐的节奏美之外，还增加了抑扬顿挫美。"咏舞诗中的短制格律接近唐人规范的五言律诗，庾肩吾'转拘声韵，弥尚丽靡'，其《咏舞诗》（飞凫袖始拂）讲究声律和炼字造句，何逊和刘孝绰以及吴均的五言'声渐入律，语渐绮靡'。律体在六朝时已有大体成型之作，胡应麟《诗薮》所言'齐、梁、陈、隋句，有绝是唐律者'，诗人们争相大量创作，为唐人充分蓄势，律体在唐初趋于成熟已是历史的必然。"②

南朝乐府的民歌普遍采用五言四句的体式。永明体出现后，诗歌的篇幅逐渐减短、变小，五言四句这种趋向短小的诗型成为新体诗的新走向。咏舞诗与同时代其他文人诗一样，注重对偶，讲究声律，诗篇中出现了大量的偶对和律句，这是文人诗创作的特征所在。咏舞诗的兴起，使乐府中的咏物主题得以升华，日常生活之物都成为诗人随心所欲的吟咏对象，在客观上咏舞的同时也传承了"吟咏情性"的永恒主题。

---

① 石观海：《宫体诗派研究》，武汉大学出版社，2003，第342页。
② 张亚新：《汉魏六朝诗：走向顶峰之路》，广西师范大学出版社，1999，第94页。

描写歌伎舞女的舞姿身段是咏舞诗人的创作热点之一，咏舞诗作是"美人"系列作品的重要组成部分。这类作品在描写女性方面以其感性化、色相化的笔触为后人诗歌创作开拓了广阔的天地，拨动了唐代诗人的创作心弦，如《全唐诗》中今存咏舞之作有五六十首，其中绝大多数篇章仍然陶醉于舞女如痴如醉的转踏回旋，沉迷于舞者的芳姿艳态。女子是古代歌咏的对象之一，至此综合发展成一个香奁闺情的体系，这个传统一直影响并延伸到五代两宋词、明清戏曲与小说。

南朝咏舞诗是宫体诗的一个分支，是南朝文学"声色大开"环境下的产物，它以"清辞巧制"写音乐之美与女性之美。与一般咏物诗不同的是，这类诗歌往往将所咏之物与情色联系起来，所以在精细刻画之外，注入了女性的心理与情绪，所以也有许多抒情的成分。但与其他时代的女性描写相比，南朝咏舞诗更多采用了"巧言切状""体物为妙"的手法，不厌其烦地仔细描摹对象的一颦一笑、一举手一投足，并欣赏经过人工修饰的非自然之美，欣赏作为倡优歌伎的女子妖艳娇媚的媚惑之美。这些都与魏晋或唐代同类诗歌有较大的区别，这些区别使南朝咏舞诗成为后代学者争论的对象。贬低者认为其过于轻荡，铺写性情近于妖淫；褒扬者则如明代袁宏道，称其"清新俊逸，妩媚艳冶，锦绮交错，色色逼真"，有很高的审美价值。笔者认为，这类诗歌，尽管其中不乏"妖淫""轻荡"之成分，但总体来说，其在诗歌史上的艺术贡献与审美价值还是不容忽略的，对中国文学史上叙写女性的作品有较为深远的影响。

第四节　南朝诗歌中的音乐意象

南朝文人诗创作蔚为大观，作品数量远远超过前面几个朝代，尤其是在宋、齐、梁三代，作家众多，以诗著称者也不乏其人。宋代有以山水诗著称的谢灵运，有以七言诗与乐府诗创作为主的鲍照。齐、梁时，以沈约、谢朓为代表的永明体诗人对声律与对偶的探讨与实践，使诗歌愈加圆熟而华丽起来。梁代的宫体诗作者，在追求新变的同时，写了不少艳情诗，在诗歌形式的创造上，自有其独特之处，但其中也有很多诗歌"为人造情"，只在辞藻和韵律方面下功夫，缺乏深刻的感情，诗歌的境界也就无法提高。南朝文人于诗中写音乐，涉及音乐的各个方面，如咏乐器、咏歌伎、咏舞等。有关这些内容，前文已有论述，本节主要从文人诗中的离别这一题材入手进行研究。

离别相思是中国古代文学永恒的主题之一。从原始歌谣中最早的一声"候人兮猗"开始，便奠定了中国文学叙写离别相思的基础。先秦时期的《诗经》与《楚辞》更是时有离愁别绪的抒发。汉末古诗以游子思妇主题体现作者亲身经历的离愁，读之令人心恻。魏晋南北朝时期，以诗文写离别相思的作者愈来愈多，如曹植、王粲、陆机等人皆从不同的角度抒写过离愁。南朝江淹，有感于人生难以幸免的生离死别的悲剧性体验，写下了千古传诵的《别赋》，他一气呵成，描摹了多种令人"意夺神骇，心折骨惊"的离别情状，将离别的惨凄之情描写得淋漓尽致。可见，南朝文人善于在诗赋中抒写离情别状，并善于用音乐的意象来表现。

鲍照是南朝宋代著名的文学家。他出身低微，却是一个才华横溢、胸怀大志的诗人。但在高门士族占据政治舞台的元嘉时期，他没有机会晋升高位，一直担任卑微的职务。他的诗歌虽慷慨激昂，但也充满了激愤与慨叹。在音乐意象上，他善于写悲乐，写人在孤独中无心赏乐的心情，以及知音难遇的落寂情怀。

> 凤楼十二重，四户八绮窗。绣桷金莲花，桂柱玉盘龙。珠帘无隔露，罗幌不胜风。宝帐三千所，为尔一朝容。扬芬紫烟上，垂彩绿云中。春吹回白日，霜歌落塞鸿。但惧秋尘起，盛爱逐衰蓬。坐视青苔满，卧对锦筵空。琴瑟纵横散，舞衣不复缝。古来共歇薄，君意岂独浓。惟见双黄鹄，千里一相从。

《代陈思王京洛篇》

此诗先写繁盛时女子之所居与所饰之繁富；接着写衰竭，以琴瑟无人弹而纵横散放，舞衣无人穿而不再去缝，写衰竭之时心境的孤寂与无奈；最后以双黄鹄千里相从反衬人之情薄，触景伤怀，借思妇之失意心情，表达自己内心的忧惧与不安。鲍照诗中充满了这种知音难遇的情怀，如"流枕商声苦，骚杀年志阑。临歌不知调，发兴谁与欢。悦结弦上情，岂孤林下弹"（《园中秋散诗》），"开轩当户牖，取琴试一弹。停歌不能和，终曲久辛酸"（《和王护军秋夕诗》）。《绍古诗》七首其三则整篇都写音乐：

> 瑟瑟凉海风，竦竦寒山木。纷纷羁思盈，慊慊夜弦促。访言山海路，千里歌《别鹤》。弦绝空咨嗟，形音谁赏录。辛苦异人状，美貌改如玉。徒畜巧言鸟，不解心款曲。

鲍照以"停歌""弦绝"来比喻无人赏会的失落心态，是孤独情怀的充分体现。

齐梁时期，"竟陵八友"为当时重要的文人集团，他们经常聚集在一起以文会友，唱和赋诗。永明九年（491），谢朓要远离京城随萧子隆出仕荆州。沈约、王融、范云、萧琛、江孝嗣等文友为其饯行，写了许多反映离别的诗歌：

> 玉绳隐高树，斜汉耿层台。离堂华烛尽，别幌清琴哀。翻潮尚知恨，客思渺难裁。山川不可尽，况乃故人杯。

谢朓《离夜诗》

> 石泉行可照，兰杜向含风。离歌上春日，芳思徒以空。情遽晓云发，心在夕何终。幽琴一罢调，清醑复谁同。

江孝嗣《离夜诗》

> 阳台雾初解，梦渚水裁渌。远山隐且见，平沙断还绪。分弦饶苦音，别唱多凄曲。尔拂后车尘，我事东皋粟。

范云《饯谢文学离夜诗》

此三首诗均以音乐意象作比。谢朓、范云之诗写离别之时的音乐多为悲哀的"苦音""凄曲",令人听后心情为之凄恻。江孝嗣诗则写由于离别时无心弹琴,使"幽琴一罢调"。"分弦""别唱"中充满了依依惜别之情与离别之绪。永明诗人中,谢朓是很善于以音乐写离别的诗人。他的许多诗歌都写音乐,如"寂寞此间帷,琴尊任所对"(《冬绪羁怀示萧谘议虞田曹刘江二常侍诗》),"琴瑟徒烂熳,姱容空满堂"(《秋夜讲解诗》),"无叹阻琴尊,相从伊水侧"(《和宋记室省中诗》),"蕙风入怀抱,闻君此夜琴。萧瑟满林听,轻鸣响涧音"(《和王中丞闻琴诗》),"挥袂送君已,独此夜琴声"(《送江兵曹檀主簿朱孝廉还上国》)等,不管是琴音萧瑟清悲,还是琴尊寂寞空对,都写出了离别之际与离别之后心情的沉重与落寞。有时则是送别之后,诗人于夜中孤独弹琴,以抒发相思之情。谢朓离开京城在外地任职多年,所以,他的诗中也经常写思乡之情,客子之悲。《侍筵西堂落日望乡》中曰:"芸黄先露早,骚瑟惊暮秋。旧城望已肃,况乃客悠悠。"谢朓借音乐意象写离别相思,同时也抒发自己仕途失意的心情以及孤独的情怀。谢朓本为东晋名门之后,但到南朝时,谢氏家族已日渐衰败,谢朓无法掌握自己的命运,所以在诗歌中体现出忧谗畏祸、郁郁寡欢的心情。留在京城怕带来祸患,外出任职又留恋京城,思念故园。这便是谢朓诗中忧伤情绪的根源所在。

南朝其他诗人也以音乐写离别,如谢庄《怀园引》云:"汉女悲而歌飞鹄,楚客伤而奏南弦。"其中,"汉女"句写被迫远嫁异域的乌孙公主所唱《悲秋歌》:"常思汉土兮心自伤,愿为黄鹄兮还故乡。""楚客"句化用有名的楚囚钟仪南冠而歌南音的故事。这两个故事都以离别思乡为内容,作者借此抒发怀乡之情,可谓十分妥帖。

梁武帝萧衍,也有同类诗歌,如《答任殿中宗记室王中书别诗》一诗。逯钦立在辑此诗时加了一段序文,曰:"武帝初仕齐,为随王镇西谘议参军。随王镇荆州,帝赴镇时,同列以诗送别。"[1] 可见,这是一首答谢同僚

---

① 逯钦立辑校《先秦汉魏晋南北朝诗》,中华书局,1983。

赠别诗的诗歌：

> 问我去何节，光风正悠悠。兰华时未晏，举袂徒离忧。缓客承别酒，鸣琴和好仇。清宵一已曙，藐尔泛长洲。眷言无歌绪，深情附还流。

萧衍之离别诗写得温柔和缓，不像齐代诗人写离别那样悲伤。"缓客承别酒，鸣琴和好仇"，送别之乐虽有忧伤，但更多的是朋友间的深情。

江淹是《别赋》的作者，他在诗歌中写离别，同样有精彩之笔，《无锡县历山集诗》是一篇以音乐写离别的诗作：

> 愁生白露日，思起秋风年。窃悲杜蘅暮，揽涕吊空山。落叶下楚水，《别鹤》噪吴田。岚气阴不极，日色半亏天。酒至情萧瑟，凭樽还惘然。一闻清琴奏，歔泣方留连。况乃客子念，直置丝竹间。

诗歌写秋天到来时的愁思，面对日暮容山，诗人不禁悲从中来，对酒凭樽，情绪萧瑟，"一闻清琴奏，歔泣方留连。况乃客子念，直置丝竹间"，一曲凄清的琴音，令客子潸然泪下，似乎客子的思乡之情都寄托在音乐之中了。江淹善于以音乐意象写游子之情，如"高歌傃关国，微吹依笙篁"（《还故园诗》），"金箫哀夜长，瑶琴怨暮多"（《秋夕纳凉奉和刑狱舅诗》），以哀怨之乐抒离仇别恨、思乡之情。

梁诗中写离愁者还有柳恽。柳恽为梁代著名琴家，他"雅善音律，尤笃好于琴"。作为音乐家，在诗中以音乐来写文人情怀，应该是顺理成章的事，柳恽有《赠吴均诗三首》，其二曰：

> 远游济伊洛，秣马度清漳。邯郸饶美女，艳色含春芳。鼓瑟未成曲，踏履复翱翔。我本游客子，情爱在淮阳。知新谁不乐，念旧苦人肠。

诗写远离家乡的游子面对邯郸美女、哀瑟清曲，无有心情欣赏，因为"我本游客子，情爱在淮阳"。诗人非常怀念远在家乡的恋人，所以面对新知并不快乐，而是"念旧苦人肠"，写出了对爱情忠贞的拳拳之心。

南朝诗人不仅借音乐写离愁，而且在边塞诗中还善于以音乐写征夫哀怨之情。南朝时期，不仅有朝代之间的更替动荡，还有北朝的南攻，可谓内忧外患不断。在对外征战中，很多诗人创作了大量的边塞诗。江淹曾随萧道成出征平叛，在《从萧骠骑新亭垒》一诗中写道："燕兵歌越水。代马思吴州。金笳夜一远。明月信悠悠。"以燕兵之歌与金笳夜鸣写出了征夫深沉的故国之思。萧纲的"悲笳动胡塞，高旗出汉堧"（《雁门太守行》三首其二），也写边城征战之思，题旨与江淹诗非常接近。

南朝诗歌中的离弦别唱，是南朝诗人内心情怀的真实写照。这些音乐意象或写诗友唱和、文人饯别时的离情，或抒思乡失意之绪，或写孤独时人生的无奈之感，或借征夫思乡表达故园之思，都抒发了真实可感的思想感情。与南朝诗坛重形式、重咏物，善于写客观景物不同，这类离别诗借音乐意象抒发文人情怀，是抒情与言志完美结合的作品。音乐意象有时是作为象征物而出现在南朝文人诗中的，如鲍照诗中借琴瑟无人弹奏、舞衣无心缝制写美女盛年不再的不得志心情，是写自己志不得施、无人赏识的悲怀。王微《杂诗二首》其二也有同样的内容，"思妇临高台，长想凭华轩。弄弦不成曲，哀歌送苦言"，借思妇因满腹愁绪而弄弦不成曲，最后只能以哀歌传达愁思之情来比喻知音难得的孤苦心绪。可见，南朝离别诗基本上属于有所寄托的诗歌范畴，即使是善于写宫体诗的萧纲，也可以写出"少解孙吴法，家本幽并儿""悲笳动胡塞，高旗出汉堧"这样的豪壮悲凉之诗。这类诗歌由于其抒情言志的特点，在南朝诗歌史上自有其不可忽视的作用与地位。

第五节　魏晋南北朝文艺美学视野中的舞辞歌诗创作

魏晋南北朝是中国文学艺术发展的一个重要时期。从汉末三国开始，音乐、舞蹈、绘画艺术便十分发达。史书载，魏晋南北朝盛行的"清商乐"，原是曹魏时代铜雀伎表演的音乐舞蹈。《南齐书·王僧虔传》云："又今之《清商》，实由铜爵（雀），三祖风流，遗音盈耳，京洛相高，江左弥贵。"① 曹操喜好诗文歌乐，史书载："太祖为人佻易无威重，好音乐，倡优在侧，常以日达夕。"② 曹操在他所建造的铜雀台上集中了一批技艺高超的歌舞艺人，令其演奏流行乐舞。曹操临终前立下遗嘱，令铜雀歌伎们每月十五日向其陵墓表演歌舞，以使清商乐舞得以流传。曹丕即位后，设立"清商署"，重用擅长新声的左延年、柴玉等人，并命乐府机关"广求异妓"，先后招揽了不少歌舞奇才。魏齐王曹芳"每见九亲妇女有美色，或留以付清商"。③ 曹植《正会诗》对当时元会礼仪中的歌舞活动有详细的描写，"笙磬既设，筝瑟俱张。悲歌厉响，咀嚼清商"。可见当时朝廷礼乐活动中也表演"清商"乐舞。三国吴时继承了汉代"以舞相属"的传统习俗。"以舞相属"是文人宴集时的一种交谊舞形式。一般由主人先舞，舞罢，以舞相属于客人，客人起舞为"报"（酬答），然后再以舞相属于另一人。如果被属之人不起舞，便会被视为失礼不敬。这种宴集邀舞习俗始于西汉时期，《史记·魏其武安侯列传》中记载了为人刚直的灌夫约丞相田蚡一起赴魏其侯窦婴的家宴，但田蚡以醉酒相忘而推脱未去，第二天前往时又故意缓慢行走，灌夫由此非常生气，"及饮酒酣，夫起舞属丞相，丞相不起，夫从坐上语侵之，魏其乃扶灌夫去，谢丞相"。由于田蚡不起舞为报，灌夫便不顾上下属之礼，当众责骂田蚡。可见，"以舞相属"之习俗由来已久，只是在西汉时运用的场合较为广泛，还不是文士聚会中专有的活动。到东汉时，"以舞相属"渐渐成为文人宴集时重要的交流形式。《后汉书》载："（蔡）邕自徙及归，凡九月焉。将就还路，五原太守王智饯之。酒酣，智起舞属邕，邕不为报。智者，中常侍王甫弟也，素贵骄，

---

① （南朝梁）萧子显：《南齐书．王僧虔传》，中华书局，1974，第 595 页。
② （西晋）陈寿：《三国志·魏书·武帝纪》，裴松之注引《曹瞒传》，中华书局，1982，第 18 页。
③ （西晋）陈寿：《三国志·魏书·齐王芳传》，裴松之注引《魏书》，中华书局，1982，第 130 页。

惭于宾客,诟邕曰:'徒敢轻我!'邕拂衣而去。智衔之,密告邕怨于囚放,谤讪朝廷。内宠恶之。邕虑卒不免,乃亡命江海,远迹吴会。"蔡邕为汉末著名的学者、文人,他在流放地被赦之后,当地太守王智设宴为其饯行,宴间,王智起舞属蔡邕,蔡邕则因鄙视王智而"不为报",并拂袖而去。由此,王智怀恨在心,向朝廷告密,说蔡邕诽谤朝廷,蔡邕不得不亡命江吴很多年。可见,在宴会上"以舞相属",并不仅仅是即兴娱乐的小事,而是文士之间交流与交往的大事。被邀者不起舞,被视为对邀舞之人的大不敬,由此文士之间会产生矛盾,甚至会招来杀身之祸。

三国时期仍然流行"以舞相属"。"(张磐)常以舞属谦(陶谦),谦不为起,固强之;及舞,又不转。磐曰:'不当转邪?'曰:'不可转,转则胜人。'由是不乐,卒以构隙。"[1] 被邀者不应而起舞,或舞而不转,都是对邀请者的不敬。从中可以看出乐舞已成为上层士人交际时的重要手段。西晋时期歌舞发达的一个重要标志是舞曲歌辞的兴盛。萧涤非先生曰:"舞之有辞,虽不始于晋,而舞辞之盛,则确始于晋。"[2] 尤其是"始皆出自方俗,后寝陈于殿庭"的"杂舞歌辞"十分发达,此时的杂舞有《公莫》《巴渝》《盘舞》《鞞舞》《铎舞》《拂舞》《白纻》等。乐舞类型的丰富与乐舞歌辞的发达都标志着当时民间乐舞与宴筵乐舞艺术的高度发展。西晋末永嘉之乱后,乐舞艺术遭到破坏。《晋书·乐志》载:"永嘉之乱,伶官既减,曲台宣榭,咸变污莱。虽复象舞歌工,自胡归晋,至于孤竹之管,云和之瑟,空桑之琴,泗滨之磬,其能备者,百不一焉。"[3] 乐舞艺术一部分毁于战乱,一部分则随东晋南迁来到南方,南方本土的"江南吴歌""荆楚西声"与南下的"清商乐"相结合,形成了具有南方特色的乐舞艺术。东晋乐舞值得一提的有两段记载。一为纪念庾亮的《文康乐》(又名《文康伎》)。庾亮死后,他的家伎为追思

---

① (西晋)陈寿:《三国志·魏书·陶谦传》,裴松之注引《吴书》,中华书局,1982,第248页。

② 萧涤非:《汉魏六朝乐府文学史》,人民文学出版社,1984,第168页。

③ (唐)房玄龄等:《晋书·乐志》,中华书局,1974,第667页。

他而"假其面，执翳以舞"，相当于后世的假面舞。另一件事便是名士谢尚善为《鸲鹆舞》，舞时"俯仰在中，傍若无人"，这是东晋风流的充分体现。南朝时乐舞愈加发达，宋文帝年间，"凡百户之乡，有市之邑，歌谣舞蹈，触处成群"。齐武帝萧赜永明年间，"都邑之盛，士女昌逸，歌声舞节，袨服华妆，桃花渌水之间，秋月春风之下，无往非适"。乐舞表演成为全社会普遍喜欢的一种艺术活动，这在中国艺术史上是罕见的。这一时期还有齐代东昏侯之宠妃潘妃所跳的"金莲花舞"，梁代羊侃家中舞女张净琬，舞姿轻灵，可为掌上舞。这些都标志着南朝乐舞达到了相当高的艺术水准。

北朝为少数民族建立的政权，它在发展过程中逐渐汉化，承袭汉晋礼乐制度，保存了许多传统乐舞文化。北魏统治者崇尚歌舞作乐，广招歌舞伎。杨衒之《洛阳伽蓝记》载："出西阳门四里，御道南有洛阳大市，周回八里。……市南有调音、乐律二里，里内之人，丝竹讴歌，天下妙伎出焉。"北朝时西域乐舞与中原乐舞的交流频繁，当时的艺人将西域龟兹乐舞与中原汉民族的传统乐舞融合，形成了有浓郁西域地方色彩的乐舞《西凉乐》。可以说，魏晋南北朝时期，是中国乐舞艺术兼收并蓄、高度发展的时期，此时的许多乐舞作品，都成为当时以及后世艺术家研究并效仿的对象。

魏晋玄学影响下的绘画艺术也非常注重"神气"的表现，把意境的创造与神韵的表现视为最高境界。顾恺之提出了"传神论"。南朝谢赫则吸收顾恺之关于绘画艺术的言论及魏晋以来人们对人物的鉴赏评论一致强调的人的精神气质，提出了中国绘画上的"六法"，其中"气韵生动"是其在《古画品录》中提出的关于中国古典绘画的审美理想。"气韵"指的是一种既形象又超越形象的能够彰显事物本质的内在神气和韵味，而"生动"则是指这种内在神气和韵味所达到的一种鲜活饱满的生命洋溢状态。中国古代哲学十分讲求"气"，人禀气而生，无"气"便无生动可言，而若无"生动"，则"气"随之消歇，因而，以"气韵"衡量，必求"生动"。整体理解"气韵生动"，就是作品要有画家内在气质和外在造型表现浑然一体的气象，既有生动传神的艺术形象，又有鲜明优美的节奏韵律感。"气韵生动"虽针对绘画而言，但同时也是在魏晋六朝玄学"言意之辨"思潮影响下的文学与艺术所共有的特征。魏晋南北朝绘画与乐舞艺术的美学特征既有其生动传神的特点，还追求丰富的情感内涵；既倾向于柔美灵动、任情适性的美学风格，又追求艺术形象之外的"余味""余韵"。殷芸诗曰："斜身含远意，顿足有余情。"乐舞艺术是动感视觉艺术，有很强的节律感，其舞姿的疏密聚散、虚实刚柔组成舞蹈的节奏韵律，形成具体可感的动感形象。而动感形象只有达到生动传神的境界，方可称为上乘的舞蹈作品。魏晋南北朝乐舞作品甚多，但许多乐舞由于缺乏记载，我们对其风格知之甚少。如《前溪舞》是当时非常流行的一种舞蹈，南北朝以及唐代诗人在诗中多有提及，如南朝陈代刘删诗有"山边歌落日，池上舞前溪"，唐代诗人王维诗云"对舞前溪歌白纻，曲几书留小史家"，崔颢诗云"舞爱前溪妙，歌恋子夜长"，等等。从这些诗中，我们知道此舞出自民间，是有浓郁民间风味的舞蹈，也是南北朝文人集会时深受欢迎的重要娱乐节目，但诗歌对其舞姿舞容却很少提及。《明君舞》演绎汉代王昭君的故事，为叙事与抒情相结合的舞蹈，由西晋石崇编制，首演者便是石崇所宠爱的舞伎绿珠，其舞蹈形象当时很少有人描述，我们也便无法窥见其风格特征。

就史书上有所记载的一些乐舞作品的风格而言，我们从其演变过程中，可以发现其由刚而柔的变化中的"气韵"特征。《巴渝》原为汉代武舞，风格粗犷雄健，是西南少数民族尚武精神的充分体现，到南朝时转化为"从容闲雅"，成为既讲求神韵，又充分抒情的乐舞。《公莫》，又名《巾舞》，《宋书·乐志》云："《公莫舞》，今之《巾舞》也，相传云项庄剑舞，项伯以袖隔之，使不得害汉高祖，且语庄云：'公莫！'古人相呼曰'公'，云莫害汉王也。今之用巾，盖像项伯衣袖之遗式。"[①] 可知此舞原来与"剑舞"有关，独具矫健猛锐之特色。到南朝时，舞者不仅手执长巾，而且着"碧轻纱衣，

---

① （南朝梁）沈约：《宋书·乐志》，中华书局，1974，第551页。

裙襦大袖，画云凤之状，漆鬓髻，饰以金铜杂花，状如雀钗、锦履。舞容闲婉，曲有姿态"。① "舞容闲婉，曲有姿态"，形象地反映了六朝文艺强调"玄远""神韵"的审美境界，并逐步脱离了汉代豪放、粗犷的气质，向抒情、写意的深层迈进，向优雅、悦目的方向发展，成为有深刻情感内涵的艺术精品。

北朝乐舞风格主要以矫健奔放为主，尤其是少数民族舞蹈，形体十分夸张，舞姿豪放粗犷，但有学者在研究敦煌莫高窟中的"供养伎乐"的乐舞形象时说："分行排列，翩翩起舞，千姿百态，情致优雅，特别是这些菩萨变化多样的手势，柔软细腻，纤巧灵活，腿脚伸屈，轻捷柔美，与身躯的婀娜多姿巧妙结合，表现出一种柔和灵动的情调。"② 可见，北朝乐舞也渐与南朝乐舞风格相合，表现出生动的神韵之美。

魏晋南北朝乐舞艺术具有灵动柔美的气韵风度。不管是民间舞蹈还是宫廷乐舞，都有共同的美学追求。《共戏乐》为齐梁时宫廷乐舞，舞衣以长袖为主，从现存齐代舞辞中可知这是一种具有鲜明的政治色彩的舞蹈，但我们仍然可以从其中的诗句"长袖翩翩若鸿惊，纤腰袅袅会人情"中窥见其艺术形象的飘逸优美、生动传神。《大垂手》《小垂手》是南朝至唐代流行的乐舞。郭茂倩《乐府诗集》引《乐府解题》曰："《大垂手》、《小垂手》皆言舞而垂其手也。"③ 梁代吴均各有一诗（《玉台新咏》认为《大垂手》为梁简文帝萧纲作，本书从郭茂倩之说）：

> 垂手忽迢迢，飞燕掌中娇。罗衫恣风引，轻带任情摇。讵似长沙地，促舞不回腰。
>
> 　　　　　　　　　　　　　　　　　　　（《大垂手》）

> 舞女出西秦，蹑影舞阳春。且复小垂手，广袖拂红尘。折腰应两笛，

① （后晋）刘昫等：《旧唐书·音乐志》，中华书局，1975，第1067页。
② 樊锦诗：《莫高窟壁画艺术：北京》，甘肃人民出版社，1986，第46页。
③ （宋）郭茂倩：《乐府诗集》，中华书局，1979，第1069页。

顿足转双巾。蛾眉与曼脸，见此空愁人。

（《小垂手》）

这是两种轻曼又急促、动感极强的乐舞，双手在下垂的动作中急促往远处伸展，舞姿轻盈犹如"掌中娇"。"罗衫""轻带"随着回腰之态而摇曳多姿。而"小垂手"则更注重"广袖"之飞舞，以"折腰"与"顿足"为特点，这是南朝宫中软舞，其动作既抒情又有较大的跨度。其中"垂手""回腰""折腰""顿足""转双巾"等舞蹈动作与造型，既体现出乐舞的难度，又具有鲜明的节奏韵律感与造型上的美感。

最能体现魏晋南北朝乐舞生动传神的艺术形象与变化多端的节律感的是白纻舞。郭茂倩《乐府诗集》辑录两晋南朝"白纻舞歌诗"31首，这些舞辞不仅是配合舞蹈的歌辞，同时也具有咏舞诗的性质，对白纻舞的舞容舞态均有充分的描述。晋代舞辞如此描述舞者形象："质如轻云色如银""双袂齐举鸾凤翔""轻躯徐起何洋洋，高举两手白鹄翔"。舞者身着白舞服缓缓起舞，"徐起"的身躯与舞动的双手是舞蹈初起时引人注目的动作。"状似明月泛云河，体如轻风动流波。"（刘铄《白纻曲》）体态轻盈是汉魏以来的乐舞所追求的至高境界。汉代成帝之皇后赵飞燕能为"掌上舞"，时为舞坛佳话。舞辞还着重描述舞者顾盼生姿的目光："宛若龙转乍低昂，凝停善睐容仪光。""清歌流响绕凤梁，如矜若思凝且翔。""转眄流精艳辉光，将流将引双雁行。"（王俭《白纻辞》）"为君娇凝复迁延，流目送笑不敢言。"（汤惠休《白纻歌三首》）"短歌流目未肯前，含笑一转私自怜。"（梁武帝萧衍《白纻辞》）乐舞艺术主要以形体的表演与感情的抒发为主，而眼神是舞者情感表达的重要途径，所以眼神对感情的抒发至关重要。到南朝时，白纻舞的动作愈加复杂多变，且舞至高潮处便"流津染面散芳菲"。沈约的《四时白纻歌》分春、夏、秋、冬四季来描述，说明《白纻歌》在南朝宫中成为一组大型的歌舞节目。沈约的舞辞，不仅充分展示舞者的舞姿舞态，而且对舞者内心的情感状态进行了充分的抒发。"朱光灼烁照佳人，含情送意遥相亲""双心一意俱回翔，吐情寄君君莫忘"，为我们展示了外在舞蹈造型与内在情感抒发相统一的艺术形象。从历代诗人对《白纻舞》形象的咏叹中，我们得知其是在两晋南北朝时期文人集会与宫筵活动中重要的乐舞作品，它有生动传神的艺术韵致，飘逸轻渺的优美形象，特色鲜明的节奏韵律感，"悦情""悦目"的审美倾向，这些都是魏晋南北朝乐舞"气韵生动"特点的充分体现。

好的乐舞作品既是外在动作技巧形象优美的体现，又是内在情感充分的抒发，而这种外在与内在的结合，又是在"气"的统摄下进行的。"气"是中国传统的文化概念，六朝学者将"气"引入文学领域，如曹丕的"文以气为主，气之清浊有体，不可力强而致"，刘勰曰"写气图貌，既随物以宛转"，都强调作家的气质才性出自先天禀赋，清浊异体，并随物宛转。钟嵘则将"气"与乐舞艺术联系起来，其《诗品序》曰："气之动物，物之感人，故摇荡性情，形诸舞咏。"一切文学艺术，皆作家、艺术家秉气而作。五代时的山水画家荆浩《笔法记》认为："似者得其形遗其气，真者气质俱盛。""气质俱盛"同样也是乐舞艺术所追求的最高境界。宗白华先生如此评价舞蹈艺术：

> 然而，尤其是"舞"，这最高度的韵律、节奏、秩序、理性，同时是最高度的生命、旋动、力、热情，它不仅是一切艺术表现的究竟状态，且是宇宙创化过程底象征。艺术家在这时失落自己于造化底核心，沉冥入神……从深不可测的玄冥的体验中升化而出，行神如空，行气如虹。①

优秀的乐舞作品应该是形似与神似的统一体。舞蹈是视觉形体造型艺术，具有时间上的局限性，但优秀的乐舞作品一般都成为后人记载、歌咏的对象。我们从现存的舞曲歌辞、咏舞诗赋以及画像石、画像砖中可以窥见魏晋南北朝乐舞艺术形神兼备、气韵结合的概貌。

如前文所言，白纻舞之所以受到两晋南朝众多文人的青睐，其舞蹈形象

---

① 宗白华：《中国艺术意境之诞生》，载蒋孔阳主编《中国古代美学论文集》，上海古籍出版社，1981，第16页。

之形神兼备是重要原因之一。我们从南朝的一些舞辞中可以看出这一特点：

> 少年窈窕舞君前，容华艳艳将欲然。为君娇凝复迁延，流目送笑不敢言。长袖拂面心自煎，愿君流光及盛年。
>
> （汤惠休《白纻歌》三首之二）

> 朱光灼烁照佳人，含情送意遥相亲。嫣然宛转乱心神，非子之故欲谁因。翡翠群飞飞不息，愿在云间长比翼。佩服瑶草驻容色，舜日尧年欢无极。
>
> （沈约《四时白纻歌·夏白纻》）

> 纤腰袅袅不任衣，娇怨独立特为谁。赴曲君前未忍归，上声急调中心飞。
>
> （萧衍《白纻辞》）

南朝时的白纻舞歌辞既重外在造型，又重内在情感，而且对舞者内在情感的发掘愈加深入。在外在艺术形象上，这种宫廷宴饮之舞是轻盈柔婉的，而在内在情感上，舞者的情绪却悲怨忧伤。此舞十分注重舞者的自然情感的坦然流露，是具有幽怨之"气"的乐舞作品。

北朝时期由西域传入中原的《龟兹乐》，由于受到中原乐舞的影响，具有哀怨缠绵的情感特征。北齐后主高纬很喜欢《龟兹乐》：

> 后主唯赏胡戎乐，耽爱无已。于是繁手淫声，争新哀怨。……后主亦自能度曲，亲执乐器，悦玩无倦，倚弦而歌。别采新声，为《无愁曲》，音韵窈窕，极于哀思，使胡儿阉官之辈，齐唱和之，曲终乐阕，莫不殒涕。[1]

可见，"龟兹乐舞"不仅深受北朝皇室与贵族阶层的喜爱，而且"其曲度皆时俗所知也"，在民间也广为流传。它的特点为"音韵窈窕，极于哀思"，并有

---

[1] （唐）魏徵等：《隋书·音乐志》，中华书局，1974，第331页。

"曲终乐阕，莫不殒涕"之感人效果，外在的乐舞形式与内在的情感抒发互为表里。

　　魏晋南北朝乐舞追求洒脱之气韵，讲求外形与内质的统一，还体现在文人的乐舞活动中。这个时期有很多精通乐舞的文学家，如嵇康、阮籍、阮咸、阮瞻、谢鲲、谢尚等文士皆妙解音律，博通技艺。其中谢尚跳的《鸲鹆舞》，便是当时一绝。《晋书》卷七十九《谢尚传》曰："（尚）善音乐，博综众艺。司徒王导深器之，比之王戎，常呼为'小安丰'，辟为掾。袭父爵咸亭侯。始到府通谒，导以其有胜会，谓曰：'闻君能作《鸲鹆舞》，一坐倾想，宁有此理不？'尚曰：'佳。'便著衣帻而舞。导令坐者抚掌击节，尚俯仰在中，傍若无人，其率诣如此。"① 谢尚所擅长的《鸲鹆舞》，是模仿动物形象的一种象形舞，而谢尚把东晋士人特有的洒脱心态融入这一舞蹈中，既富有激情，又颇具气韵，"俯仰在中，傍若无人"，所以才会令众士人"一坐倾想"。魏晋南北朝时期个体精神的解放带来了社会行为的空前自由，同时也推动了乐舞这种以情感表达为主体的艺术形式的充分发展。正如吴功正先生所言："乐舞本身是一种审美行为，内含着支配审美行为的审美主体的人的气质、素养，同时，审美主体的人又通过乐舞来表现自身的意义和价值，内在的情调和气度、韵致。"②

---

① （唐）房玄龄等：《晋书·谢尚传》，中华书局，1974，第 2069 页。
② 吴功正：《六朝美学史》，江苏美术出版社，1994，第 463 页。

第六章
魏晋南北朝乐府诗的审美价值

第一节 六朝乐府诗"因声而歌"
与"缘事而发"的成诗模式

"因声而歌"与"缘事而发"是乐府诗最基本的成诗模式。这两种成诗模式既揭示了乐府诗辞乐关系的基本特点，又体现了乐府诗的情感倾向。同时这两种非常自然的成诗模式被后代的诗歌作者所沿袭，形成了较为深远的乐府诗创作传统，汉代以后乐府诗的作者在沿袭之中又有所创新。探讨乐府诗的成诗模式及其创作传统，对于我们认识民间诗歌的创作规律及民间诗歌对文人创作的影响等都具有一定的学术意义。

一 "因声而歌"与乐府诗的辞乐关系

"因声而歌"是乐府诗成诗模式的一个非常重要的方面。其中"声"在乐府诗中有两种含义，一是指人带有强烈情感的呼声，二是指乐曲之声。这两种"声"在郭茂倩所编的《乐府诗集》中均有记载，其中卷四十五"清商曲辞"之"吴声歌曲"选有《丁督护歌》五首，在其解题中记载了题名之本事渊源：

> 《宋书·乐志》曰："《督护歌》者，彭城内史徐逵之为鲁轨所杀，宋高祖使府内直督护丁旿收敛殡埋之。逵之妻，高祖长女也。呼旿至阁

下，自问殓送之事。每问辄叹息曰：'丁督护!' 其声哀切，后人因其声广其曲焉。"①

同卷之中还有《欢闻变歌》之本事记载：

> 《古今乐录》曰："《欢闻变歌》者，晋穆帝升平中，童子辈忽歌于道，曰'阿子闻'，曲终辄云：'阿子汝闻不?'无几而穆帝崩。褚太后哭'阿子汝闻不?'声既凄苦，因以名之。"②

这些记载揭示了乐府诗成诗模式中"因其声广其曲"这一种情况。此处之"声"非乐曲之声，而是人带着强烈感情色彩的呼声，即《诗大序》中"情发于声"之"声"。另一种情况如卷八十七"杂歌谣辞"之《黄昙子歌》之解题："凡歌辞考之与事不合者，但因其声而作歌尔。"③ 此处之"声"乃乐曲之声，指以乐曲为基础而填词的成诗模式。

上述两种"声"的内涵并不一样，前一种"声"主要以情感内涵为主，后一种"声"则主要是音乐之声，但从乐府诗的成诗途径而言，这两种"声"又密不可分。因为任何文学作品的产生，都是人的情感的产物，而作为音乐文学的乐府诗，则有一个由情而曲而歌的创作途径，《毛诗序》曰："情发于声，声成文谓之音。"孔颖达解释说："情发于声，谓人哀乐之情发见于言语之声，于时虽言哀乐之事，未有宫商之调，唯是声耳；至于作诗之时，则次序、清浊、节奏、高下，使五声为曲，似五色成文。"④ 人之哀乐之情发之于声时，具有较为原始的、自然本能的特点，其时既无宫商之调，也无歌诗之形，是纯粹的自然化语言，人的情感表达虽然是诗歌得以成形的基础，但不等于诗歌本身，直到"五声为曲""五色成文"时，音乐或诗歌才会产生。但是，我们注意到，《丁督护》之本事中"因其声广其曲"，言"曲"而

---

① （宋）郭茂倩：《乐府诗集》，中华书局，1979，第 659 页。
② （宋）郭茂倩：《乐府诗集》，中华书局，1979，第 657 页。
③ （宋）郭茂倩：《乐府诗集》，中华书局，1979，第 1219 页。
④ （汉）毛公传，郑玄笺，（唐）孔颖达疏《毛诗正义》，上海古籍出版社，1990，第 26 页。

不言"诗"或"辞",也即因声而产生的首先是乐曲,而后才有歌辞,由此便涉及了汉魏乐府诗"以诗从乐"的辞乐关系。

乐府诗,尤其是汉魏乐府诗,是以乐为主的乐歌,所以音乐成为乐府诗必有的元素。汉魏乐府诗是继承前代诗歌的产物,汉代之前,大部分的诗歌就是合乐的乐歌,但《诗经》等诗歌的成诗途径是采诗配乐,所以以诗为主。顾炎武《日知录》曰:"古人以乐从诗,今人以诗从乐。古人必先有诗,而后以乐和之。舜命夔教胄子,诗言志,歌永言,声依永,律和声。是以登歌在上,而堂上堂下之器应之。是之谓以乐从诗。"① 施议对先生在《词与音乐关系研究》中引郭茂倩《乐府诗集》卷二十六"相和歌辞"序中的经典论述"作诗有丰约,制解有多少",认为:"乐为诗而作,乐曲的'解'以及乐曲的构成,必须服从于辞章的结构及其体制。"② 这些都是指汉代之前的诗歌创作中"以乐从诗"的情况。

乐府作为一种音乐机构,汉初便已存在,但其功能单一,在国家仪礼与收集民间音乐中起的作用不大,直到汉武帝时才扩大了乐府机构,将采诗制乐作为乐府的主要功能。但汉代的采诗制度与制乐方式与先秦时有所不同。《汉书·礼乐志》载:

> 至武帝定郊祀之礼……乃立乐府,采诗夜诵。有赵、代、秦、楚之讴。以李延年为协律都尉,多举司马相如等数十人,造为诗赋,略论律吕,以合八音之调,作《十九章》之歌。③

从表面上看,采诗夜诵与先秦的采诗配乐的情形颇为接近,但司马相如等人所作《十九章》之歌,则是为了"合八音之调",所以是典型的"以诗从乐"。汉代乐府机构所采的音乐不仅有歌谣,同时还有乐调,这些乐、谣被采入宫廷之后,再由如李延年这类乐官在民间乐调的基础上加工制乐,而后由

---

① (清)顾炎武著,周苏平、陈国庆点注《日知录》,甘肃民族出版社,1997,第238页。
② 施议对:《词与音乐关系研究》,中国社会科学出版社,1985,第135页。
③ (东汉)班固:《汉书》,中华书局,1982,第1045页。

文人创作填写歌辞，依调作歌。所以，汉乐府中许多乐歌是以乐为主的。朱谦之先生认为"固然在音乐文学上有'由声定词'或'选词配乐'两种方法，然终竟是以'声'为主"。①

　　曹魏时期，乐府诗的创作十分繁盛，从《乐府诗集》所选的这一时期的乐府古辞以及文人乐府诗来看，合乐的情况还是比较普遍的。这一时期乐府诗辞乐关系的构成中既有"以诗从乐"的情况，也有"以乐从诗"的记载。但从整体上考查，前一种情况所占比例比较大。《乐府诗集》卷九十"新乐府辞"小序中载：

　　　　凡乐府歌辞，有因声而作歌者，若魏之三调歌诗，因弦管金石，造歌以被之是也。有因歌而造声者，若清商、吴声诸曲，始皆徒歌，既而被之弦管是也。②

郭氏指出，魏时的清商三调歌诗为"因弦管金石，造歌以被之是也"，是"以诗从乐"，因声作歌，却认为"清商曲辞"中的"吴声歌曲"均为"因歌而造声者"，即"以乐从诗"，而事实并非完全如此，"吴声歌曲"源于民间歌谣，"它们从里巷街陌传到上流社会，往往因其'和送之声'悦耳动听，而被采为乐曲"。③《宋书·乐志》记载，"吴声歌曲"中的《子夜歌》，其曲原为晋代一位名为"子夜"的女子所作，但其初辞已经失传，后来作者只知其声，不知其辞，乃因其声而作歌，这种重声不重辞的现象，进一步说明当时乐府诗创作中存在以乐为主的事实。宋代郑樵《通志·乐略·乐府总序》云：

　　　　呜呼！诗在声而不在义，犹今都邑有新声，巷陌竞歌之。岂为其辞义之美哉，直为其声新耳！④

---

① 朱谦之：《中国音乐文学史》，上海人民出版社，2006，第157页。
② （宋）郭茂倩：《乐府诗集》，中华书局，1979，第1262页。
③ 施议对：《词与音乐关系研究》，中国社会科学出版社，1985，第145页。
④ （宋）郑樵：《通志·乐略·乐府总序》，中华书局，1995。

这里说明了乐府诗的原生状态是以音乐为主的。钱志熙先生总结了乐府诗的这一特征：在诗歌还没有从音乐这一母体中脱离出来之前，它作为文学创作的性质是退居其次的，在立意、修辞、篇章结构方面并不像纯粹的诗作那样刻意经营，它在语言艺术上是否成功，在很大程度上取决于其能否很好地配合音乐艺术，将某种音乐的特性很好地发挥出来。①

二 "缘事而发"与乐府诗的情感倾向

班固对汉乐府诗的经典评价"感于哀乐，缘事而发"，揭示了汉魏乐府诗成诗模式的另一重要特征。"事"指乐府诗得以产生的"本事"，诗人有感于"事"，心生哀乐，因此作歌以抒情。汉乐府在产生之初，大多有一个真实的故事即"本事"作为写作背景。从郭茂倩的《乐府诗集》来看，现存汉代乐府诗共有148首，记载本事的就有65首。魏晋乐府古辞中也有多处对本事的记载。可见，"缘事而发"确实是乐府诗成诗的一个重要途径。关于"缘事而发"，后人的理解也不尽相同，20世纪五六十年代，游国恩等人的解释是："汉乐府民歌最大的、最基本的艺术特点是它的叙事性，这一特殊性是由它的'缘事而发'的内容所决定的。"② 到了80年代，袁行霈先生则认为："'缘事而发'常被解释为叙事性，这并不确切。叙事性的确是汉乐府的一个特点，但'缘事而发'这句话并不是这个意思，它是指有感于现实生活中的某些事情发为吟咏，是为情造文，而不是为文造情。'事'是触发诗情的契机，诗里可以把这事叙述出来，也可以不把这事叙述出来。'缘事'与'叙事'并不是一回事。"③ 这里提到的"为情造文"，揭示了乐府诗创作渊源中"缘情而发"的特征，也即感动创作者的不仅是事件，更为重要的是由事件引发的哀乐之情。《汉书·艺文志》曰："哀乐之心感，而歌咏之声发。诵其言谓之诗，

---

① 钱志熙：《乐府古辞的经典价值》，《文学评论》1998年第2期。
② 游国恩等主编《中国文学史》，人民文学出版社，1983，第165页。
③ 袁行霈：《中国文学概论》，高等教育出版社，2010，第167页。

咏其声谓之歌。"① "诗""歌"的创作皆源于"哀乐之心感"。刘勰认为："人秉七情，应物斯感；感物吟志，莫非自然。"② 所谓"七情"，正如《礼记·礼运》所言："何为人情？喜、怒、哀、惧、爱、恶、欲，七者弗学而能。"③ 这七种感情是天生的禀赋，是不需要学习的。"人秉七情"才能"应物斯感"，"情"是"感"的前提条件，没有"情"是不能"感"的。

现存乐府诗之本事中，有许多"缘情而发"的故事。《乐府诗集》卷二十六"相和歌辞"之《箜篌引》（又名《公无渡河》）解题：

> 子高晨起刺船，有一白首狂夫，被发提壶，乱流而渡，其妻随而止之，不及，遂堕河而死。于是援箜篌而歌曰："公无渡河，公竟渡河，堕河而死，将奈公何！"声甚凄怆，曲终亦投河而死。子高还，以语丽玉。丽玉伤之，乃引箜篌而写其声，闻者莫不堕泪饮泣。丽玉以其曲传邻女丽容，名曰《箜篌引》。④

在上述本事记载中，首先是船夫子高目睹了狂夫与其妻双亡的悲剧，听到了狂夫之妻悲伤的歌声，子高已经被这种悲哀之情所感，回到家后"以语丽玉"——带着强烈感情色彩把事情的始末告诉了妻子丽玉，丽玉被这个悲哀的故事感动，于是"引箜篌而写其声"，听者"莫不堕泪饮泣"。这个故事自始至终都充满了一个"情"字，从狂夫之妻的"声甚凄怆"，到丽玉的"伤之"，再到闻者的"堕泪饮泣"，悲哀之情一直主宰着故事中的每一个人，可见，"情"是"事"之感人之所在。

"感于哀乐，缘事而发"不仅体现了汉魏六朝文学作品重"情"的时代特征，而且进一步折射出汉魏六朝乐府诗"以悲为美"的情感倾向。"以悲为美"是汉代以来诗文创作一个重要的审美风尚，嵇康《琴赋》总结了当时乐

① （东汉）班固：《汉书》，中华书局，1982，第1708页。
② （南朝梁）刘勰著，周振甫注《文心雕龙注释》，人民文学出版社，1981，第48页。
③ 陈戍国：《礼记校注》，岳麓书社，2007，第159页。
④ （宋）郭茂倩：《乐府诗集》，中华书局，1979，第377页。

赋创作的风格趋向："称其材干，则以危苦为上；赋其声音，则以悲哀为主；美其感化，则以垂涕为贵。"阮籍《乐论》记载了桓帝闻楚琴而悲与顺帝闻鸟鸣而悲的故事：

> 桓帝闻楚琴，凄怆伤心，倚房而悲，慷慨长息，曰："善哉乎！为琴若此，一而已足矣！"顺帝上恭陵，过樊衢，闻鸟鸣而悲，泣下横流，曰："善哉，鸟声！"使左右吟之，曰："使丝声若是，岂不乐哉！"

阮籍在列举上述两例之后，总结出汉人"谓以悲为乐者也"的观点：汉代人认为悲音可以给人带来快感，给人以美的享受。既然悲音有如此强烈的感人效果，汉魏六朝乐府诗中便充满了悲慨之声。"薤上露，何易晞，露晞明朝更复落，人死一去何时归"（《薤露》）写人生苦短之悲；"出东门，不顾归。来入门，怅欲悲。盎中无斗米储，还视架上无悬衣"（《东门行》）叹生活之困窘；"征夫心两怀，凄怆令吾悲"（王粲《从军行》）为征战兵役之苦而悲；"陇头流水，流离山下。念吾一身，飘然旷野"（《陇头歌辞》）、"贱妾茕茕守空房，忧来思君不敢忘"（曹丕《燕歌行》）则是抒写游子与思妇之悲。乐府诗中《薤露行》《蒿里行》《乌生》《怨歌行》《妇病行》《孤儿行》等诗歌叙写了各种悲慨愁绪，充满了强烈的忧生之嗟。

《乐府诗集》卷五十八"琴曲歌辞"所选《别鹤操》解题曰：

> 崔豹《古今注》曰："《别鹤操》，商陵牧子所作也。娶妻五年而无子，父兄将为之改娶。妻闻之，中夜起，倚户而悲啸。牧子闻之，怆然而悲，乃援琴而歌。后人因为乐章焉。"[①]

汉魏六朝乐府诗的"相和歌辞"与"清商曲辞"中，悲歌的情况普遍存在，但从此处所引"琴曲歌辞"的乐歌中可以看出，在乐府诗的其他部分中，尚悲也是其中一种重要的情感特征。此诗所写夫妻之间琴啸互动时的悲哀而无

---

① （宋）郭茂倩：《乐府诗集》，中华书局，1979，第844页。

奈的感情非常感人。《别鹤操》本辞尚存，虽然只有三句，却悲怨感人："将乖比翼兮隔天端，山川悠远兮路漫漫，揽衣不寐兮食忘餐。"乐府诗本辞的这种悲美特征，还影响了后人的同题拟作，如《别鹤操》有南朝宋代鲍照、梁代萧纲与吴均以及唐代杨巨源、王建、张籍、韩愈、杜牧等的同题之作，都以情人之间的无奈离别为其歌咏的内容，情感内涵幽怨而悲哀。这种现象也见于前面所提及的《公无渡河》（或《箜篌引》）的后人拟作中。南朝时刘孝威（梁代）、张正见（陈代）以及唐代李白、王建、李贺、温庭筠等都写有同题之作，都围绕本辞中"公无渡河，公竟渡河"而发表自己的感慨，抒发悲壮之情。

三 "因声而歌"、"缘事而发" 与乐府诗的创作传统

"因声而歌"与"缘事而发"的成诗模式不仅影响着汉魏乐府古辞的辞乐关系与情感趋向，而且由此形成了乐府诗诗乐结合、即事名篇的创作传统，对魏晋南北朝以及隋唐的文人乐府诗创作都有较为深远的影响。

汉魏以后，乐府诗创作的主体是文人，文人在创作时往往自觉地从民间创作中吸收丰富的营养，学习民歌的创作方法。对乐府诗音乐性的追求是其中一个重要的方面。虽然学界通常的观点认为南北朝、隋唐文人诗与汉魏乐府诗是两种完全不同的诗歌体系，文人诗渐渐脱离外在的音乐，成为可以用来吟诵的徒诗。但事实并非完全如此，现存的很多文人乐府诗与音乐的关系仍然密切，仍然有相当一部分诗歌依赖外在的音乐，是可以入乐歌唱的。建安时期是文人乐府诗创作的初始阶段，作为建安文学代表诗人的三曹，自觉继承汉乐府的创作传统，按旧曲调制新辞。曹操"登高必赋，及造新诗，被之管弦，皆成乐章"（《三国志·魏书·武帝纪》裴松之注引《魏书》），他现存的诗歌均为可以配乐演唱的乐府诗。曹丕、曹植也同样精通音乐，他们的乐府诗很多也是合乐的。如曹植的《鞞舞歌》五首，作者自称是依前曲作新歌。《宋书·乐志》中还认为曹植的《野田黄雀行》《七哀诗》为晋乐所奏，也是合乐的作品。两晋时期，陆机、傅玄等人的拟乐府诗将乐府旧诗进行改

造，改造的目的是使其文人化，但并不是说这种文人化便完全脱离了音乐。如傅玄的《秋胡行》《艳歌行》《青青河边草》不仅依旧题作诗，而且沿袭旧乐。此外，晋末何承天也曾依旧乐作《鼓吹铙歌》十五首。这些都说明魏晋时期的文人乐府诗很多还是可以入乐演唱的。

南朝文人的诗歌创作颇丰，其中乐府诗占了很大的比重。与晋代相比，南朝君臣更加喜欢音乐歌舞，很多人亲自创作乐歌。《南齐书·乐志》载：

> 《永平乐歌》者，竟陵王子良与诸文士造奏之。人为十曲。道人释宝月辞颇美，上常被之管弦，而不列于乐官也。①

南朝乐府诗《玉树后庭花》也由陈后主亲自参与制辞，并选辞入乐：

> 后主每引宾客，对贵妃等游宴，则使诸贵人及女学士与狎客共赋新诗，互相赠答。采其尤艳丽者，以为曲调，被以新声。选宫女有容色者以千百数，令习而歌之，分部迭进，持以相乐。其曲有《玉树后庭花》、《临春乐》等。②

史书中有关南朝君臣制词入乐、选词配乐的记载颇多，此处不一一列举。南朝文学的一大贡献便是新体诗的出现，新体诗又名永明体，是齐梁文人以"四声八病"理论为依据而创作的文人化的诗歌形式，它的特点主要是讲求声律与对偶。后世很多学者认为永明体是脱离了外在的音乐性，转而追求诗歌内在的语言与形式特征的纯粹意义上的文人诗，但当代一些学者对此提出了不同的见解。吴相洲先生的《永明体与音乐关系研究》与《唐诗创作与歌诗传唱关系研究》两部专著，在详尽考查了永明体作家的诗歌作品之后，提出了富有创建性的学术见解："齐梁以来，大量的新体诗正是入乐的歌词，新体诗的作者，也正是歌词的作者。""永明诸家创立新体诗与写作歌词是同时进

---

① （南朝梁）萧子显：《南齐书·乐志》，中华书局，1972，第196页。
② （唐）李延寿：《南史·张贵妃传》，中华书局，1975，第348页。

行的，换言之，他们是在写作歌词的过程中完成相当数量的新体诗的创作的。虽然他们所作未必都入乐歌唱，但可以肯定地说，绝大部分是入乐歌唱的，且是广泛流行的。"① 此外，南北朝著名文学家庾信，同时也是个音乐行家，他到北朝后，还曾帮助朝廷作乐，从现存庾信所作的雅乐歌辞可以看出他对乐歌的曲调非常熟悉。

"缘事而发"的成诗模式，奠定了乐府诗创作中真实再现客观事物，关注现实，反映民生疾苦的传统。汉代以后的乐府诗创作，一直沿袭这一传统，并在继承之中又不断有所革新与演进。

曹魏时期，曹操提出了"借古题写时事"的创作原则。这一原则的提出，本来就有既承袭又创新的意义。借用乐府古题的，不仅有题目本身，还有题目的情感意义，如《薤露行》《蒿里行》，原为汉乐府诗中的挽歌，曹操借用这一题目反映汉末战乱以及人民的苦难，情感上的基调是一致的。"写时事"从表面上看是写当下的社会现实，但同时又是对汉乐府"缘事而发"精神的沿袭。两晋南北朝时期，乐府诗表现个人情志的情况较为普遍，如陆机、谢灵运等人的诗歌即如此。值得一提的是傅玄与鲍照，他们在乐府诗的叙述形式上化主观为客观，发扬了汉乐府诗再现客观事物的传统，使作品再现了较为深广的社会现实。

第二节　六朝白纻舞歌辞的发展及审美价值

北宋郭茂倩编《乐府诗集》中有"舞曲歌辞"一类，其中又分为"雅舞"与"杂舞"两部分，"《雅舞》用之郊庙朝飨，《杂舞》用之宴会。故凡雅舞歌辞，多言文武功德，而杂舞则以意在行乐，其歌辞遂亦最富于文学意味"。②

---

① 吴相洲：《唐诗创作与歌诗传唱关系研究》，北京大学出版社，2004，第114～115页。
② 萧涤非：《汉魏六朝乐府文学史》，人民文学出版社，1984，第168页。

《乐府诗集》所收"杂舞"有《公莫》《巴渝》《盘舞》《鞞舞》《铎舞》《拂舞》《白纻》等。其中在六朝上层宴会上最流行的舞蹈为《白纻舞》。由于此舞可以表达丰富的情感内容，而且舞姿轻盈优美、舞容悲怨感人，从两晋开始就有许多文人为其写辞并歌咏其舞态舞容，由此而出现了大量的白纻舞歌辞。笔者认为，这些题名"歌辞"的作品，并不仅仅是配合乐舞的唱辞，其中有许多作品堪称咏舞诗。正是基于这种观点，笔者试图通过对这些舞辞发展演变过程及其审美价值的考察，阐发六朝乐府诗诗乐结合的特征，并进一步探索这类抒情性舞辞出现的社会文化背景。

一　白纻舞歌辞对舞蹈内涵的生动展现

通过研究六朝白纻舞歌辞，笔者对白纻舞这一当时非常流行的宴乐之舞有了较为全面的了解。白纻舞起源于汉末吴地。《宋书·乐志》中载："《白纻舞》，按舞词有巾袍之言；纻本吴地所出，宜是吴舞也。晋俳歌又云：'皎皎白绪，节节为双。'吴音呼绪为纻，疑白纻即白绪。"① 由此可知，白纻舞原是与吴地农作物纻麻有关的民间乐舞。纻麻用木棒"捣"后颜色愈白，质地愈软，着这种白色纻麻衣裳歌唱所跳之舞，叫白纻舞。《乐府诗集》认为，白纻舞之类的六朝杂舞"始皆出自方俗，后浸陈于殿庭"。② 白纻舞最初为田野之作、民间乐舞，后来为乐官采撷并进行加工改造，成为宫廷宴舞。从六朝白纻舞歌辞中，我们可以发现这种舞蹈的诸多特点。

白纻舞是具有宗教色彩的舞蹈。现存最早的晋《白纻舞歌诗》中有"清歌徐舞降只神，四座欢乐胡可陈""舞以尽神安可忘，晋世方昌乐未央"之类的描述，可以推测白纻舞开始出现时可能是巫女降神时表演的舞蹈。"以舞娱神"本为中国原始乐舞的一个特点，《楚辞》中"九歌"便是楚地祭祀时表演的歌舞。白纻舞歌辞中也有称颂国运与强调舞蹈的政治教化作用之成分，

---

① （南朝梁）沈约：《宋书·乐志》，中华书局，1974，第 550 页。
② （宋）郭茂倩：《乐府诗集》，中华书局，1979，第 766 页。

如"欢来何晚意何长，明君驭世永歌昌"（晋《白纻舞歌诗》），"文同轨一道德行，国靖民和礼乐成"（南朝宋明帝《白纻篇大雅》）等，这是因为民间舞曲被采入宫廷之后上层文人士子赋予了其歌功颂德的成分。再如，宋明帝的《白纻篇大雅》中有诗句"在心曰志发言诗，声成于文被管丝。手舞足蹈欣泰时，移风易俗王化基"，作为帝王，宋明帝认为乐舞可以移风易俗，有一定的政治教化意义。这是传统乐舞观的体现。但纵观六朝时期的白纻舞，这种称颂与教化意义并不是主要的，尤其到南朝，白纻舞渐渐被削弱其政治教化成分，更多地展现人物内心的微妙而复杂的情感与人物优美而妩媚的舞姿，成为一种以抒情为主的歌舞。

舞蹈是以人体动作作为主要的表现手段来表达人的思想感情和反映社会生活的艺术。六朝白纻舞歌辞非常成功地再现了舞蹈的节奏感与造型美，对其舞妆舞姿舞容都有描述。舞妆之特点在晋代时主要表现在舞衣与舞具方面。"质如轻云色如银，爱之遗谁赠佳人。制以为袍余作巾，袍以光躯巾拂尘。"舞者身着非常轻薄的白纻布制成的舞袍，手执同样的白纻布制的长长的白巾，这是较早时期的服饰，以白色为主，依稀可见其原初民间舞蹈的朴素装束。到南朝时，白纻舞变成了宫廷宴饮时表演的舞蹈之后，舞者的妆容也逐渐奢华起来。"珠履飒沓纨袖飞""垂珰散佩盈玉除"（鲍照《代白纻舞歌词》），珠玉满身，杂沓繁复，充满了宫廷的富贵之气。这是乐舞艺术从民间到宫廷发展的必然趋势。白纻舞歌辞还充分展现了舞者轻曼的舞姿与娇媚的舞容。

> 轻躯徐起何洋洋，高举两手白鹄翔。宛若龙转乍低昂，凝停善睐容仪光。如推若引留且行，随世而变诚无方。
>
> （晋《白纻舞歌诗》）

> 仙仙徐动何盈盈，玉腕俱凝若云行。佳人举袖耀青蛾，掺掺擢手映鲜罗。状似明月泛云河，体如轻风动流波。
>
> （南朝宋刘铄《白纻曲》）

从诗中可知，白纻舞在起始时节奏徐缓，并以手的动作为主，两手高举宛如白鹄在云中飞翔，"白鹄"既指洁白的手腕，亦指手执之长巾。到南朝时，此舞似乎已不用长巾，而以长袖为舞。"珠履飒沓纨袖飞"（鲍照辞），"舞袖透迤鸾照日""长袖拂面心自煎"（汤惠休辞），"长袖拂面为君施"（沈约辞），舞动时徐疾相间，时而像游龙般扭动腰肢，时而又低昂翻转，时而脚步轻移，好像有无形的手将身体轻轻地推引着前进，"体如轻风动流波"，体态轻盈，动作徐缓，舞姿十分优美。到南朝在宫廷中演出时，经过专业乐人的改造，加入了一些快节奏的舞蹈动作，如"催弦急管为君舞"（鲍照辞），"上声急调中心飞"（萧衍辞），"翡翠群飞飞不息"（沈约辞）。"飞"既是长袖舞动时的飘逸动作，又是中国古典舞蹈中"回"的动作，也即"转"的动作，在快速的转动中，时低时昂，乍停乍翔，所以舞者一曲跳完，往往"流津染面散芳菲"（张率辞）。不仅舞姿优美，舞容也十分诱人，如"凝停善睐容仪光""趋步生姿进流芳"（晋时歌辞），"如娇如怨状不同，含笑流昐满堂中""含情送意遥相亲，嫣然宛转乱心神"（沈约辞），舞者神态如娇似怨，含笑流盼于眉目传情中，有勾魂摄魄之魅力。这种轻盈柔曼的舞蹈风格与汉代舞蹈追求的雄健有力之风格截然不同，它体现了六朝时期重抒情、重神韵的艺术特征。

舞蹈与歌辞的关系应当是互动的，一方面，舞蹈的舞姿优美、楚楚动人，吸引了众多文人为其写辞；另一方面，由于舞辞的大量创作与保存，我们对舞蹈这一以身体动作来表现一定思想感情的艺术形式有了更为深切的了解。可以说，白纻舞及其歌辞是诗舞良性互动的成功范例。

二　白纻舞歌辞在两晋南北朝的发展轨迹及其特征

《乐府诗集》辑录六朝"白纻舞歌辞"31 首，逯钦立《先秦汉魏晋南北朝诗》中收有 35 首，这是因为逯钦立将齐王俭的《齐白纻辞》一首分为两句一首的五首诗。在"杂舞"类中，"白纻辞"是数量最多、艺术成就最高的一类，在晋、南朝宋、南朝梁三个不同时期，白纻辞在艺术和审美价值方面也各具特色。

晋《白纻舞歌诗》三首，是目前所存记载中最早的白纻舞歌辞。这三首诗以对舞姿舞态的成功描写为后来的咏舞类诗提供了可资借鉴的艺术手段。从内容上说，诗从对舞态的描述转入对人生苦短的慨叹，"人生世间如电过，乐时每少苦日多"，并流露出及时行乐的思想，"幸及良辰耀春华，齐倡献舞赵女歌"。从这种对"宜及芳时为乐"的关注中可以看出，晋代的白纻舞已经不完全是原始的民间歌舞了，因为劝人为乐已经是宴饮时的主题。值得注意的是，诗歌不仅关注现实世界的享受，而且还进一步将笔触伸向游仙，"东造扶桑游紫庭，西至昆仑戏曾城"，这可以说是晋人以游仙来消解人生苦短观念的充分体现。晋诗中虽然也有如"声发金石媚笙簧，罗袿徐转红袖扬"这样的"丽辞"，但整体的风格还保留着早期民歌清新质朴的诗风，轻逸圆融，工丽流畅。晋《白纻舞歌诗》可以说是具有开创意义的，它在舞辞的写法、语言的运用等方面对南朝的舞辞作者影响很大，在此之后的宋至梁期间，很多文人都来写作白纻舞诗，以至于此时的诗歌领域形成了一个"白纻"系列。明人王世贞《艺苑卮言》认为，晋《白纻舞歌诗》"已开齐梁妙境"，这种"妙境"即齐梁诗歌抒情韵致、精致艳逸的诗歌意境。

刘宋时的白纻舞歌辞开始朝艳歌方向发展，最具代表性的是鲍照和汤惠休的作品。

> 少年窈窕舞君前，容华艳艳将欲然。为君娇凝复迁延，流目送笑不敢言。长袖拂面心自煎，愿君流光及盛年。
>
> （汤惠休《白纻歌三首》其二）

> 桂宫柏寝拟天居，朱爵文窗韬绮疏。象床瑶席镇犀渠，雕屏匼匝组帷舒。秦筝赵瑟挟笙竽，垂珰散佩盈玉除，停觞不语欲谁须。
>
> （鲍照《代白纻舞歌辞》其二）

鲍照和汤惠休的白纻舞歌辞，对原本不涉及男女情爱的晋代古辞加以改造，增加了闺情内容。"忍思一舞望所思，将转未转恒如疑"（汤惠休辞），"凝华结藻久延立，非君之故岂安集"（鲍照辞），这是南朝文学重情特点在舞辞中的表现。舞辞抒写男女相思之情，辞之格调也由原来抒写行乐颂世的欢快变得幽怨、低沉。鲍照和汤惠休二人本来就是刘宋时期被目为"险俗"的诗人。《南史·颜延之传》载："延之每薄汤惠休诗，谓人曰：'惠休制作，委巷中歌谣耳，方当误后生。'"①《南齐书·文学传》认为："发唱惊挺，操调险急，雕藻淫艳，倾炫心魂。亦犹五色之有紫，八音之有郑卫。斯鲍照之遗烈也。"②这些评价均认为鲍、汤二人的诗好为淫艳哀音，且雕琢巧丽。用这样的观点来看他们的舞辞，也是很合适的，尤其是鲍照，他的六首作品中有四首为奉诏之作。在这些作品中，诗人以艳辞丽句铺陈摹写宫中各种器具以及舞蹈时的场景与舞女的华丽佩饰，确为"雕藻淫艳，倾炫心魂"之作。这种诗歌风格的形成是以内容上侧重抒发女性情思为基础的。鲍、汤对白纻舞歌辞的这种改造，可以说较早地透出了齐梁艳体诗的信息。

萧梁时的白纻舞歌辞有张率九首、沈约五首、萧衍二首。这个时期的白纻舞歌辞，不仅数量多，而且艺术成就也很高，可以说是白纻舞歌辞发展的高峰期。张率的诗才在当时享誉东南，深得梁武帝萧衍的赏识，其九首舞辞的描写对象依然是歌伎舞女，但与鲍、汤不同，他把重点放在发掘她们凄楚寂寞的心境上。

> 秋风鸣条露垂叶，空闱光尽坐愁妾。独向长夜泪承睫，山高水深路难涉，望君光景何时接。（其四）
>
> 遥夜方远时既寒，秋风萧瑟白露团。佳期不待岁欲阑，念此迟暮独无欢，鸣弦流管增长叹。（其五）

诗歌用细腻的笔触揭示了那些妙龄美艳的舞女在欢歌艳舞之后内心的孤苦凄

---

① （唐）李延寿：《南史·颜延之传》，中华书局，1975，第881页。

② （南朝梁）萧子显：《南齐书·文学传》，中华书局，1972，第908页。

凉，用秋风鸣、草虫悲、白露凝、秋夜寒等凄凉语境来反复烘托和表现舞女"终夜悠悠坐申旦"的悲哀。这组诗不像鲍、汤二人的诗作那样艳逸。由于着重抒发人物的内心情感，所以整组诗歌的风格比较清新，在对人物深层心理的开掘与剖析上，张率的这组诗无疑在"白纻舞歌辞"系列中有一定的开创意义。

　　沈约的诗歌首开按四时时令分别咏歌之风。他的《四时白纻歌》五首，在春、夏、秋、冬之外，还有《夜白纻》。《乐府诗集》收录这组诗时，引《古今乐录》曰："沈约云：'《白纻》五章，敕臣约造，武帝造后两句。'"①今人石观海《宫体诗研究》认为，"武帝"为齐武帝萧赜，即这组诗为齐永明年间作品。② 而侯云龙《沈约年谱》则认为"武帝"是梁武帝萧衍，为梁天监元年（502）作品。③《旧唐书·乐志》也认为，"梁帝又令（沈）约改其辞，其《四时白纻》之歌，约集所载是也"。④ 按：梁武帝萧衍也写有《白纻辞》，风格与沈约相近，故沈约诗似为梁时作品。这组诗以写男女情爱为主。

　　　　朱光灼烁照佳人，含情送意遥相亲。嫣然宛转乱心神，非子之故欲谁因。翡翠群飞飞不息，愿在云间长比翼。佩服瑶草驻容色，舜日尧年欢无极。

　　　　　　　　　　　　　　　　　　　　　　　　　（《夏白纻》）

　　　　白露欲凝草已黄，金琯玉柱响洞房。双心一意俱回翔，吐情寄君君莫忘。（后四句与上同，故略）

　　　　　　　　　　　　　　　　　　　　　　　　　（《秋白纻》）

与张率诗不同的是，沈约诗没有过分渲染凄楚孤独的意境，也缺乏对人物心理的深层次剖析，诗的整个调子是欢快的，在对美好爱情的憧憬与歌颂中，

---

① （宋）郭茂倩：《乐府诗集》，中华书局，1979，第 806 页。
② 石观海：《宫体诗派研究》，武汉大学出版社，2003，第 153 页。
③ 侯云龙：《沈约年谱》，《松辽学刊》2001 年第 5 期。
④ 《旧唐书·乐志》，中华书局，1975，第 1064 页。

展示了舞者的娇媚舞态。语言清丽工巧，格调柔媚婉转，体现了"清怨工丽"的特点。

梁武帝萧衍的两首《白纻辞》，以圆熟流丽的语言抒发舞者之美，是此类作品中的佳作。

> 朱丝玉柱罗象筵，飞琯促节舞少年。短歌流目未肯前，含笑一转私自怜。
>
> 纤腰袅袅不任衣，娇怨独立特为谁。赴曲君前未忍归，上声急调中心飞。

在诗歌体式上，萧衍诗不像其他同类诗为六到八句的长诗，而是仅有四句的短诗。诗句虽短，却把舞者所处的环境、伴奏的乐器以及舞者的年龄、舞姿、表情描摹得非常准确到位。在被称为艳诗的这类宫体诗中，这两首诗并不十分艳逸，语言华丽工整，格调浑成，后人给予了很高的评价。宋许颛《彦周诗话》认为，前一首"嗟乎丽矣！古今为第一也"，强调其"丽"的审美特征，即清丽婉转流畅的诗歌风格。可以说，萧衍的舞辞是白纻辞系列中的经典之作。

综观六朝白纻舞歌辞，它经历了内容上从叙写宴饮时的欢快到表现男女情爱，形式上由民间乐舞到宫廷宴舞，风格上由清新质朴到藻饰秾丽的发展变化过程，对女性舞者的描写也经历了由描摹外在的姿容到发掘人物深层次的心理感受的变化过程，这些变化与发展是六朝乐府诗从民间创作到文人拟作发展的必然途径。

三 白纻舞歌辞的审美价值

1. 展现女性的阴柔美和幽怨美

《乐府诗集》引《乐府解题》曰："（白纻舞）古词盛称舞者之美，宜及芳时为乐。"[1] 可见，"盛称舞者之美"是白纻舞歌辞的一大特点。六朝的白

---

[1] （宋）郭茂倩：《乐府诗集》，中华书局，1979，第798页。

纩舞歌辞除三首晋辞外，均可归入宫体诗的范畴。宫体诗本极善于描摹女性之美。"嬿绵好眉目，闲丽美腰身。凝肤皎若雪，明净色如神。骄爱生盼瞩，声媚起朱唇。"（鲍照《学古》）"谁家妖丽邻中止，轻妆薄粉光间里。"（萧纲《东飞伯劳歌》）同上述这些诗歌比起来，白纩舞歌辞并不偏重于这方面的叙写，而是更关注对女性的轻柔美与幽怨美的展现。

轻柔美本为汉魏以来女性舞者追求的一种舞蹈胜境，如汉代的赵飞燕"体轻腰弱"，善为"掌上舞"，故为汉成帝专宠。萧梁时，羊侃家有"舞人张净琬，腰围一尺六寸，时人咸推能掌中舞"。[①] 这些舞者所追求的掌上舞的境界，正是体态轻盈的表现。白纩舞为南朝宫廷舞，对轻柔的舞者技艺十分推崇。"仙仙徐动何盈盈，玉腕俱凝若云行。……状似明月泛云河，体如轻风动流波。"（刘铄《白纩曲》）舞者身体徐动，似轻风、若流云、如仙人般轻盈飘逸。"纤腰袅袅不任衣，娇怨独立特为谁。"（萧衍《白纩辞》）舞女腰身纤细，衣袍自宽，显得格外娇弱纤细。"歌儿流唱声欲清，舞女趁节体自轻。""妙声屡唱轻体飞。流津染满散芳菲。"（张率《白纩歌》）体态轻柔秀美，本为南朝女子所追求的一种女性美的时尚，不独舞伎，一般的女子也以轻柔瘦弱为美。沈约《少年新婚为之咏》中"腰肢既软弱，衣服亦华楚"，刘缓《寒闺》中"纤腰转无力，寒衣恐不胜"，所写女子并非舞伎，但也以清瘦为美，足见此乃一个时代的潮流。既然如此，以轻歌曼舞供达官贵人消遣的舞女，美的标准便以轻柔为主。白纩舞不同于汉代健舞，属于软舞的范畴，在舞蹈过程中，以轻柔飘逸的舞袖和纤柔轻婉的舞腰来表现流动之美，所以这一时期的白纩舞歌辞不仅以明月、轻风、流云、春风、飞鸾、舞鹤之类的意象来体现舞女的轻盈体态，而且还用诸如"翔""转""舞""引""飞""逶迤"之类的动词，准确传神地描述出舞者舞蹈时的轻盈柔婉的动态美。

宫廷宴饮之舞不尽表现欢乐之情，相反，在汉魏"以悲为美"的文化背景下，乐舞的内容也多为悲怨之作。如《汉书·苏武传》中李陵送别苏武归

---

① （唐）李延寿：《南史·羊侃传》，中华书局，1975，第 1547 页。

汉时所歌所舞便是典型的悲情歌舞。如果说晋白纻舞歌辞还只是感叹时光易逝、人生苦短的话，到南朝刘宋时期，舞辞中便充满了悲怨之情。"寒光萧条候虫急，荆王流叹楚妃泣。"（鲍照辞）"琴瑟未调心已悲，任罗胜绮强自持。"（汤惠休辞）诗歌写出了舞者带着悲怨之情强自起舞的神态。萧梁时的咏舞诗则进一步写女子的独守空房与对恋人的刻骨思念。"纤腰袅袅不任衣，娇怨独立特为谁。"（萧衍辞）"佳期不待岁欲阑，念此迟暮独无欢，鸣弦流管增长叹。""愁来夜迟犹叹息，抚枕思君终反仄。""遥夜忘寐起长叹，但望云中双飞翰。"（张率辞）这些诗里的女子已由舞女变成了闺中思妇，诗歌充分叙写了思妇在月夜孤苦无望的辗转思情。南朝诗在格调上以哀怨为基调，"吟咏风谣，留连哀思"，同时，六朝时入乐之歌多用清商，而清商声音的特征便是哀怨，"舞曲歌辞"属清商乐，故而尚悲便成为必然。白纻舞歌辞叙写女子的悲怨之情，一方面体现了诗人对宫廷舞女地位低下的同情，另一方面也反映了六朝乐舞所追求的审美境界，轻歌曼舞时的"娇怨"之态最是感人，白纻舞歌辞所追求的正是这种以悲美感人的境界。

2. 舞之意境与诗之意境的交融与转化

乐舞歌辞以舞蹈为主要描写对象，但成功的乐舞歌辞作品不应是舞蹈形象的简单再现与机械复制，而应该是诗人审美感受和体验的产物。六朝诗人对诗歌语言的把握与运用已远远超过前代，作为有深厚文化修养的上层贵族文人，他们经常在宴饮生活中接触乐舞表演，对舞蹈形象有敏锐的观察和深切的体验，因而能够在准确把握舞蹈审美特征的基础上，通过各种艺术手段，将舞蹈形象转化为诗歌形象。

第一，白纻舞歌辞运用了多种修辞手法，如比喻、夸张、衬托等来塑造鲜明生动的艺术形象，使优美的舞蹈动作转化为鲜活的诗歌意象。比喻历来为咏舞类作品善用的手法，东汉傅毅《舞赋》中有"若俯若仰，若来若往""若翾若行，若竦若倾""气若浮云，志若秋霜""体如游龙，袖如素霓"等成功的形象比拟；张衡《舞赋》也有"裾似飞燕，袖如回雪"等比喻句。六朝白纻舞歌辞中出现了更多的比喻。如以"游龙""白鹄""鸾凤"喻舞姿之轻柔，以"流云""轻风""轻云""双雁"状舞袖之飘逸。而"桃花水上春风出"（汤惠休辞），"兰叶参差桃半红，飞芳舞縠戏春风"（沈约辞）等诗句则更是以"桃花""兰叶""飞芳""春风"等喻舞者姿容如桃花般艳丽、兰叶般秀逸、飞芳般飘逸、春风般轻柔。此外，如"状似明月泛云河，体如轻风动流波"（刘铄辞）等都是确切的比喻句。白纻舞属于柔婉的宫宴软舞，以轻柔徐缓的动作为主，诗人在写舞辞时也选择大自然中既有动感又富于美感且轻盈柔美的形象，用这些特定的形象表达作者对舞姿舞容的赞美之情，同时又以意象之美赋予舞辞以诗歌美的特征。有时，这类比喻又有夸张的成分，如"白鹄翔""鸾照日""若云行"等，既是对舞蹈动作的比喻，又是对动作形象的夸张。诗人还善于运用衬托手法，如"车怠马烦客忘归"（鲍照辞），"令彼嘉客澹忘归"（张率辞），"四座欢乐胡可陈"（晋舞辞）等句以观舞者的感受衬托出舞蹈感发人心的艺术魅力。

第二，白纻舞歌辞还善于刻画和渲染舞蹈的审美意境，即舞蹈所具有的诗的审美意境。"仙仙徐动何盈盈"（刘铄辞），"娇怨独立特为谁"（萧衍辞），"嫣然宛转乱心神"（沈约辞），如神仙般嫣然宛转着的女子，具有诗一般的情韵，舞辞渲染出了一种如怨如诉般的凄美的意境。白纻舞歌辞还善于以景物描写来烘托人物的内心感情，从而进一步展现舞蹈的诗美意境。

三星参差露沾湿，弦悲管清月将入。

（鲍照）

穷秋九月荷叶黄，北风驱雁天雨霜。

（鲍照）

日暮塞门望所思，风吹庭树月入帷。

（张率）

列坐华筵纷羽爵，清曲未终月将落。

（张率）

白露欲凝草已黄，金珰玉柱响洞房。

（沈约）

这些景物描写多指向凄凉的月夜，这是因为宫廷宴舞多为月夜演出，如娇似怨的舞者在清冷的月光下翩翩起舞，内心倍感孤独。在中华民族传统的审美心理中，"月"较之其他景物更容易触发人的情感，因而也更富有诗意。月夜轻歌曼舞是诗人创造的一种审美意境，也是舞蹈的轻柔之美与悲怨之情的具体体现。

魏晋南北朝时期是中国古代史上"最富于艺术精神的一个时代"（宗白华语），个体意识的觉醒，感性心灵的苏醒，审美意识的自觉，使舞蹈艺术由先秦两汉时的热情奔放的格调一变而为悲怨缠绵，而且开始注重艺术自身的审美追求。"气韵生动"既是这个时期绘画艺术的主流，也是乐舞艺术的追求，不仅仅从舞辞中，我们还可以从当时流传下来的敦煌、云冈、龙门等石窟中的许多飞天、伎乐天画像中看到那种飘逸轻渺的优美形象，这些形象都达到了"气之动物，物之感人，故摇荡性情，形诸舞咏"① 的传神境界。正如阮籍所言："歌以述志，舞以宣情。"舞蹈艺术本身就是感性世界的产物，"重情"与"达情"是舞蹈成功的重要标尺。白纻舞是充分抒情的舞蹈，十分注重人的自然情感的坦然流露和尽情宣泄。正是适应于这种风格特点，白纻舞歌辞充分展现了六朝时期重"情"与重"韵"的精神特质，成为时代精神的真实写照。

第三节　乐府曲名与歌辞内容的关系

汉魏六朝乐府诗曲名的演变情况比较复杂，或曲名与内容相合，或曲名与内容不合，有些曲名随时代变迁或统治者变更都会有所变化，一曲多名或

---

① （南朝梁）钟嵘著，周振甫译注《诗品译注·诗品序》，中华书局，1981，第15页。

一名多用的情况相当普遍，从这些变化中可以发现乐府诗在发展演变过程中受社会政治、经济以及文化影响的不同情况。

乐府曲名的命名有多种方法。最常见的一种如《诗经》中以篇首词句命名。如《有所思》《上邪》《鸡鸣》等。另外有以首句词句加上表示音乐的"行""曲""歌"等命名的，如《东门行》《妇病行》《西洲曲》《黄鹄曲》《碧玉歌》《桃叶歌》等。有以诗中的主角来命名的，如《王明君辞》《木兰辞》等。有以造歌者的名字来命名的，如《子夜歌》等。还有以民间童谣来命名的，如《阿子歌》《董逃行》等。更多的题名则只是古代乐曲名，诗人借题名或曲名写诗，表达与原曲相近的感情，当然，有很多诗歌内容与原曲相差较远。总之，乐府曲名的命名情况比较复杂，笔者下面就其中的一些缘由做简要的分析，以论述乐曲发展演变的规律所在。

首先，在乐府诗中，乐府曲名与歌辞内容有合有离，但相合的情况还是相当普遍的。如"相和歌辞"中的《从军行》写从军征战之事，《战城南》写战争，《将进酒》写饮酒，《王昭君》咏昭君故事。而《春江花月夜》这一曲目中写得最好的是唐代张若虚之诗，内容与题目也十分相合。《箜篌引》又名《公无渡河》，如前文所述，其来源于一段悲惨的故事，从六朝到唐代诗人写诗时都歌咏此故事。李白《蜀道难》所写内容与题名也相合。《妇病行》《孤儿行》题名虽取自诗句开篇之语，但歌辞写病妇与孤儿，与题名亦属相合。这类情况可以说明乐府古辞流传过程中依古曲而制新词时情感内涵的传承与延续。在乐府诗中，乐名与歌辞内容不相合的情况也大量存在。如《乐府诗集》卷三十八"相和歌辞"之《上留田行》解题曰：

> 崔豹《古今注》曰："上留田，地名也。人有父母死不字其孤弟者，邻人为其弟作悲歌以风其（兄），（故）曰《上留田》。"《乐府广题》曰："盖汉世人也。云'里中有啼儿，似类亲父子。回车问啼儿，慷慨不可止'。"

此处所记载的本事与古辞是写孤儿父死后其兄不养之悲哀，但后人所写同题诗却有很大的不同。如曹丕诗写贫富悬殊，谢灵运诗写与亲友离别以及光阴消逝的哀伤，内容与原辞及本事相差甚远。而且，在他们的诗中，"上留田"三字是用在每一句的句尾作为和声的。王运熙先生《略论乐府诗的曲名本事与思想内容的关系》中列举了《薤露行》《蒿里行》《豫章行》等作品在诗歌创作上与本事、原辞不合，但在思想内容与情感内涵方面还有一定的联系的情况。同时他又分析了《秋胡行》《阿子歌》等后世拟作与本事、原辞完全不吻合的现象。他认为乐府诗中的多数作品与曲名、本事或者主题思想方面保持了一定的联系，所以，"一般情况看，用乐府旧题写诗，在思想内容上常常或多或少受到原题、古辞的制约，不容易自由地来反映崭新的题材"。①

其次，一曲多名的现象在乐府诗中也是大量存在的，其中有一部分是因原辞与拟作的不同而形成的。如《从军行》，原辞为左延年《苦哉》："苦哉边地人，一岁三从军。三子到敦煌，二子诣陇西。五子远门去，五妇皆怀身。"写从军之苦。拟作则有不同之名，如《从军有苦乐行》《苦哉远征人》《远征人》《从军五更转》等。这些拟作之题，均与"苦哉""从军"相关，是从原辞延伸出来的另题。又如《陌上桑》《艳歌行》《罗敷行》《日出东南隅行》《采桑》等都是一种词曲名不同的提法。此外，《楚妃叹》拟作有《楚妃吟》《楚妃曲》《楚妃怨》等，《班婕妤》拟作有《婕妤怨》《长信怨》《娥眉怨》《玉阶怨》《宫怨》《杂怨》等。这种一曲多名的现象，是因为对先后出现的乐府作品不同篇章的模仿而造成的。如《苦哉》篇中有"苦哉边地人，一岁三从军"句，由此而产生了《从军行》之题名。而由王粲的《从军行》五首第一首首句"从军有苦乐，但问所从谁"则衍生出了另一题名《从军有苦乐行》。由陆机《从军行》中"苦哉远征人，飘飘穷四遐"与李延年《从军行》中"苦哉远征人，毕力干时艰"等句而出现了《苦哉远征人》与《远征人》二题名，从中可见其演变轨迹。一曲多名的现象还有因为题名内涵之

---

① 王运熙：《汉魏六朝唐代文学论丛》，上海古籍出版社，1981。

差异而造成的，如《箜篌引》又名《公无渡河》，二题名均与本事相关，但《箜篌引》以"引"为题名，主要突出音乐性，《公无渡河》以本辞之首句为题名而突出歌唱内容。

最后，乐府诗曲名演变的情况还与政治有很大的关系。以"鼓吹曲辞"为例，汉代"鼓吹曲辞"中有《汉铙歌》十八曲，原为二十二曲，《乐府诗集》存诗十八曲，内容比较复杂，有写求仙访道的，如《上陵》，有写战争给人带来的灾祸的，如《战城南》，还有两首写爱情的，即《有所思》《上邪》。到曹魏时，改为十二曲。《晋书·乐志》曰：

> 汉时有《短箫铙歌》之乐……列于鼓吹，多序战阵之事。
>
> 及魏受命，改其十二曲，使缪袭为词，述以功德代汉。改《朱鹭》为《楚之平》，言魏也。改《思悲翁》为《战荥阳》，言曹公也。改《艾如张》为《获吕布》，言曹公东围临淮，擒吕布也。改《上之回》为《克官渡》，言曹公与袁绍战，破之于官渡也。改《雍离》为《旧邦》，言曹公胜袁绍于官渡，还谯收藏死亡士卒也。改《战城南》为《定武功》，言曹公初破邺，武功之定始乎此也。改《巫山高》为《屠柳城》，言曹公越北塞，历白檀，破三郡乌桓于柳城也。改《上陵》为《平南荆》，言曹公平荆州也。改《将进酒》为《平关中》，言曹公征马超，定关中也。改《有所思》为《应帝期》，言文帝以圣德受命，应运期也。改《芳树》为《邕熙》，言魏氏临其国，君臣邕穆，庶绩咸熙也。改《上邪》为《太和》，言明帝继体承统，太和改元，德泽流布也。其余并同旧名。

从缪袭受命所改的这十二曲，我们可以看出魏时的改题，完全以"述以功德代汉"为目的，不管原辞表达什么内容，全部将其改造成歌颂曹魏征战南北、创立天下的史诗式的作品。这种改造，一是因为鼓吹曲原属军乐，可表现战争等内容，二便是为了政治的需要。《汉铙歌》十八曲中写战争的篇目并不多，但古人认为"铙歌"与战争相关，而曹魏的改造则全部叙述战事与国家建设。可以说，《汉铙歌》基本上是改变了原辞的内容与风格的。其后，吴国的韦昭亦制十二曲名，模仿缪袭的做法，将《汉铙歌》再次做了政治意义上的改造。《晋书·乐志》曰：

> 是时吴亦使韦昭制十二曲名，以述功德受命。改《朱鹭》为《炎精缺》……改《思悲翁》为《汉之季》……改《艾如张》为《摅武师》……改《上之回》为《乌林》……改《雍离》为《秋风》……改《战城南》为《克皖城》……改《巫山高》为《关背德》……改《上陵曲》为《通荆州》……改《将进酒》为《章洪德》……改《有所思》为《顺历数》……改《芳树》为《承天命》……改《上邪》为《玄化》。

吴国韦昭所改的篇目数量及名称与曹魏缪袭一样，目的也是赞美本朝统治者的功德。从缪袭开始这样的改造后，晋、刘宋、萧梁、北齐、北周以及唐代都对《汉铙歌》做了歌功颂德意义上的改造。这一改造，不仅有政治上的含义，还有音乐方面的意义。就乐府的音乐形式而言，韦昭的改制，是中国文人依曲填词的开始。萧涤非先生在《乐府填词与韦昭》一文中认为韦昭所制之十二曲，基本上是依据缪袭十二曲而来，是在其原曲调的基础上填制词句而创作的。他指出，按照原来的歌辞，逐字逐句地填，这样能最准确地保留原有声调的面目，不至于失真。[1]

这种依政治功绩而改曲名的情况，大部分出现在朝廷的雅乐舞歌辞中，曹魏时对"鼓吹曲辞"进行改造，也是将鼓吹乐雅化的一个途径。在雅舞歌辞中，这种情况也较为普遍，如《俞儿舞歌》原为西南少数民族的民间舞蹈，后来渐渐成为朝廷雅舞，《宋书·乐志》曰：

> 魏《俞儿舞歌》四篇，魏国初建所用，使王粲改创其辞，为《矛俞》《弩俞》《安台》《行辞新福歌》曲，行辞以述魏德。后于太祖庙并

---

[1]　萧涤非：《萧涤非说乐府》，上海古籍出版社，2002。

作之。黄初二年，改曰《昭武舞》，及晋，又改曰《宣武舞》。

王粲所改之曲，便具有述功德的内涵。每个朝代都按照自己的意图改造雅乐舞歌辞的曲名，以示与前朝不同。这种基于政治意义的对乐府曲名的修改，是乐府曲名演变的一个重要方面。

乐府的曲名与音乐有很大的关系，乐府诗题中出现最多的是"行"，"行"即"曲"。张永鑫认为"步骤驰骋、疏而不滞、铺张本事而歌者曰'行'"。① 乐府诗中有《怨歌行》《满歌行》《善战行》《饮马长城窟行》等大量以"行"名篇的篇目。此外，像"歌""曲""引""吟"等出现在题名中，都是标志音乐内涵的。乐府诗是音乐文学，曲名的音乐性，标示了歌辞的音乐性。同时，曲名的音乐特征也成为后人拟作的标志，我们可以从后人的题目中的"行""曲""歌"等判断其乐歌的性质。

第四节　乐府诗中"乐歌"的娱乐特征

汉魏六朝乐府民歌是来自民间的诗歌形式，最初是以乐歌的形式采入宫中的。这些乐歌在被采入宫中之前，存在于一个兼容各种技艺的民间艺术体系中。而这种民间艺术具有综合性，有时与舞蹈相融，有时与百戏等技艺表演相依存，所以最初的形式是歌、舞、乐相合，因而具有一定的表演性。这些乐歌被采入乐府之后，有时也作为表演的乐歌来使用，如在朝廷的祭祀等礼仪活动与帝王贵族的宴饮活动中，与舞蹈一起表演。所以，乐府诗便具有了表演艺术的很多特点。

汉代雅乐主要有汉高祖唐山夫人的《安世房中歌》、司马相如与李延年等人创作的《郊祀乐》等。《安世房中歌》现存十七章，为祭祀祖宗的乐章，

---

① 张永鑫：《汉乐府研究》，江苏古籍出版社，1992。

音乐以楚声为主。楚人重巫，其用于祭祀的音乐歌舞与周代祭祀音乐的庄重肃穆不同，具有浓厚的浪漫幻想色彩，且追求人神共娱的效果。楚地祭祀中的音乐舞蹈具有很强的表现性，《安世房中歌》也受其影响，如第二章：

> 《七始》《华始》，肃倡和声。神来晏娭，庶几是听。粥粥音送，细齐人情。忽乘青玄，熙事备成。清思眇眇，经纬冥冥。

诗中描述了巫觋带领祭祀人员齐声歌唱《七始》《华始》两乐章，歌声感动神灵，神灵下凡与人共同娱乐，在神灵满意离开后，祭祀的人们仍然沉浸在无尽的幻想中。从《安世房中歌》的许多篇章中可以看出，此乐在演出时场面宏大，"肃倡和声"，有很多人在合唱，演出时有演奏、有歌唱，也有舞蹈，并追求一种人神共娱的戏剧性效果。《郊祀歌》也体现神灵与人的"合好效欢"。《郊祀歌·天地》云：

> 千童罗舞成八佾，合好效欢虞泰一。九歌毕奏斐然殊，鸣琴竽瑟会轩朱。璆磬金鼓，灵其有喜。

这一表演的场面也颇宏大，有"千童"跳舞，有琴、竽、瑟、磬、鼓等乐器伴奏，神灵与人一起游戏，都沉浸在快乐之中。集歌、乐、舞于一体，描述人神共乐，并强调神灵降临时的神秘性、戏剧性，是汉代雅乐舞表演的特点。

汉代原始民歌多为"街陌讴谣之词"的徒歌，即无伴奏的演唱形式。这种形式进一步发展，渐渐演变为清唱加邦腔的"但歌"形式，这些民歌经过乐府机构的整理，加上管弦乐器伴奏，便形成了相和歌。《宋书·乐志》载："《相和》，汉旧歌也。丝竹更相和，执节者歌。"相和歌的表演方式很多，最初的相和方式便是人声相和，如前面所述"但歌"的形式。《宋书·乐志》载：

> 《但歌》四曲，亦出自汉世。无弦节，作伎，最先一人倡，三人和。魏武帝尤好之。时有宋容华者，清彻好声，善倡此曲，当时特妙。自晋

以来，不复传，遂绝。

"一人倡，三人和"的表演形式虽还未"被之管弦"，但已经比简单的徒歌丰富了很多。相和的表演方式主要有两种。

其中一种便是上述"执节者歌"的形式，即击节相和，击物为节，与人声相应。中国原始社会时期就已有"击壤而歌"的形式，孔子曾击木而歌，汉代的这类记载较多，《汉书·杨敞传附杨恽传》云：

> 家本秦也，能为秦声。妇，赵女也，雅善鼓瑟。奴婢歌者数人，酒后耳热，仰天拊缶而呼乌乌。其诗曰："田彼南山，芜秽不治。种一顷豆，落而为萁。人生行乐耳，须富贵何时。"

"缶"本为瓦器，这种日常用具顺手拈来便成乐器，李斯《谏逐客书》中记载："夫击瓮叩缶，弹筝搏髀，而歌呼乌乌，快耳目者，真秦之声也。"这种简单的歌唱方式是秦地音乐的风格特征。《淮南子·精神训》载："今夫穷鄙之社也，扣盆拊瓴，相和而歌，自以为乐矣。"因秦地是没有任何乐器的"穷鄙"之地，所以只能击节自娱。击节而歌的相和方式，产生于人类的劳动生活中。劳动者为了排遣劳作的辛劳与单调，将许多单调重复的方式节律化，与人声歌唱相应和，同时也有协调动作、自我娱乐的作用。击节相和中所击之物有石、木，还有瓦器、铁器等，而以鼓相和则是较为高级的击节方式。《乐府诗集·筑城曲》解题引用《古今乐录》曰："造唱声，以小鼓为节，筑者下杵以之。"以鼓为节，以杵和之，歌唱方式愈加多样化。集体活动中最重要的问题是如何协调群体的意志与行为，击节相和方式便具有这种协调的功能。傅玄《节赋》云："黄钟唱歌，九韶兴舞，口非节不咏，手非节不拊。"可见"节"非但对歌者必不可少，舞者也需要依节拍舞蹈。

相和表演的另一种方式便是丝竹相和。丝竹相和有两种形式，一种是丝竹与人声相和，一种是丝竹相和。丝竹与人声相和即配乐而歌、弦歌相和，这类记载颇多：

百里奚为秦相，堂上乐作，所赁浣妇自言知音，因援琴抚弦而歌。问之，乃其故妻，还为夫妇也。

（《乐府诗集》卷六十引《风俗通》）

太祖雅闻瑀名……召入……瑀善解音，能鼓琴，遂抚弦而歌，因造歌曲曰："奕奕天门开，大魏应期运。青盖巡九州，在西东人怨。士为知己死，女为悦己玩。恩义苟潜畅，他人焉能乱！"为曲既捷，音声殊妙，当时冠坐。太祖大悦。

（《三国志·魏书·文士传》）

这种"援琴抚弦而歌"的方式是人声与丝竹相和，通常"抚弦"在前而歌在后。前所提及的汉代"丝竹更相和，执节者歌"的形式是相和歌发展的成熟期。丝、竹、节、歌融为一体，配合而唱。其中乐器也不断丰富，如笙、笛、鼓、瑟、琴、琵琶、筝等乐器组成了庞大的伴奏乐队，并以平、清、瑟三调为基础形成"相和三调"。丝竹相和是指管乐与弦乐的前后相和，是一种脱离人声歌唱而纯乐器演奏的形式，汉代的"但曲"便是这样一种形式：

又有但曲七曲：《广陵散》、《黄老弹飞引》、《大胡笳鸣》、《小胡笳鸣》、《鹍鸡游弦》、《流楚》、《窈窕》，并琴、筝、笙、筑之曲，王录所无也。其《广陵散》一曲，今不传。

这些乐器均可前后相和，是音乐发展到成熟期的标志。

在相和歌的发展过程中又出现了一种与舞蹈相结合的"大曲"形式，称为"相和大曲"。相和大曲是歌舞丝竹齐用的大规模的表演，乐曲也相对完整与复杂，其中有艳、曲、解、趋、乱等固定结构。"艳"为序曲，张永鑫先生认为："所谓'艳'，大多置于乐曲之前，起到概括和提示的作用，宛如乐曲的引子或序曲。"①"曲"又称"主曲"，是乐曲的中心内容。后续配合主曲的

---

① 张永鑫：《汉乐府研究》，江苏古籍出版社，1992。

是"趋"。结尾处之尾声曰"乱"。从乐曲的段落划分上，相和大曲还有"解"。什么是"解"？郭茂倩认为：

> 凡诸调歌词，并以一章为一解。《古今乐录》曰："伧歌以一句为一解，中国以一章为一解。"王僧虔启云："古曰章，今曰解，解有多少。当时先诗而后声，诗叙事，声成文，必使志尽于诗，音尽于曲。是以作诗有丰约，制解有多少。犹诗《君子阳阳》两解，《南山有台》五解之类也。"
>
> 《乐府诗集》卷二十六"相和歌辞"

郭茂倩认为"解"相当于诗歌之一章。但后世有些学者不同意这种说法，杨荫浏先生认为：

> 汉代的《大曲》已是歌舞曲；它有歌唱的部分，所以有歌词，但它又有不需歌唱而只需用器乐演奏或用器乐伴奏着进行跳舞的部分，那就是"解"——"一解"是第一次奏乐或跳舞，"二解"是第二奏乐或跳舞，余类推。①

杨荫浏从音乐表演的角度理解"解"的含义，揭示了相和乐中歌、乐、舞三者合一的形式特点。

张永鑫先生的《汉乐府研究》在仔细分析了《陌上桑》中在三个歌节段落之后分割成的三解，以及每一解中不同的风格特征之后，认为汉乐府中的解不仅标志音乐的分节，而且"是音乐情调性的处理，它是塑造人物、深化题旨（乐歌）的重要手段"。② 钱志熙先生从相和大曲的整体上考察了其表演的形式特点：

> 相和歌的器乐伴奏……像说唱艺术中的伴奏。其一般的形式应该是这样的，在执节者歌唱之前，先有器乐演奏，这即是"艳"，其特点是华

---

① 杨荫浏：《中国古代音乐史稿》，人民音乐出版社，1981，第116页。
② 张永鑫：《汉乐府研究》，江苏古籍出版社，1992。

艳美听，以渲染效果，吸引观众，即所谓"先声夺人"。然后是器乐停奏或者简单的、轻缓的和奏，主要由执节者歌唱（准确地说，应该是"说唱"）。当其告一段落时，器乐又开始齐奏，并且配合以舞蹈，这种音乐和舞蹈当然也是配合情节内容的，使主题在其中得到进一步的发挥，并增强动听的效果，即王僧虔所说的"声成文"。这样一个部分就叫做"解"。在最后部分，有"趋"和"乱"，都是器乐或舞蹈起主要作用的部分。这样看来，一个完整的相和歌曲演奏演唱结构是：艳——执节者歌——解——执节者歌——解……趋——乱。艳、趋、乱这些部分，有时也配合一些唱词，尤其是"乱"的部分，有时则完全由器乐承担。所以我们现在所看到的乐府古辞，有些有"艳""趋""乱"的部分，有些则没有，就是这个原因。①

鼓吹乐也具有表演性，汉代鼓吹乐用于军旅以及郊祀、宴飨，尤其是其中的短箫铙歌，最初为军中之乐。军中之乐有随性而发的特点，乐曲也是不曾经过精心修饰的音乐，所以错落有致，长短不一。现存《汉铙歌》十八曲中的《思悲翁》《战城南》《巫山高》《有所思》《上邪》等曲，在语言风格上不为整齐的五言诗，在情感特征上也以悲愤激越为主，具有军乐的特点。汉代的鼓吹乐根据乐器的编制和应用的场合不同而分为多种表演形式。横吹以鼓、角、笛为主，主要用于赏赐边关将士；短箫铙歌正如前文所述，以排箫、铙、鼓、笳为主，用于军中或殿廷上；骑吹以鼓、角、铃等乐器演奏，用于骑马行进中；还有一种箫鼓的形式，用排箫与鼓来表演，用于朝廷宴饮。不同场合中所使用的乐器不同，表演时的风格也视内容而各有不同。

乐府诗中很多乐歌具有表演性。如《王明君辞》为西晋石崇所作，这既是一首乐歌也是一首舞辞，第一个表演者便是石崇的舞伎绿珠。歌辞是以第一人称写的，所以舞者是装扮成王昭君表演的，以代言体的形式唱述王昭君

---

① 钱志熙：《汉魏乐府的音乐与诗》，大象出版社，2000，第68页。

的遭遇与心情。王克芬认为这种表演形式"不同于只表现某种风格或情绪的'纯舞蹈'，也不同于以歌舞形式表现故事、情节、人物的歌舞戏或戏曲艺术，是两者之间发展过程中的一种形式"。① 这是一种过渡时期的歌舞剧的雏形。晋代的《公莫》，又名《巾舞》，沈约《宋书·乐志》中记载，这可能是写楚汉故事的一首舞辞，即写项庄舞剑，项伯以袖隔之使其不得害汉高祖，用巾来舞，便是项伯衣袖之遗式。由此可见，《公莫》是表演一定故事的有歌有舞的舞蹈。《箜篌引》又名《公无渡河》，古辞只有四句："公无渡河，公竟渡河，堕河而死，将奈公何！"《乐府诗集》卷二十六解题中记载了一段悲伤的故事，一船夫早晨下河，见一白首狂夫，披发提着酒壶，堕河而死，其妻阻止不及，悲伤过度，乃援箜篌边弹边唱了以上四句歌辞，曲终，亦投河而死。船夫回到家中将这一故事告诉妻子，妻子以此创作了《箜篌引》一曲，在给旁人弹唱时，众人也非常悲伤。船夫之妻在创作与演唱时，定是将故事的内容也融入其中，并有一定的表演性，所以才能打动观众。

从娱乐艺术的角度理解乐府诗，它所具有的表演性便是十分自然的。乐府艺术是"歌"而不是诗。"诗"指文本，"歌"则指歌唱艺术，歌与乐、舞相配合形成一种娱乐性很强的艺术，所以乐府面对的是观众而不是读者。满足观众的感官享受，以大众喜闻乐见的艺术形式来表演，是乐府民歌的特点之一。傅毅在《舞赋》中曰："歌以咏言，舞以尽意，是以论其诗不如听其声，听其声不如察其形。"欣赏音乐与舞蹈，比阅读、讲论诗歌要有更鲜明的娱乐性。乐府诗是俗文学，所以更注重其娱乐效果。"娱乐性、消遣性是俗文学的最显著的功能和特性。因为在创作观念上，俗文学往往不像正统诗文那样，被当作是'经国之大业，不朽之盛事'，其作者不以'载道''言志'为指归，而多把它视为一种娱乐的工具，'自娱'也好，'娱人'也好，创作者和接受者都在这点上达成共识和美妙的和谐。"②

---

① 王克芬：《中国舞蹈发展史》，上海人民出版社，2014，第156页。
② 吴国瑞等编《中国俗文学概论》，北京大学出版社，1997。

附录一
魏晋时期的文学家族

魏晋时期的文学家族化现象颇为突出，不少家族一门能文，数代文才绍继，他们以家学渊源与文人化的创作形态，为"文学自觉"时代的文坛增添了新的活力，并以家族中世代相传的文学创作经验与相近似的创作特色，为文学发展的链条增加了重要的一环，故而在当时乃至后世文学史上均有重要意义。

文学家族在两汉时便已有之，如汉初辞赋家枚乘、枚皋父子，著名史学家司马谈、司马迁父子，刘向、刘歆父子，东汉著名史学家、辞赋家班彪及其子班固、其女班昭，以及汉末蔡邕、蔡琰父女等。汉代文学家族一般为子承父业型的两代结构，而且家族中人也多以史书的写作承继为主，枚氏、班氏于辞赋创作方面颇有成就，而于诗歌创作则少有染指。汉末三国时期，随着门阀制度的发展与"文学自觉"思潮的出现，涌现了更多的文学家族，如谯郡曹氏、陈留阮氏、汝南应氏、颍川荀氏等。其中曹氏家族最为典型。曹氏父子一直把文学创作视为他们生活中的一项重要内容，曹操"御军三十余年，手不舍书……登高必赋，及造新诗，被之管弦，皆成乐章"（《三国志·魏书·武帝纪第一》注引《魏书》）；曹丕"雅好诗书文籍"（《典论·自序》），"天资文藻，下笔成章，博闻强记，才艺兼该"（《三国志·魏书·文帝纪第二》）；曹植"少小好为文章"（《与杨德祖书》），"为建安之杰"（《诗品·序》）。曹氏父子不仅在文学创作上成果斐然，而且还经常进行文学上的交流，主要为同题诗文的写作与互为赠答：

（建安十九年）时邺铜爵台新成，太祖悉将诸子登台，使各为赋，（曹）植援笔立成，可观，太祖甚异之。

——《三国志·曹植传》

建安十七年春，游西园，登铜雀台，命余兄弟并作。

——曹丕《登台赋序》

上建安十八年至谯，余兄弟从上拜坟墓，遂乘马游观，经东园，遵涡水，相伴乎高树之下，驻马书鞭，为《临涡之赋》。

——曹丕《临涡赋序》

可见，曹氏父子已经自觉地把诗赋的写作作为家族出游之时的重要内容。这几次出游活动中的诗赋写作，除第一条记载中所赋诗文无以传世外，均有同题作品，如三曹共有的《登台赋》，曹丕、曹植均存的《临涡赋》。曹丕另外与曹植均写有《代刘勋妻王氏杂诗》《寡妇诗》《迷迭香赋》《槐赋》《车渠椀赋》等。同题诗赋的写作，旨在显示家族的文学才华，也锻炼了家族成员的创作能力。曹叡虽未参与三曹的集团创作活动，但他对父祖多有崇敬之情，他在诗中常言及"皇祖"，表达对已故祖父曹操的深切怀念。徐公持先生认为，曹叡不仅写有许多与三曹诗题相同的乐府诗，而且与晚年的曹植在文学上彼此也有所交流，"差可谓一文学知己"（《魏晋文学史》）。曹氏家族尚有一些互为赠答的诗文，值得一提的是曹植写给同父异母弟曹彪的《赠白马王彪》。此诗写在政治迫害下兄弟间生离死别的骨肉亲情，融抒情、叙事、写景、说理于一体，在对个体生命情怀的剖白发咏中，抒发人生理想幻灭的悲凉之感，故而使赠答诗具有了浓厚的"咏怀"成分，在魏晋诗坛上占有极其重要的地位。

曹氏家族在文学创作上的倡导与实践，不仅促进了诗文写作的繁荣，而且影响了许多家族中人从士人到文人的转型。如王粲的祖父、父亲都位至汉三公，而王粲在三国时则成为一时文杰；应玚是颍川应氏的后人，其祖父应奉为汉代著名儒者，叔父应劭是《风俗通义》的作者，而应场及其弟应璩在三国时脱颖而出，不仅绍继世儒家风，而且以诗赋传世；阮瑀是汉末著名学者蔡邕的学生，他的诗文在建安时均有成就，而其子阮籍则更成为魏晋之际的著名诗人。可以说，以曹氏为首的家族文人开创了魏晋文学创作的新局面。

西晋一门能文的现象也比较普遍，如傅玄父子、潘岳叔侄、陆机兄弟、张载三兄弟、左思兄妹等。钟嵘曾说："太康中，三张、二陆、两潘、一左，勃尔复兴，踵武前王，风流未沫，亦文章之中兴也。"（《诗品》）可见他已经看到了西晋文人的家族化创作趋势。西晋文学家族中的文人政治地位大多不甚高，从他们的出身来看，傅玄"少孤贫"，潘氏、张氏的父祖也只做到太守、内史一类的官，左思虽"家世儒学"，其父也只做到殿中侍御史，陆氏为东吴名门之后，而吴亡之后衔命应举的二陆作为"亡国之余"，已被当作寒族看待。他们所具有的这种寒素地位和"寒士"心态，决定了他们不可能像王衍、王戎等人一样凭世胙之资、父祖之荫而轻取要职，而只能凭借"学业优博""德行著称"进入仕途，故而这些家族文人博学属文，勤于著述，而其时的世族子弟如裴氏、王氏、荀氏等则多以玄谈贵游为务，一般都不屑于著述，于诗赋写作，则更少见作品。可以说，正是这些"沉下僚"的"英俊"群才，使西晋文学的创作出现了彬彬之盛的局面，而他们大部分具有一定家族性质。

西晋诗人酬赠之作大多写得典雅、空洞，有些还充满了庸俗、浮华的气息。而家族中的赠答诗文则呈现一片异彩。西晋家族文人从各自的家族文化传统和文学优势出发，贡献了不少优秀的文学作品，为一代文学增添了重要内涵。我们尤其应当指出，他们在家族内部交往活动中所产生的那些作品，佳作甚多。如亲情的咏诵。陆机兄弟在吴亡之后曾经在故乡华亭闭门读书十年，后又先后来到洛阳任职，手足情谊十分深厚，他们写有许多赠答诗文，如陆机《于承明作与弟士龙诗》、陆云《答兄平原诗》等，皆缅怀先祖业绩，抒相同的去国怀乡之感与真切的兄弟离别的手足之情。潘岳、潘尼本为叔侄，但潘尼在《赠司空掾安仁》之八中言"义惟诸父，好同朋友"。潘岳虽谄媚权贵，人品不佳，但于诗文中抒写亲情则真挚感人，如《悼亡诗》《内顾诗》《悼亡赋》皆写得哀婉感人，不失为同类诗歌中的佳作。家族亲情的抒写，体现出西晋家族文人在仕途不畅、高尚的人格模式无法建立的心理焦虑下转向看重亲情关系的特点，而这种重情特点，使他们在有关的诗文作品中透露出一种情感力量。西晋家族文人还在赠答诗文中讨论文学创作，陆云的三十五篇书信体文章《与兄平原书》，就文学创作、文学鉴赏提出了许多独特的观点，如肯定作文之"出语"的作用和阐发先情后辞的主张等，并就陆机诗文中绮语太多、文体繁杂的缺点提出了中肯的批评。这些书信与陆机的《文赋》，都成为中国古代文学批评史上的重要文献。

东晋是门阀制度的全盛期，经过三国、西晋许多年的文化积累，到东晋时出现了许多典型的文学家族，如琅邪王氏与陈郡谢氏，此外，太原孙氏、颍川庾氏、谯郡桓氏等在东晋文坛也非常活跃。与西晋文学家族多为寒素之族不同，东晋文学家族多是高门世族，这些冠族大姓如王、谢二族，有显赫的政治地位与强大的经济实力，并有良好的家族文化传统，他们已不仅仅局限于玄虚清谈，而是热衷于"以文义赏会"。其时文学家族中文学活动的频繁，文学创作人才的涌现，对家族中文学传统的自觉承传，都标志着文学家族的定型。定型期的文学家族，不仅具有血缘关系、家族传统等特征，还具有群体性与历时性的特点。东晋前的文学家族一般为父子、兄弟抑或祖孙数人，而东晋时如王、谢家族则一门之中，数代群才，如谢氏在东晋有谢尚、谢安、谢万、谢玄、谢朗、谢道韫、谢混等文人，到南朝时更有谢灵运、谢瞻、谢晦、谢惠连、谢庄、谢朓等著名诗人，到陈代时以诗闻名的谢贞，已是谢氏中从谢尚开始的第十代文人。《世说新语·贤媛》中载谢道韫的一段话便典型地体现了谢氏家族的群体化特征："一门叔父，则有阿大、中郎，群从兄弟，则有封、胡、遏、末。"谢氏子弟自幼受家族文化传统的熏陶，往往天资颖悟，卓尔不群，他们经常在一起讨论文学，切磋创作技艺，如谢安与谢朗、谢道韫"讲论文义"，作咏雪之句（《世说新语·言语》），谢安与谢玄论

《毛诗》何句最佳（《世说新语·文学》），等等，到谢安孙谢混时，家族中文人在一起"以文义赏会"，不仅"戚戚皆亲侄"，而且"其外虽复高流时誉，莫敢造门"（《宋书·谢弘微传》）。这种封闭型的家族文学活动，说明文学家族内部已形成了一种不可与其他家族共享的独特文化氛围，是文学家族兴盛时期自信心的体现。

琅邪王氏在东晋时也文采风流，名重一时，"七叶之中，名德重光，爵位相继，人人有集"（《梁书·王筠传》）。传为东晋文坛一大盛事的兰亭雅集便是一次以王氏为中心的文学活动。此次活动由王羲之发起，在参加集会的四十二人中，王氏弟子占了多数，其中写有《兰亭诗》的有王羲之、王彬之、王凝之、王肃之、王徽之、王丰之、王玄之、王蕴之、王涣之九人，写诗十八首。王羲之作为召集者，写有《兰亭诗》六首，并写了著名的《兰亭集序》，认为这些家族文人的咏诗活动为"言立同不朽"。正是这次具有"不朽"意义的活动，保存了王氏众文人的诗作。王氏之外，还有谢氏中的谢安、谢万，孙氏中的孙绰、孙统、孙嗣，庾氏中的庾友、庾蕴等文人参加，这也可以说是一次家族文人的大聚会。此次家族文人的同题赋诗既参透玄理，又"散怀山水"，诗风的清雅幽深也代表了东晋的主流诗风。

魏晋文学家族在创作上体现了一种承传关系，由于家族提供了一个自足的、相对定型的文化环境，家族文人容易形成比较接近的文学观念、审美情趣以及创作风格。例如曹氏家族在创作风格上有诸多共同之处。刘勰认为："魏之三祖，气爽才丽，宰割辞调，音靡节平。"（《文心雕龙·乐府》）沈约也说："至于建安，曹氏基命，二祖陈王，咸蓄盛藻，甫乃以情纬文，以文被质。"（《宋书·谢灵运传》）他们都看到了曹氏三代在辞藻修饰、情文并重方面的特征。的确，曹氏诸人作品中最突出的共性特征便是浓郁的抒情意味和华丽的辞藻修饰，就诗歌的境界而言，又都倾向于对悲情的抒写。曹操云："不戚年往，忧世不治。"（《秋胡行》）曹丕感叹："不悲身迁移，但惜岁月驰。"（《清河见挽船士新婚与妻别作》）曹植则更抒发了"自谓终天路，忽然下沉泉"（《吁嗟篇》）的怨愤之情。都体现了"慷慨悲凉"的时代文风。当然，曹氏文人也各具个性特征，曹操诗风"沉雄悲壮"，格调劲健；曹丕诗歌与曹操相比，少刚劲之气，而多缠绵悱恻的情思，风格清新婉丽；曹植"骨气奇高，词采华茂"（钟嵘《诗品》），既有乃父的苍劲，又更为华丽多姿。曹叡诗总体成就不如父祖，但有些抒情之作写得颇感人。清代陈祚明说："明帝诗虽不多，当其一往情深，克肖乃父。如闲夜明月，长笛清亮，抑扬转咽，闻者自悲。"（《采菽堂古诗选》卷五）指出了曹叡沉着郁结的诗风，并以为其"克肖乃父"。曹叡这种以抒发忧思为主的诗风与曹植后期作品也多共同之处，另外，他的乐府歌辞多学曹操，质朴而平易，可见父祖对他的影响是很深的。

再如，西晋傅氏父子为正统的儒学之士，在精神品格上，与西晋许多文士不重节操的特点相比，他们"刚劲亮直"（《晋书·傅玄传》），严整峻急。由人格影响到文风，二傅也时有"激扬壮发"之语，如傅玄的乐府诗《秦女休行》、傅咸的《摄司隶上表》等文章，与潘、陆等人的"绮靡""繁缛"又自不同。父子二人的诗歌风格大多质朴无华，劲健尚气，与当时其他文士的尚丽风貌迥异，不能不说表现出了傅氏独特的家族色彩。

又如，陆机、陆云兄弟，由于共同的经历与命运，从小所受家学教育也有诸多共同之处，故而反映在诗文写作上也互为影响，具有许多共性特征。如抒写入洛后在政治上受歧视而产生的客居游宦意识，"翩翩游宦子，辛苦谁为心"（陆机《赠从兄车骑诗》）；希望重振家道，恢复父祖昔日荣光的功名意识，"但恨功名薄，竹帛无所宣"（陆机《长歌行》）。在题材上又多写离愁别绪、怀土思乡之情，如陆机的《赠弟士龙诗》《怀土赋》《思归赋》，陆云的《答兄平原诗》等均体现出浓厚的乡邦观念。在诗文风格上，二陆都重技巧，好模拟，他们研精探微，努力构建某种艺术的范式而有意识地模仿之。二陆在吴亡后隐居读书十年，学问渊博，对前人的诗赋研习甚深，故而创作上便努力模拟，如陆机的《拟古诗》十二首，陆云则写了大量模拟《诗经》《楚辞》的诗，多因袭而少创新。当然，二陆也各有其个性特征，就诗文风格而言，陆机"缀辞尤繁"（《文心雕龙·熔裁》），以繁盛、深芜见称，陆云则

"雅好清省"（同上），以简约清丽为主。

　　文学家族成员在创作上的近似性，体现了家族的向心结构特征和传承关系。我们研究魏晋家族文学既要看到其新变与个性特征，又要关注其承传与共性的方面，这样才能准确把握魏晋文学史的一个重要侧面。

原载于《文史知识》2001 年 1 期

附录二
魏晋士族内部的玄儒之辩

魏晋时期是中国学术思想异常活跃的时期，随着汉代"独尊儒术"局面的结束，许多新异的思想进入学术界，其中最突出的就是玄学。玄学是魏晋士人对《老》《庄》《易》三部著作的新思考与新解释，它的内容主要包括有无本末之辩、言意形神之辩、才性异同之辩，以及声无哀乐、养生诸论。一方面，玄学标举"玄远""虚胜"，它的思想具有抽象思辨非世俗性质，正好契合了追求清高神韵风致的魏晋士人的心理；另一方面，在魏晋这一特定的乱世，玄学思维不仅可以使士人逃避现实矛盾，以全身远害，又为许多不满现实的思想家批判现实既存秩序、否定当时阻碍了社会发展的伪礼教提供了理论依据。然而，玄学与汉武帝以后的儒学不同，它并不由政府通过行政手段来定于一尊，而是在辩难与争鸣中不断完善和丰富，从而成为魏晋时期的主导思想。当时稍有名望的学者，皆以谈玄说道闻名一时，父兄之劝诫，师友之讲论，莫不以推求《老》《庄》为第一事业。然而，需要指出的是，玄学的盛行并不标志儒学的彻底绝迹。事实上，可以说魏晋时期是中国学术思想史上又一个百家争鸣时期，儒、道、名、法等诸多学术思想亮相参与思想争鸣，彼此吸收各派有益的思想营养，使此时思想界呈现更有生气、更为活泼的论争格局。

在魏晋各种思想的争鸣中，玄儒之争是最为重要的论争内容，我们所说的魏晋清谈，并不只是玄学家内部的玄学清谈，而是常常夹杂玄儒之争。

孙安国往殷中军许共论，往反精苦，客主无间。左右进食，冷而复暖者数四。彼我奋掷麈尾，悉脱落满餐饭中，宾主遂至莫忘食。殷乃语孙曰："卿莫作强口马，我当穿卿鼻！"孙曰："卿不见决鼻牛，人当穿卿颊！"

——《世说新语·文学》

殷中军、孙安国、王、谢能言诸贤，悉在会稽王许。殷与孙共论《易》象，妙于见形，孙语道合，意气干云，一坐咸不安孙理，而辞不能屈。会稽王慨然叹曰："使真长来，故应有以制彼。"即迎真长，孙意已不如。真长既至，先令孙自叙本理，孙粗说已语，亦觉殊不及向。刘便作二百许语，辞难简切，孙理遂屈。一坐同时抚掌而笑，称美良久。

——《世说新语·文学》

孙盛是当时的儒学家，《晋书·孙盛传》称：

盛笃学不倦，自少至老，手不释卷。著《魏氏春秋》《晋阳秋》，并造诗赋论难复数十篇。《晋阳秋》词直而理正，咸称良史焉。既而桓温见之，怒谓盛子曰："枋头诚为失利，何至乃如尊君所说！若此史遂行，自是关君门户事。"其子遽拜谢，谓请删改之。时盛年老还家，性方严有轨宪，虽子孙班白，而庭训愈峻。至此，诸子乃共号泣稽颡，请为百口切计。盛大怒。诸子遂尔改之。盛写两定本，寄于慕容俊。……书遂两存。

由此可见，孙盛写史不畏权贵敢于说真话，而且治家规严，立德严整，俨然一个儒学名士。唐长儒先生在《读〈抱朴子〉推论南北学风的异同》中也说："王弼注《易》的特点正在于摆脱汉人的象数，然而孙盛却因此而表示不满，可见他是尊崇汉儒旧说的。孙盛的年辈较后，但魏晋之学多仍家门传习之旧，孙氏自孙楚以降大概即持此说。"孙盛作为儒学家，也成为东晋清谈的中心人物。而殷浩、刘惔则是当时著名的玄学清谈家，《世说新语·文学》中记载了他们二人的许多清谈佚事：

　　殷中军为庾公长史，下都，王丞相为之集，桓公、王长史、王蓝田、谢镇西并在。丞相自起解带麈尾，语殷曰："身今日当与君共谈析理。"既共清言，遂达三更。丞相与殷共相往反，其余诸贤略无所关。既彼我相尽，丞相乃叹曰："向来语乃竟未知理源所归。至于辞喻不相负，正始之音，正当尔耳。"

　　谢镇西少时，闻殷浩能清言，故往造之。殷未过有所通，为谢标榜诸义，作数百语，既有佳致，兼辞条丰蔚，甚足以动心骇听。谢注神倾意，不觉流汗交面，殷徐语左右："取手巾与谢郎拭面。"

　　殷中军问："自然无心于禀爱，何以正善人少，恶人多？"诸人莫有言者。刘尹答曰："譬如写水著地，正自纵横流漫，略无正方圆者。"一时绝叹，以为名通。

殷、刘二人的玄谈在东晋可谓一绝，既讲求玄理之本源，又探寻自然之至境，而且谈吐举止多有风致，谈到妙处，竟能动人心弦，使人因震惊其玄义而汗流满面。这便是魏晋玄谈的诱人之处。因为玄学本身包括多种义理，能够全部精通者并不多见，故而，各人在不同内容的玄谈中的胜出便不为怪事。玄、儒之间的清谈也是如此。虽然在魏晋时期玄学占主要地位，但它的义理也不是在所有清谈中都占上风的。如孙盛的儒学义理，由于理正词丰，又加妙语清谈，以至于殷浩以及会稽王司马昱竟然都无法驳倒他，只好派人去请刘恢出面解围。孙盛虽为倾向儒学思想的名士，但善于吸收其他学派的精华，故而可以在清谈中取胜。孙盛与殷、刘二人一儒一玄，彼此论难，各不相让。玄、儒二派在清谈论辩中，不断汲取并融合对方思想之长，补自己义理之不足，从而构成了内容更为丰富的理论体系。

　　不仅名士之间的玄儒之争值得称道，在魏晋士族内部也往往存在玄与儒不同的学派与观点。魏晋时期有许多学养深厚的文化士族，这些士族皆有较好的政治地位与经济基础，并且有很深厚的文化传统，他们累世学业相袭，家学源远流长，成为魏晋上层文化士人的主要组成部分。而在魏晋这一特定的学术思想活跃与创新期，这些士族中的许多人也"与时推迁"，接受新的学术思想，使其家学具有了时代气息。当然，这种接受与转变对他们来说并不是轻易之事，这就导致了士族内部新旧思想的辩论。这种争论与辩难，有时完全是对立的两方在论争，由此而导致家族冲突，而更多的则是各持己见，互相辩难，却不影响彼此的亲情关系。这也成为这一时期一个独特的文化现象。

颍川荀氏是汉末三国时大士族，荀彧既是曹操的重要谋臣，又是当时有名的儒学之士，《三国志·荀彧传》裴注引《典略》曰："彧折节下士，坐不累席。其在台阁，不以私欲挠意。……其持心平正皆类此。"他曾经建议曹操"集天下大才通儒，考论六经……并隆礼学，渐敦教化"。彧之子荀顗、荀俣等皆为当时儒士，荀顗"博学洽闻，意思慎密……尝难钟会'《易》无互体'，见称于世"。可见这是一个儒学世家。但荀彧的另一子荀粲则成为这个儒学之门中的独特异论者。《三国志·荀恽传》引何劭《荀粲传》曰：

> 粲诸兄并以儒术论议，而粲独好言道，常以为子贡称夫子之言性与天道，不可得闻，然则六籍虽存，固圣人之糠秕。粲兄俣难曰："《易》亦云圣人立象以尽意，系辞焉以尽言，则微言胡为不可得而闻见哉？"粲答曰："盖理之微者，非物象之所举也。今称立象以尽意，此非通于意外者也，系辞焉以尽言，此非言乎系表者也；斯则象外之意，系表之言，固蕴而不出矣。"及当时能言者不能屈也。又论父彧不如从兄攸。彧立德高整，轨仪以训物，而攸不治外形，慎密自居而已。粲以此言善攸，诸兄怒而不能回也。

兄弟之间，就当时思想界颇为盛行的"言意之辨"展开了辩论。荀俣用《周易》之言论述言可尽意。荀粲则认为圣人的旨义本来不可得闻，故没必要花气力去考论六经，六经中的"理之微者"，用言、象这种只能表达表层意义的载体是无法说明的，故而言不尽意。既然言不尽意，对圣人之言就不必视若金科玉律。这是玄学以无为本的精髓。荀粲的言论，符合当时思想界的主流，并说理充分，不仅其诸兄无法反驳，就连当时善于清淡者都无法反驳。在荀氏这样一个治家颇严的儒学之家中，荀粲竟然敢公然认为"立德高整"的父亲荀彧不如"不治外形"的从兄荀攸，由此引来众兄弟的不满，但不满归不满，却无法驳倒荀粲的论点。荀粲后来成为有名的玄学清谈家。《世说新语·文学》称："傅嘏善言虚胜，荀粲谈尚玄远。每至共语，有争而不相喻。裴冀州释二家之义，通彼我之怀，常使两情皆得，彼此俱畅。"同样是玄理清言，傅之"虚胜"与荀之"玄远"也各有相异之处，裴徽则综合二人观点，找到了二者的共同之处与结合点，得到了二人的首肯。荀粲作为从儒学世家脱颖而出的玄学家，由于对玄学理论的独特见解，成为当时士族清谈中的重要人物，也是荀氏家族中新学术的代言人。

稽康从小丧父，由母兄抚养长大，从小受到母兄的娇纵，不涉经学而只读《老》《庄》，生性孤傲，狂简背礼。稽喜在《稽康传》中称他"超然独达，遂放世事，纵意于尘埃之表"。《晋书·稽康传》云："康善谈理，又能属文，其高情远趣，率然玄远。"稽康不仅仅率然玄远，他作为魏晋著名玄学理论家，还提出了许多独特的观点。如他在《与山巨源绝交书》中说"每非汤、武而薄周、孔"，在《释私论》中又言："夫称君子者，心无措乎是非，而行不违乎道者也。何以言之？夫气静神虚者，心不存于矜尚；体亮心达者，情不系于所欲。矜尚不存乎心，故能越名教而任自然；情不系于所欲，故能审贵贱而通物情。物情顺通，故大道无违；越名任心，故是非无措也。"在稽康生活的正始中后期，司马氏集团打着维护名教的旗号，罗织罪名，铲除异己，稽康对这种伪名教深恶痛绝。他认为"名教"与"自然"是对立的、不可调和的。所以，他提出的"越名教而任自然"，就是不受名教的羁绊而堕入是非功利，不违自然之道，顺应自然情性。他对做官持否定态度，是一个像阮籍一样的"方外之士"，而他的哥哥稽喜则追求功名，积极入世，为"礼俗之人"。从当时一些名士对稽康兄弟二人的不同态度中也可以看出二人的思想差异。《世说新语·简傲》载："稽康与吕安善；每一相思，千里命驾。安后来，值康不在，喜出户延之，不入，题门上作'凤'字而去。喜不觉，犹以为欣故作。'凤'字，凡鸟也。"《晋书·阮籍传》记载："籍又能为青白眼，见礼俗之士，以白眼对之。及嵇喜来吊（籍母），籍作白眼，喜不怿而退。喜弟康闻之，乃赍酒挟琴造焉，籍大悦，乃见青眼。"从吕安、阮籍对嵇康兄弟二人的不同态度，也可以看出孜孜追求仕进的嵇喜的志趣言行与嵇康确有很大不同。嵇康写有著名的《四言赠兄秀才入军诗》十八首，便是写给嵇喜的，此诗多表现一种逍遥自得、玄远超脱的精神境界。这与嵇喜的追求显然是不同的。嵇康在此叙写了兄弟情谊，"双鸾匿景曜，戢翼太山崖。抗首漱朝露，晞阳振羽仪。长鸣戏云中，时下息兰池。自谓绝尘埃，终始永不亏"，并想象嵇康从军后休憩时领会山水之趣，自得其乐，"息徒兰圃，秣马华山。流磻平皋，垂纶长川。目送归鸿，手挥五弦。俯仰自得，游心太玄"。在这组诗歌中，嵇康既劝兄长不要为险恶的仕途所束缚，又阐明自己清高远致、孤傲高洁的人格理想，是对隐居与出仕两种人生理想的探讨。嵇喜在《嵇康传》中言嵇氏家族"家世儒学"，故嵇喜接受儒学入世思想也属必然，而且他身为兄长，也得为父丧之后的家中生计着想，这样他的出仕为官也为常理中事，嵇氏兄弟虽然有两种不同的人生信仰，但论争之中仍体现出脉脉亲情。这是家族中学术论辩的一个显著特征。

河东闻喜裴氏家族也为魏晋之望族，一族之中人才辈出。裴潜与兄弟裴徽及潜子秀、秀子頠、徽子楷等不仅官居高位，而且在哲学、科学方面也有诸多著述。裴氏在学术思想上并不完全一致，裴秀与其子裴頠的思想倾向儒学，秀之叔父裴徽与其子裴楷则为玄学中人，而裴楷之子裴邈则未继承父学，而是与从兄裴頠志同道合，倾向儒学。《晋书·裴秀传》言"秀儒学恰闻，且留心政事，当禅代之际，总纳言之要，其所裁当，礼无违者"，时人称为"儒林丈人"。裴頠"深患时俗放荡，不尊儒术"，故而写了《崇有论》，立足于"有"而批判玄学虚空之"无"。《世说新语·文学》载："裴成公（頠）作《崇有论》，时人攻难之，莫能折。惟王夷甫来，如小屈。时人即以王理难裴，理还复申。"可见裴秀父子倾向儒学观点，裴頠也常常参与魏晋清谈，而且他的"崇有"之论不拘泥于儒学的僵化义理，而是结合魏晋之名理，使之成为清淡界有儒学倾向的新理论。裴颁这一新儒学理论看来有充分的立论根据，针对时弊，故而时人很少能驳倒他，即使是王衍的尚无之观点也只是"如小屈"，当人们都用王衍的观点来批驳他时，他的理论倒又前进了一步，这正是因为其能兼采众长。裴徽父子为玄学名士，《世说新语·文学》中记载著名玄学家王弼曾向裴徽请教玄学之"无"的含义。《魏志·管辂传》裴注引《辂别传》曰："（裴徽）每论《易》及老庄之道，未尝不注精于严、瞿之徒也。"《晋书·裴楷传》云："楷明悟有识量，弱冠知名，尤精《老》《易》，少与王戎齐名。……吏部郎缺，文帝问其人于钟会。会曰：'裴楷清通，王戎简要，皆其选也。'"那么，裴氏文人对他们各自所持的不同观点有无论争呢？史书中记载不明。《世说新语·雅量》第十一条刘孝标注引《晋诸公赞》说，裴颁每与从弟裴邈清谈，"终日达曙"，这是相同志趣的畅谈。同样是《雅量》的第十一、十二条给我们透露了一些信息，这里都提到了当时著名玄学家王衍与裴颁和裴邈的关系为"不与相知""志好不同"，可以理解为是学术上的观点不同。裴、王两家都是当时大士族，裴颁是王衍从兄弟王戎的女婿，而裴颁从弟裴邈又是王衍的女婿。《世说新语·文学》第十九条记载了裴、王两家子弟的一次大辩论，观点不同，辩论便很激烈，这可以视为裴氏家族中不同学术观点的一次大交锋。

太原中都孙氏自孙资起成为魏晋世族，但孙氏到西晋末家道衰落，永嘉东渡时的孙氏后人孙盛与孙悦、孙绰皆为少年，故而东晋时孙氏在政治上地位不高，但在学术思想与文学创作方面，他们则蜚声文坛。孙盛如前所言是东晋时倾向儒家学派的名士，《三国志·魏书》卷二八《钟会传》裴注引孙盛曰："《易》之为书，穷神知化，非天下之至精，其孰能与于此？世之注解，殆皆妄也。况弼以傅会之辩而欲笼统玄旨者乎？故其叙浮义则丽辞溢目，造阴阳则妙赜无间，至于六爻变化，群象所效，日时岁月，五气相推，弼皆摈落，多所不关。虽有可观者焉，恐将泥夫大道。"孙盛认为注《易》仍应尊崇汉儒象数之学。这是孙盛儒学理论的真实写照。孙绰为盛之堂弟，是当时著名的文学家，"绰少以文才垂称，于时文士，绰为其冠"（《晋书·孙绰传》），又是有名的玄学名士，他曾自诩"托怀玄胜，远咏《老》《庄》，萧条高寄，不与时务经怀"（《世说新语·品藻》）。他在给王濛作的诔文中云"余与夫子，交非势利；心犹澄水，同此玄味"。他的玄言诗则更是阐述玄理，寄托高情远致："足不越疆，谈不离玄。心凭浮云，气齐皓然。"（《赠谢安诗》）"抚菌悲先落，攀松羡后凋。垂纶在林野，交情远市朝。淡然古怀心。濠上岂伊遥。"（《秋日》）孙绰崇尚一种萧散、简淡的人生境界与"出处同归"的政治态度，他认为理想的为官之道应是"居官无官官之事，处事无事事之心"（《刘惔传》），也就是推崇一种"事上无心"的境界，不以世俗的眼光看待官与事，而是以超脱的心理当官办事。由此可见孙绰的玄学思想倾向。孙盛虽倾向儒学，却是当时清谈中的重要人物。《世说新语·文学》第五十六条记载他与众名士辩论"《易》象，妙于见形"时"孙与道合，意气干云"，他把儒道两家的观点结合起来谈论，有理有据。从中可以看出，玄学发展到后期出现了儒道相融的趋势。孙氏家族少有辩论，这可能是孙绰虽为当时著名的玄学家与文人，参与的清谈活动却很少的原因。

　　魏晋士族内部的玄儒之辩，是当时思想界争鸣的一个缩影。魏晋时期是中国学术史上一个自由开放时期，旧有的权威思想崩溃了，新的学术思想需要在论辩中不断丰富与完善。魏晋学术论辩主要有笔辩与口辩两种形式，士族内部的论辩更多的是清谈集会中的口辩。魏晋的清谈集会，一般都为家庭沙龙式的小型聚会，参加人数不多。在这种场合中，家族中的年轻一辈往往成为旁听者，或亲自参与其中，耳濡目染，从小就练就了良好的论辩才能。《世说新语·文学》第三十九条写东晋大名士谢安在家中让还是少年的侄儿谢朗与名士支道林谈玄，论辩过程很激烈，但论述到义理精微处又令谢朗很吃力，谢朗之母王夫人心疼体弱的儿子，"流涕抱儿以归"，谢安则乘机向"同坐"推荐王夫人的辩才。同门第十九条写了裴遐与王衍之女结婚三日后回门时家族中的清谈聚会，连参与其中的著名玄学家郭象都在辩论中败下阵来。可见当时士族内部的清谈辩论已成风气。这种辩论与儒家所提倡的"学以致用""文以载道"的重实用的学术精神有很大的区别，它主要本着为学术而学术的精神，不管是对立观点的论争，还是同一思想观点的辨析，都希望通过辩论，辨析义理，说服对方，这是一种很好的学风。

就玄儒之辩本身而言，玄学与儒学的学术思想在魏晋时有其对立的一面，但并不是所有的观点都水火不容。事实上，玄学的社会理念和政治学说，综合了当时各种学说尤其是儒道两家的优点，是对两汉以来名教之治后患的反思与反拨。如果说正始以及西晋初士族内部的玄儒之辩如荀氏、嵇氏还属于对立义理的辩驳的话，到中朝名士与江左名士那里，他们所追求的已经是一种儒道调和的思想观念。这在裴氏与孙氏两家中体现得比较充分。我们说裴颜与孙盛是两个倾向儒学的名士，裴颜著《崇有论》便是针对正始时期嵇康所提倡的"越名教而任自然"的"世俗尚虚无之理"而来"矫虚诞之弊"的，他反对玄学之"贵无"观，表面看起来与玄学义理是对立的，却能成为西晋著名的"善言名理"者，后世称之为"言谈之林薮"。《世说新语·文学》注引《晋诸公赞》曰："乐广与裴颜清谈欲说理，而颜辞喻丰博，广自以体虚无，笑而不复言。"我们不能想象，如果裴颜是一个僵化的儒学家，如何能够在魏晋清谈中有如此出色的表现。他在学术观点上似乎与正始玄学针锋相对，但他的思维方式属于玄学模式，而且他在谈玄时也是兼顾玄儒二学的。孙盛思想倾向儒学，但他也是东晋清谈的中坚人物，前面已经提到，他在清谈中也是注意儒道相结合的，他给自己的两个儿子取名为"齐由""齐庄"，说明他的思想也不能不受时风的影响。由此可见，魏晋时的玄儒之辩，更多的是一种学理上的辨析。魏晋时期，儒家在失去"罢黜百家"的君权强力支撑的独尊地位后，其体制化的成分趋于淡化，开始向学术化儒学的本质回归。这种学术化的本质或者新儒学在魏晋清谈中显示了它特有的活力。就玄学本身而言，最早的玄学家王弼、何晏建构他们理论的根本目的就是解决名教与自然的矛盾。他们以庄解儒，把儒家思想纳入玄学的体系。两晋时的玄学家也在寻找玄儒的重新整合之道。汤用彤先生认为，向秀、郭象的玄学学说与儒家不异也："向、郭二人《庄子注》，以儒释道，将儒学玄学化，如

《逍遥游》注曰：'夫圣人虽在庙堂之上，其心无异于山林之中。'"曹毗《对儒》则更进一步强调儒道可以互补，"在儒亦儒，在道亦道，运屈则纤其清辉，时申则散其龙藻"。儒道各臻其妙，只要期运时申，便可纤散自如，既不违名教又不悖自然。所以玄儒之辩的过程便是两家学说从对立走向相融的过程。玄学本身就是一种思辨性较强的哲学，所以各种形式的论辩便成为构筑玄学主要论题的途径。从玄学的概念、范畴如有无、体用、本末、一多、言意、性情、名教与自然等成对的观点中可以看出，玄学所探讨的本来就是儒道学说思想的关系。玄儒之辩是纯学术的探讨，它对我国古代文化观念的建构、哲学概念的丰富、学理探讨的深化，都有很大的贡献。

原载于《文艺理论与批评》2004 年第 2 期

附录三
魏晋文学家族的家族意识与创作追求

一 魏晋文学家族家族意识的确立

随着汉末以来的"九品中正制"的实行，门阀士族在魏晋逐渐占据了相当重要的地位，东汉末年仲长统已经看出了"选士而论族姓阀阅"（《昌言》）这一趋势，而到两晋时则更出现了"尊世胄，卑寒士，权归右姓已"的格局。司马氏政权的建立本来就与世家大族的支持分不开，东晋王朝则更进入了"王与马，共天下"的皇族与世族共治时期。门阀士族的繁盛标志着中国古代社会进入了一个特殊的时期——家族社会时期。余嘉锡云："盖魏晋士大夫止知有家，不知有国。"汉末魏晋时期，社会动荡不安，统治者往往实行高压政策，士人深感报国无门，故而将"治国平天下"的念头融入"修身""齐家"之中，家的意识比国的意识更为浓厚。这与春秋两汉时期严格的宗法等级制度下强调忠孝两全的观念、为国家群体而奉献个体的观念有很大的不同。就这一时期的文学家族而言，这种家族意识的强化体现在提倡孝的行为，自觉承继家庭文化传统，并顺应时代潮流接受新的思想，笃重家族宗亲伦理关系等方面。

忠孝本为中国古人立身之本，但到魏晋时，孝成为士族特别看重的品德之一，《孝经》在士族的教育中成为最受重视的一部经典，《世说新语·德行》记载了许多至孝之人，如王祥、祖纳、王戎、陈遗等人的孝敬事母之事。而对忠臣的记载则很少，所谓"奉亲思孝，或有其人；杀身成仁，徒闻其语"。因为对于士族而言，在社会局势动荡多变的时期，只有奉守孝道，家族的地位才能得以巩固和发展。

魏晋文人多奉行特立独行、标奇立异、以自我为中心的价值体系，不管是竹林七贤的狂放、中朝名士的放达，还是东晋名士的率真，都标志着自我意识的充分觉醒。但这种个体自觉与以家庭为本位的群体纲纪并不矛盾。魏晋文学家族中文人在强调个体意识的同时，更看重家族的兴衰。阮籍、嵇康为魏晋之际蔑视礼法的代表人物，他们的许多行为可谓任诞放达，如嵇康拒绝礼法之士钟会的来访，阮籍醉六十日而拒绝司马氏的求婚，并公开宣称"礼岂为我设邪"。但当阮籍的儿子阮浑也要效仿父亲的行为时，阮籍则一反常态，"仲容已豫吾此流，汝不得复尔"（《晋书·阮籍传》）；嵇康临终前写的《家诫》中告诫儿子，要"慎言语"，以求全身远祸。因为从小受到儒家教育的阮籍、嵇康知道，谨严的门风与一定的政治地位，才是家庭得以稳固与延伸的前提。陆机、陆云出身江东大族，父祖几代均在东吴官位显要，吴亡之后，二陆应征入洛，并未因为是"亡国之余"而减弱了他们继承家业的家族功名意识，他们的文学创作"咏世德之骏烈，诵先人之清芬"（陆机《文赋》）。陆机不仅写了《祖德颂》《述先赋》《与弟清河云诗》等作品，以崇敬的心情追溯先辈的功业，"於穆予宗，禀精东岳。诞育祖考，造我南国。南国克靖，实繇洪绩"，而且在《怀土赋》、《思归赋》、《思亲赋》以及写给吴中亲友的诗文中抒发怀土思乡之情，这些情义并茂的诗文作品，充分体现了陆氏浓重的乡邦观念与家族意识。

陈郡谢氏是东晋著名的文学家族，在东晋南朝文才辈出，谢氏家族非常看重对其子弟的教育。《世说新语·言语》载：

> 谢太傅问诸子侄："子弟亦何预人事，而正欲使其佳？"诸人莫有言者。车骑答曰："譬如芝兰玉树，欲使其生于庭阶耳。"

谢玄的话反映了世族对子弟普遍寄托的一种殷切期望。故而，谢氏家族对子弟的某些越轨行为常常进行劝诫："谢遏年少时，好著紫罗香囊，垂覆手，太傅患之，而不欲伤其意，乃诮与赌，得即烧之。"（《世说新语·假谲》）谢混写了《诫子侄诗》，规劝子侄克己之短，取人之长。可见谢氏对维护家族地位与门庭声誉非常看重，而谢氏子弟也确实没有辜负父祖的殷切期望，一门之内，文才辈出，不仅有谢安、谢万、谢混这样的文学前辈，而且相继出现了谢瞻、谢庄、谢灵运、谢惠连、谢朓等著名的文学后进之才。

魏晋文学家族不仅有各自独特的家学渊源，而且能够顺应时代的思想潮流，与时推进，随时调节自己的思想，以适应外界的挑战。许多高门士族中出现了传统家学的转型，如琅琊王氏之世祖王祥为魏晋之际儒学名士，而其后代王衍却成为西晋的清淡领袖；王导是东晋著名政治家，他也顺应时势，玄儒双修，并兼好佛释。吴郡陆氏世传儒学，而二陆入洛后也受玄学的影响，如陆机、陆云分别写了充满老庄玄学气息的《列仙赋》《逸民赋》等作品。适应时代的要求，接受玄学思想，并不会淡化士族的家族意识，反而能使族中之人因此而跻身名士的行列，可以"坐致虚声，托名高节"，以保持家族的稳定性与延续性。

文学家族内部笃厚亲情，在文学活动和文学创作中体现亲情也是其家族意识的集中体现。这种亲情有父子、叔侄的长幼伦理之情，也有同族兄弟的手足之情。潘岳、潘尼本为叔侄，而潘尼在写给潘岳的诗中云："义惟诸父，好同朋友。"（潘尼《赠司空掾安仁》）潘氏颇重情，潘岳写了许多歌颂亲情的诗文，如《悼亡诗》《内顾诗》都写得情文并茂，颇为感人。谢氏家族文人经常聚集在一起讨论文学，品评人物，谢混与众子侄的乌衣之游"戚戚皆亲侄"，体现了亲情关系纽带下的一种亲和力。陆氏兄弟因为有共同的经历与处境，手足之情更为笃重，陆机的《赠弟士龙诗》等诗文写兄弟的离别之情，情意缠绵，是陆机主张"缘情绮靡"诗风的充分体现。

家族意识的强化是魏晋士族地位提高的标志，又是魏晋家族文人生命意识的集中体现。处于乱世之中的魏晋家族文人不仅悲戚个体的生命不永，而且关注家族的生存前景，希望族中后代能实现自己在乱世中无法实现的人生理想，这也是个体生命在一定意义上的延长与不朽。

二 魏晋文学家族创作上的自信心态与崇雅风尚

随着家族在文学创作上的人才辈出，魏晋文学家族自然而然产生了强烈的家族自豪感。谢氏家族芝兰玉树式的人才便是其家族足以骄人的根本所在。琅琊王氏在两晋南朝时期文学、书法人才辈出，王敦曾称王羲之为"吾家佳子弟"，南朝王筠更为王氏"七叶之中，名德重光，爵位相继，人人有集"（《南史·王筠传》）而深感自豪。这种家族自豪感体现在创作上便是一种自信的创作心态，孙绰的《游天台山赋》写成后，自认为掷地会有金石声；庾亮认为庾阐的《扬都赋》"可三《二京》，四《三都》"（《世说新语·文学》）。这种创作上的自信还体现在家族文人在理论上敢于提出独特的观点，倡导诗文的新变。曹丕《典论·论文》中"文章，经国之大业，不朽之盛事"与"文以气为主"等观点可谓发前人所未发，在诗歌创作上，曹丕不仅认为"诗赋欲丽"，而且在创作中追求"清丽"的审美创新；曹植才华横溢，自视甚高，他在《与杨德祖书》中认为自己"常好人讥弹其文，有不善者，应时改定"；陆机在《文赋序》中自认为可以把"作文之利害所由"谈得"曲尽其妙"。这些家族文人既是作家又是理论家，他们提出的理论在很大程度上来源于创作实践，又反过来指导创作，他们由于有较高的文化地位与很好的文化修养，对社会、对文学有一种责任感，他们认为文学创作以及文学批评对社会人生都是必不可少的，这是树立创作自信的必要条件。

魏晋文学家族的创作从曹氏文人开始便逐步由汉诗的民歌化向文人化发展，"骨气奇高"的曹植晚年也写了许多雅颂诗献给曹丕、曹叡父子，这可以说是魏晋文学雅化的开端。到西晋时，二陆、两潘、三张开启了两晋文学的崇雅风尚，如潘岳的清绮浅净，张协的"巧构形似之言"，陆机的文繁意少，等等。应贞为汝南应氏的后代，他的《华林园集诗》被推为当时应制雅诗中的最美者，现在看来，无非是歌颂得体，辞藻丰富而已，但在西晋这一特定的时期，它则代表了"雅"的审美趋势。更值得一提的是，陆机在《文赋》中提出了"悲""雅""艳"等美学观点，也即对重情、超俗、含蓄等美学境界的追求，引导了诗文创作的典雅风尚。陆云诗歌则采用汉末已逐渐衰微的四言体，且融汇典诰，铺陈文辞，少有诗味。到东晋孙绰等人的四言体玄言诗则重在阐述玄理，风格平淡典雅。两晋家族文人创作的不断雅化，虽然有他们对宇宙、对人生的思索领悟与对诗歌创作技巧的探索，但与魏晋之际曹氏、阮氏文人诗歌忧虑人生蹉跎、生活多艰，充满强烈的主观感情相比，则缺乏对人生的深沉体验。就诗歌技巧本身而言，其显示了一种进步，但就精神品格而言，则无疑是退步了。

三　魏晋文学家族创作的承传关系与文学个性化

魏晋文学家族在创作上体现了一种承传关系，由于在家族子弟的成长过程中，家族提供了一个自足的、相对封闭的文化环境，家族文人有机会聚集在一起，讨论文学，切磋创作技艺，不仅锻炼了各自的文学鉴赏和批评能力，而且容易形成比较接近的文学观念、审美情趣以及创作风格。曹氏家族的文人在创作风格上有诸多共同之处。刘勰认为：“魏之三祖，气爽才丽，宰割辞调，音靡节平。”（《文心雕龙·乐府》）沈约也说：“至于建安，曹氏基命，二祖陈王，咸蓄盛藻，甫乃以情纬文，以文被质。”（《宋书·谢灵运传》）他们都看到了曹氏文人在辞藻修饰、情文并重方面的特征。的确，曹氏文人作品中最突出的共性特征便是浓郁的抒情意味和华丽的辞藻修饰，就诗歌的境界而言，又都倾向于“悲境”的抒写，体现了“慷慨悲凉”的时代风貌。但就个体而言，又各自有其独特之处，如曹操诗境苍凉空阔，诗风“沉雄悲壮”，抒情中善于运用白描手法，如《观沧海》《苦寒行》等诗，皆写得质朴无华，呈现出劲健的格调；曹丕诗与曹操相比，较少刚劲之气，表现出缠绵悱恻的情思，风格清新婉丽；曹植注重语言的锤炼与对仗，文辞风华绮靡，既有乃父的苍劲，又重为婉曲深入，“骨气奇高，词采华茂。情兼雅怨，体被文质”（钟嵘《诗品》）；曹叡诗风沉着郁结，父祖辈的苍劲风格在他诗里已较少看到了。这些个性特征，与诗人的气质秉性、文学修养、人生经历都有很大关系，曹氏文人适应“人的自觉”的时代要求，大都喜欢任性而行，生活中的个性特征体现在文学创作上使其作品具有鲜明的个性化特征。

陆机、陆云兄弟有共同的经历与命运，从小所受家学教育也有诸多共同之处，反映在诗文写作上也互相影响，具有许多共性特征，如诗歌抒写入洛后在政治上受歧视而产生的客居游宦意识，希望重振家道、恢复父祖昔日荣光的功名意识，在题材上又多写离愁别绪、怀土思乡，在风格上重技巧重词采等。但在诗歌体裁上陆机多写五言诗，陆云则大部分诗歌都为四言体；诗歌语言上陆机"缀辞尤繁"，以语意的繁盛、深芜而见称，陆云则"雅好清省"（《文心雕龙·镕裁》），以简约、清丽的风格为主。这些又是二陆共性之中的个性体现。

文学家族创作的承传性，还值得一提的是谢氏文人。西晋时，谢氏家族名士风范的开启者谢鲲认为自己应为丘壑中人，由此开启了谢氏家族怡山悦水的传统。谢安是东晋谢氏的代表人物，他在出仕之前曾与王羲之、孙绰、许询、支遁等文士逍遥东山二十余年，其间与友人、子侄共同游放山水，自得其乐。谢混为谢安之孙，他不仅风华为"江左第一"，而且是东晋末年名冠一时的山水诗人。此外，谢万、谢尚、谢道韫的诗歌写得也很出色。谢氏文人诗歌创作的个性特征体现在从谢安到谢混、从玄言诗到山水诗的演进发展上，试以下面两首诗来做比较：

> 朝乐朗日，啸歌丘林。夕玩望舒，入室鸣琴。五弦清激，南风披襟。醇醪淬虑，微言洗心。幽畅者谁，在我赏音。
>
> ——谢安《与王胡之诗》

> 悟彼蟋蟀唱，信此劳者歌。有来岂不疾，良游常蹉跎。逍遥越城肆，愿言屡经过。回纤被陵阙，高台眺飞霞。惠风荡繁圃，白云屯曾阿。景昃鸣禽集，水木湛清华。褰裳顺兰沚，徙倚引芳柯。美人愆岁月，迟暮独如何。无为牵所思，南荣戒其多。
>
> ——谢混《游西池》

谢安诗歌写了作者倾心于山水、音乐、美酒、玄理融为一体的理想生活。
这是一首玄言诗繁盛时期的诗歌,作者的目的不在写物,而只是"以玄对
山水"(孙绰语),比许询、孙绰的玄言诗虽然多了山水成分,但人与山水
还有一定的距离,侧重于"散怀山水"、体悟玄理。而谢混的《游西池》虽
仍带有玄理残余,但诗中对山光水色的集中描写更加清新、飘逸、细致、
流畅,写景技巧也较东晋玄言诗提高了许多,虽然还带着玄言的尾巴,但
已从谢安诗的"以玄对山水"发展成为以山水体玄,是玄学自然意识向山
水审美意识转变的关键性作品,故而谢混被沈约、钟嵘视为东晋诗坛革新
玄风的第一人。谢氏家族所具有的怡山悦水的文化传统,为谢氏在南朝出现
谢灵运、谢朓等著名山水诗人打下了坚实的基础,而谢混诗革除玄风、观察
山水的细致入微、诗风的清丽简约都为二谢的山水诗创作提供了无尽的启迪。

文学家族在创作上的继承性,体现了家族的向心结构特征,而家族中文
人各自独特的文学个性化,则又是魏晋时期个体自觉思潮的充分体现。继承
与创新、共性与个性本来就是相辅相成的,魏晋文学的特殊魅力就在于它的
个性化特征,陆机的《文赋》也强调张扬文学个性:"夸目者尚奢,惬心者贵
当,言穷者无隘,论达者唯旷。"魏晋时期各种新思潮的风起云涌,促进了魏
晋文学创作的多样化,而魏晋人或崇礼或任诞或超脱的精神追求则是文学个
性化出现的前提。而文学家族中创作的个性化,又使文学创作具有更大的
"张力",有助于家族文学创作的繁荣与进步。

原载于《中州大学学报》2001 年第 2 期

附录四
学术功力的多方面展示

——《魏晋文学史》座谈会纪要

1999 年 12 月 23 日，《文学遗产》编辑部与人民文学出版社古典文学编辑室联合召开会议，就新出版《魏晋文学史》（徐公持编著，人民文学出版社出版）进行座谈。会议由中国文学通史系列编委会副主任刘世德教授主持，应邀出席者有京津地区的近二十位老中青专家。与会者对《魏晋文学史》所取得的成就做了全面评价，对该书在内容、材料、体例、写法以及语言文字等方面的特点，也做了比较具体的分析和肯定，同时也提出了一些意见。以下分别从六个方面综述与会者的发言。

一　内容上的创新与突破

天津师范大学教授吴云：《魏晋文学史》中的创新很多，几乎每一章都有新的见解，见人所未见，道人所未道，尤其是对一些学术界已经研究很多很透的重要作家作品，此书也能揭示新的东西，而他的见解又很有道理，这种地方最能表现其扎实的功力。例如关于嵇康，此书从"人格魅力"写起，确实抓住了嵇康其人的最突出要点，嵇康被害前竟有三千太学生为之请命，又有洛阳豪俊自愿陪他一起坐牢，这种情况史无前例，表明嵇康的"魅力"确实非常大，而以前文学史上对此没有充分注意。又如关于阮籍、嵇康二人的文学成就，过去我们很熟悉刘勰的两句话"嵇康师心以遣论，阮籍使气以命诗"，然而没有深究其中的内容，徐先生却从中看出了刘勰是说嵇康、阮籍所擅长文体不同，即嵇康善于文（论）而阮籍长于诗，十分令人信服。关于陶渊明不为五斗米折腰，历来已成定说，许多文学史都是这样写的，然而徐先生说这事不可靠，他所用的材料虽然不是新的，但说法很新，也很有道理。又如强调陶渊明创作的自娱性，以其作为认识陶诗的重要基点，提出陶渊明是"自然诗人"等，都是新见解。关于曹操的文，鲁迅说他的风格是"清峻、通脱"，这也几乎成了定论。但这部书里只肯定"通脱"是曹操文章风格，认为"清峻"是曹操思想特点，不是文章风格，而且"通脱"也不是建安文学的共同风格，只是曹操一人的独特文风。还有一个湛方生，过去文学史上从未提到过，本书为他设了一节，详细论述了他的文学成就，还特别指出了他与陶渊明之间的关系，解决了东晋文学与陶渊明之间的关系问题。诸如此类很多，是书中最精彩之处。

南开大学教授罗宗强：《魏晋文学史》在关于建安七子问题上，在三国文学的分期问题上，也都有新的意见。

北京大学教授钱志熙：《魏晋文学史》中论及曹丕"文章，经国之大业，不朽之盛事"，指出这思想首先是杨修提出的，曹丕只是对杨修之说做了发挥，这也是新说，在文论史上意义重大。另外，书中提出"宽松夷旷"这一点，作为西晋社会文化环境的重要内容来谈，也是新的见解，这对研究西晋文学有重要的启发意义。关于东晋文学，书中对它的特殊性的论述，使得这一时期的文学有了一个定位。书中对玄言诗在文学史上的意义也提出了新的说法，认为它创造了一种新的诗歌风格品类，从风格品类的角度来正面肯定玄言诗，这与过去的研究者不同，开创了新的思路。另外，书中对左思、陆机等重要作家创作心理的分析深入细致，也恰如其分。

二　填补学术空白

北京大学教授葛晓音：这部书一个显著的特色，还在于填补了魏晋文学研究中的大量空白。填补空白，在今后的学术发展中，永远是判断学术价值高低的重要标准之一。《魏晋文学史》所填补的空白主要表现在五个方面：一是地域文学，如吴、蜀文学；二是时段文学，如曹魏后期文学，东晋前期、中期、后期文学，除对文学现象做清理外，还注意从作家生平、创作生活时间等方面，写出了各时段作家的交替过渡情况，以见出脉络；三是大量中、小作家，几乎《汉魏百三名家集》及《隋书·经籍志》内凡有诗、文、赋的作家，在本书中都有评传式的研究，令人惊叹；四是重要作家被忽视的方面，如曹操、曹丕整理图书的贡献，左思不平之鸣的个人因素，陶渊明之清高与汉魏以来名士清高的渊源关系等；五是时代吻合背景研究中的一些问题，如西晋文化中佛教、道教的影响，史学与文学的关系等。

　　中国社会科学院文学所研究员曹道衡：文学史上最难写的就是"文"的部分。一般文学史写到文，往往只是分析它的思想内容。这部书里讲文的部分很多，但能够从文学的角度来讲，而且讲得很好，令人佩服。例如仲长统的《昌言》，原以论述政教为主，而本书不仅论述了它的风格，还把仲长统"狂生"形象的特点写出来了；对阮籍、嵇康文章的分析也很到位。这些都使这部综合性文学史更加有分量。

三　体例与写法

　　北京师范大学教授郭英德：《魏晋文学史》在体例上做了精心的设计。如魏晋时期第一流的作家陶渊明占了57页，是整部书的1/10，然后是曹植占33页，这两位作家一前一后，在本时期文学史上确实占有不可取代的重要位置；其次便是曹操、曹丕、陆机、阮籍、嵇康、左思；再次是郭璞、刘琨、张华、潘岳；再次是王粲、刘桢、陆云、张协、湛方生等。篇幅安排多少，本身就融入了对作家在文学史上成就的判断。章节设计的详略得当，体现了著者在体例方面的匠心。此书虽以朝代为分期的基本依据，但操作上又有一定的灵活性，其分期安排顾及了文学创作本身的风貌。如建安属于东汉，但因建安文学有别于东汉文学，体现了新的面貌，就将它置于三国文学中论述。对于某些跨朝代的作家，如郭璞兼跨两晋，由于创作中具有新的时代风貌，就将他放进东晋文学史去。在东晋三个时期的划分中，中期时间最长，容量最大，也是因为著者认为此时的文学已经具有"典型的东晋性格",而当作重点来写。如此,就做到了全面地把握和处理文学史中的朝代、作家、作品诸方面的复杂关系,体现了一种史家的良识。

北京师范大学教授张海明和北京大学教授葛晓音:本书基本上采取传统的文学史编写体例,即以时代先后为纲,以作家作品为目,但每一编中都有概说,通过概说,作者从宏观上描述了一时期文学发展的脉络及文化背景,分析了其特征,体现了作者的独特见解。这样,史的线索与作家作品的分析扣得很紧,便于准确介绍一文学时期的基本发展轮廓,清晰、严整、有序。

中国社会科学院文学所副研究员刘跃进、北京大学副教授傅刚:《魏晋文学史》正文容量已经很大,而注释的容量更大,在注释中对正文涉及的史料一一进行梳理,每一条材料都能发掘出它的新意。如对杨修生卒年的考证,对李密生卒年的考证,对"二十四友"的详尽梳理和考证,对戴良及其《失父零丁》诗的考证,等等,都翔实、稳妥、准确。另外,对学术界一些有争议问题的看法,也纳入注释中,时见新义。还有一些作家别集的著录、版本的介绍,也都详尽、清晰。这种文注互见的写法,虽是这套系列书的共同体例,但本书做得非常好,不仅增加了知识容量,而且提供了体例方面的典范。

吴云:这本书中还运用了比较的方法,如嵇康与阮籍,虽然分设二章,但在论述中多见互相比较,从二人的思想、作风、性格、经历、结局,直到文学创作的风格、擅长的文体,都有比较,通过比较,彼此特点愈加鲜明、准确。又如陆机与潘岳的比较、曹丕与曹植的比较、曹植与曹叡的比较等。一些小作家也有所比较,如写到吴国杨泉的《五湖赋》,突然笔锋一转,与曹操比较起来,说"此处'日月''天汉'等描写,与曹操《步出夏门行·观沧海》'日月之行,若出其中;星汉灿烂,若出其里'有异曲同工之妙"。书中还运用通变的方法,在论述某一作家作品时,很少孤立地局限在该作家作品的范围里,常常溯其源而探其流,指出承上启下关系,给读者以系统的知识,分量很厚重。

张海明:此书在知人论世方法的运用上也颇成功。书中一般的作家身世介绍很简略，而从文学的角度出发，有侧重有选择地介绍和分析有关作家的生活方面的内容，指出它与文学创作的影响关系。这也是与过去众多文学史写法的不同之处。

四 语言和学术个性

吴云：这本书的语言很令人欣赏，它典雅、简约、清新、明快，不同于一般的学术著作，有不少地方可以称为"美文"。它是从文言里来的一种高度精练的白话文，相信著者熟读了魏晋的骈文，化为自己的语言，才有这样的文字水平。

中国社会科学院文学所研究员董乃斌：这部文学史在语言文字上的水准，是一般研究者所难以比拟的，它是一种很有个性的文学的语言。徐先生在古文写作方面的能力很强，平时写的"四六文"真的很漂亮，同辈人都赶不上他。这部书是他功力的展示，体现了其在古典文学、文献学方面的深厚学养。需要特别指出的是，这本书中不但对古代作家有精彩的叙述和分析，而且字里行间透露出著者本人的风貌，他自己对生活、人生的体验。例如写曹植，这本来就是他最拿手的部分，写得确实精彩，而他在分析曹植性格时还顺手写道："曹植正是这样一种人：在顺境中意气风发，志气高扬，不知有所检抑；在逆境下则沮丧颓唐，志意摧折，难以保持自尊气骨……"这已经跳出了曹植研究，进而在做人性评论，在这里著者融入了自己对古今人物的观察思考，甚至包括对历次政治运动和"文化大革命"的体验。诸如此类的文字，显示了著者自己的风采风貌，使得此书具有了鲜明的个性色彩。优秀的文学史著作应当在深刻阐述文学历史发展的同时，也具有著者本人的性格，书中不仅有古人，还应当有著者在。但是数十年来，由于风行集体编写文学史，更由于对学术个性的忽视和抹杀，在一般文学史著作中很难看到著者。而在这本《魏晋文学史》中，我们已经看到了这方面的意思。

人民文学出版社宋红：此书体现了著者思维敏捷的特点。文笔很短，但很敏锐，往往在笔锋一转时，便转出了思想火花。如写诸葛亮为什么要去支持一个最弱的蜀汉，而不是强大的曹魏，认为从诸葛亮"好为《梁甫吟》"的表现中，可以看出他性格中的悲剧因子，他与刘备合作，一方面出于对刘备人格的敬重，另一方面也是他爱好悲壮事业的天性所驱使，他愿意把自己放在一个很艰难的位置来施展才干。这样写发人所未发，而且文笔转换得很精彩。

五　学风问题

罗宗强：徐先生的《魏晋文学史》，无哗众取宠之心，有实事求是之意，是在实实在在地做研究。

首都师范大学教授赵敏俐、北京广播电视大学教授刘丽文：《魏晋文学史》表现了良好的学风。目前许多古典文学研究者往往存在急功近利的浮躁心理，本书作者十年磨一剑，在大量积累的基础上，站在较高的层次上，旁征博引，每一个论断都经过深思熟虑，很多都是他个人长期的学术积累。如作者没有沿袭前人把魏晋时代视为"文学自觉时代"的提法，他认为这种提法并不能涵盖魏晋时期的整体文学性质和特点。对文学研究上没有定论的问题，他的评价很稳妥，如关于蔡琰诗作真伪的论述便很客观。

六　总体评价

与会者也指出了此书的一些不足之处，有些问题学术界存在不同看法，如关于是否有"竹林七贤"的问题，"七贤"是否在山阳嵇康居所活动的问题，葛洪的卒年问题，《兰亭集序》是否为王羲之所作问题，陶渊明与慧远是否有交往问题等，这类问题既有异说，似应在注释中多予介绍；又书中尚存个别疏误，如"东莞"应在今山东，而非广东，后者是唐以后才有的。但总体上说，这是一本高水平的学术著作。

罗宗强：本书是迄今为止所见到的对魏晋文学史描述得最好的一部书。

董乃斌、钱志熙：本书虽是"编著"，但"著"大于"编"，书中有非常多的著者的独特见解，的确能"成一家之言"。

张海明：本书中分析事理的透辟、行文的严谨，都能令人感到作者深厚的学养和举重若轻的大家风范。

吴云：从 20 世纪学术史发展角度说，本书是魏晋文学史研究领域的一个新的台阶，它在 1999 年面世，为 20 世纪的魏晋文学研究画了一个圆满的句号。

原载于《文学遗产》2000 年第 2 期

附录五
"竹林七贤"之间的交往与论辩

魏晋时期学术社交的主要表现方式是"魏晋清谈",清谈的主要内容是玄学哲理,所以它又是一种学术思辨活动。清谈的方式主要有口谈与笔谈,口谈主要盛行于东晋时期,而笔谈则以正始、西晋时为主。正始名士王弼未及弱冠便成为清谈之高手。《世说新语·文学》载:

> 何晏为吏部尚书,有位望,时谈客盈坐。王弼未弱冠,往见之。晏闻弼名,因条向者胜理语弼曰:"此理仆以为极,可得复难不?"弼便作难,一坐人便以为屈。于是弼自为客主数番,皆一坐所不及。

可见,正始之口谈也颇为盛行。"竹林七贤"作为名士集团,其中阮籍、嵇康、向秀又是玄学名家,其他人早期思想也倾向老庄,在他们的交往中,理应有相互间的论辩情况记录,但就目前所见资料,除了嵇康、向秀间关于养生的论辩外,其他记载则少有。那么,"竹林七贤"间到底有没有更多的论辩呢?

我们先从阮籍、嵇康二人说起。《世说新语·任诞》篇载:"陈留阮籍、谯国嵇康、河内山涛三人年皆相比,康年少亚之。预此契者,沛国刘伶、陈留阮咸、河内向秀、琅邪王戎。七人常集于竹林之下,肆意酣畅,故世谓'竹林七贤'。"但史料中关于嵇、阮二人交往的记载却较少。《晋书·阮籍传》:"籍又能为青白眼。见礼俗之士,以白眼对之。及嵇喜来吊,籍作白眼,喜不怿而退。喜弟康闻之,乃赍酒挟琴造焉,籍大悦,乃见青眼。"从这仅有的记载中可以看出二人是志趣相投的。但我们并没有看到有关二人互赠的诗作以及论辩的文章。嵇康作为一位文学家、哲学家，曾经写过《四言赠兄秀才入军诗》《答二郭诗》等赠答诗与《与山巨源绝交书》《与吕长悌绝交书》等书信体散文，而且他还与向秀互相辩难养生问题，与张辽叔辩论"自然好学"观等。可见嵇康是一位喜欢辩论的辩手。所以，嵇、阮之间无论辩的关键原因是阮籍的"至慎"。阮籍素以出言谨慎闻名于世，他口不论时事、不臧否人物的行事准则是很多人所公认的。在篡弑频繁的乱世，人们的社会生活已经因所处时代的政治背景变得非常不正常，人际交往甚至成为某些小人窥视他人隐私、寻找政治迫害口实的卑劣手段。阮籍的身边就发生过这样的事，例如"钟会数以时事问之，欲因其可否而致之罪，皆以酣醉获免"（《晋书·阮籍传》）。沉默的确不失为全身自保的有效方式。所以，魏晋名士间的哲学论辩也成为阮籍要避开的问题。在这一点上，嵇康是充分理解阮籍的。他在《与山巨源绝交书》中对好友的评价是："阮嗣宗口不论人过，吾每师之，而未能及。至性过人，与物无伤，惟饮酒过差耳。"

那么，阮籍有没有写过有关嵇康的诗作呢？阮籍《咏怀诗》其七十九："林中有奇鸟，自言是凤凰。清朝饮醴泉，日夕栖山冈。高鸣彻九州，延颈望八荒。适逢商风起，羽翼自摧藏。一去昆仑西，何时复回翔！但恨处非位，怆恨使心伤。"清张琦便认为："似伤叔夜之辞。"（《宛邻书屋古诗录》卷四）今人韩传达、张建伟均认为是悼念嵇康之作。[①] 韩传达还进一步认为，《咏怀诗》其四十九、六十五也是悼嵇康之作，这些诗作既描写了一位"龙章凤姿，天质自然"的高士，又对其不幸的遭遇充满了同情，"但恨处非位，怆恨使心伤"，自叹自己身处非位，无法救朋友于统治者的淫威之下。这些描写与嵇康的遭遇确实非常接近，所以，无疑应该是写嵇康的。

嵇康与王戎交往较早，《世说新语·德行》注引《康别传》云："康性含

---

① 见韩传达《阮籍评传》，北京大学出版社，1997，第 61 页；张建伟《阮籍〈咏怀〉诗其五十六、其七十九探微》，《晋阳学刊》2005 年第 2 期。

垢藏瑕，爱恶不争于怀，喜怒不寄于颜。所知王濬冲在襄城，面数百，未尝见其疾声朱颜。此亦方中之美范，人伦之胜业也。"嵇、王初期交往时，王戎对未见嵇康之"疾声朱颜"感到很惊异。《世说新语·德行》也载："王戎云：'与嵇康居二十年，未尝见其喜愠之色。'"《世说新语·容止》又载："有人语王戎曰：'嵇延祖（嵇康之子嵇绍）卓卓如野鹤之在鸡群。'答曰：'君未见其父耳。'"这几处记载可以见出王戎对嵇康的无"喜愠之色"与风姿之鹤立鸡群评价很高。但他们二人间没有论辩的记载。嵇康与刘伶及阮咸的交往较少记载，也没有论辩的记录。阮籍、阮咸是叔侄，既然能够共同参与竹林之游，关系应该不错，但他们之间没有赠答类诗文传世，《世说新语·任诞》曰："阮浑（籍子）长成，风气韵度似父，亦欲作达。步兵曰：'仲容已预之，卿不得复尔！'"阮籍的儿子阮浑想学其父旷达之风度作为，阮籍认为，阮咸已经成为任诞旷达之人，阮浑不能再这样了，可见，阮籍不仅对自己的放荡感到不满与无奈，对阮咸的加入也不满。既然如此，有言志功能的赠答诗或论辩诗文便不可能在两人之间出现了。王戎与山涛的交往记载也不多，《世说新语·赏誉》载："王戎目山巨源：'如璞玉浑金，人皆钦其宝，莫知名其器。'"七贤中山涛与王戎年龄虽然相差较多，但王戎对山涛还是钦佩有加。山涛与阮咸的交往也少有记载，但《世说新语·赏誉》曰："山公举阮咸为吏部郎，目曰：'清真寡欲，万物不能移也。'"

"竹林七贤"中，阮籍与王戎的交往较多，在王戎青少年时，长其 24 岁的阮籍便对王戎赏识有加，二人成为忘年之交。史载幼年王戎"幼而颖悟，神彩秀彻"，阮籍赏其"清赏"。《世说新语·简傲》云："王戎弱冠诣阮籍，时刘公荣在坐，阮谓王曰：'偶有二斗美酒，当与君共饮，彼公荣者无预焉。'二人交觞酬酢，公荣遂不得一杯，而言语谈戏，三人无异。或有问之者，阮答曰：'胜公荣者，不得不与饮酒；不如公荣者，不可不与饮酒；唯公荣可不与饮酒。'"《世说新语》中对阮籍饮酒的记载较多，但大多是独饮，与人共饮则少有记载，从此次不顾旁人而与王戎共饮可以看出阮、王关系之密切。《世说新语·排调》同样有一段七贤共同饮酒的古诗："嵇、阮、山、刘在竹林酣饮，王戎后往，步兵曰：'俗物已复来败人意！'王笑曰：'卿辈意亦复可败邪？'"此处对话，虽为调侃，但似乎透露了阮籍对王戎"俗"的一面的认识。

"竹林七贤"中，交往多又有论辩的当属嵇康与山涛、向秀。嵇康与山涛私交一直很好，《世说新语·贤媛》载：

> 山公与嵇、阮一面，契若金兰。山妻韩氏觉公与二人异于常交，问公，公曰："我当年可以为友者，唯此二生耳。"妻曰："负羁之妻亦亲观狐、赵；意欲窥之，可乎？"他日，二人来，妻劝公止之宿。具酒肉，夜穿墉以视之，达旦忘反。公入曰："二人何如？"妻曰："君才致殊不如，正当以识度相友耳。"公曰："伊辈亦常以我度为胜。"

从山涛夫妻的对话中可以看出山涛对阮籍、嵇康非常欣赏。《世说新语·容止》："嵇康身长七尺八寸，风姿特秀。见者叹曰：'萧萧肃肃，爽朗清举。'或云：'肃肃如松下风，高而徐引。'山公曰：'嵇叔夜之为人也，岩岩若孤松之独立；其醉也，傀俄若玉山之将崩。'"山涛对嵇康的欣赏不仅在才情与风姿方面，对其自身多方面的能力都评价较高，所以，才会推荐嵇康做官，嵇康却挥笔写下了《与山巨源绝交书》这篇奇文，断然称与山巨源绝交。在信中，他以饱满的感情、形象的语言，坦率地道出了自己与官场世俗决绝，不屈从金钱，不依赖于强势，不献媚于权力的坚贞刚直的品格。但事实上这封信并非要真与山涛绝交，而是嵇康借和山涛绝交之名，达到和当权者司马昭绝交之实。所以说，《与山巨源绝交书》并非一封完全意义上的绝交书。嵇康写这封书信的真正目的，主要是向司马昭挑明自己不会与其同流合污并反对司马氏所倡导的伪礼教。《与山巨源绝交书》实际上可以说是一篇鲜活的人物"对话录"。文章以嵇康为明线，以山涛为暗线，是二人政治观点的一次论辩。

嵇康与向秀的论辩主要体现在嵇康有《养生论》，向秀有《难养生论》，嵇康又有《答难养生论》，就养生问题展开论辩。嵇康与向秀也是契若金兰的挚友，《世说新语·简傲》载："钟士季精有才理，先不识嵇康，钟要于时贤俊之士，俱往寻康。康方大树下锻，向子期为佐鼓排。康扬槌不辍，傍若无人，移时不交一言。钟起去，康曰：'何所闻而来？何所见而去？'钟曰：'闻所闻而来，见所见而去。'"从这段记载可以看出嵇、向二人关系甚好，二人均为当时著名思想家，且有共同的业余爱好——锻铸。嵇康去世之后，向秀写了《思旧赋》，非常怀念昔日与嵇康共同相处的岁月，情真意切，十分感人。《世说新语·言语》还把向秀出仕与嵇康之死联系起来。"嵇中散既被诛，向子期举郡计入洛，文王引进，问曰：'闻君有箕山之志，何以在此？'对曰：'巢、许狷介之士，不足多慕！'王大咨嗟。"似乎是嵇康的死使向秀意识到了狷介行为的不足取。这些观点我们且不去探讨，这里我们重点关注二人之间的论辩。

魏晋人厌世不厌生，他们具有强烈的生的欲望。在魏晋玄学家注重养生的大背景下，向秀与嵇康对养生问题都提出了自己独到的见解，却迥然不同。嵇康在《养生论》《答难养生论》二文中提出了独特的养生观，他认为神是形的主导，形是神的依靠，二者相辅相成，是一个不可分割的整体，所以养生要形神兼养，表里相济。他还认为养生的关键是"修性""安心"，即自觉地拒绝外在名利和内在嗜欲的诱惑，保持一种淡泊宁静、少私寡欲的心境。向秀针对嵇康的观点提出自己不同的看法。第一，他认为寿命有限。嵇康受道教思想的影响，不仅认为神仙是存在的，而且认为只要导养得法，就可以活到千百年之久，达到生命的极限。对此，持有理性主义道家哲学观的向秀认为人的寿命不仅是命定的，而且是有限的，养生的意义就在于养其应有之生，而非求过分之生。第二，用智顺欲。嵇康提出"少私寡欲"的观点，向秀则认为人之情欲出于天理自然，人应该充分享受感官快乐，可以运用智慧来满足欲望。向秀进一步指出，这些自然性与社会性的欲望是不是可以无节制地去追求而满足呢？"夫人含五行而生，口思五味，目思五色，感而思室，饥而求食，自然之理也。但当节之以礼耳。"对人的欲望，向秀认为要节之以礼。向秀从情欲自然出发，以名教礼义作为节制，使养生的道路顺乎人性本真而不违逆现实的礼教规范。

　　"竹林七贤"之间的论辩是他们对政治观、人生观不同见解的体现，论辩过程中虽针锋相对、互不相让，但并不因此而影响朋友之间的关系，如前所述，嵇康的《与山巨源绝交书》是一篇体现嵇康、山涛不同观点的"对话录"式的作品，文章虽然嬉笑怒骂，但并不是针对山涛而发，而是借此表达对司马氏篡权的不满。向秀、嵇康就养生问题的论辩，则更上升到哲学的高度，是玄学观点上不同选择的结果，向秀虽然提出"用智顺欲""以礼节欲"，但并非完全站在儒家的立场上说话，而是玄学学派中求和谐派的体现。"竹林七贤"之间的论辩充分体现了魏晋玄学既重"理"又重"情"的特点，"理"要通过论辩来辩清，但辩理并不意味着要绝情。从山涛在嵇康去世后对其子嵇绍的照顾，嵇康去世后向秀写《思旧赋》抒发怀念嵇康的情感可以看出，他们之间的朋友情谊没有因为政治观点与哲学观点的差异而发生变化。玄学虽讲求少私寡欲、顺应自然，但并不排除人间温情，这也是中国哲学的魅力所在。

附录六
汉魏六朝"以乐取士"
与"以乐赏士"现象及其意义

两汉魏晋南北朝时期，音乐艺术高度发展，朝廷有雅乐与俗乐两大音乐系统，雅乐用于国家大典和朝廷宗庙祭祀，俗乐用于宴饮及日常歌舞表演。俗乐由于抒情适意的特点，从先秦开始便逐渐受到从帝王到大臣乃至百姓的喜爱。音乐创作、音乐表演及音乐欣赏在汉魏六朝蔚然成风。大众喜爱音乐，统治者倡导歌舞享乐，并把音乐作为选官与赏赐的内容之一，由此出现了"以乐取士"与"以乐赏士"的现象。

"以乐取士"，即把是否精通音乐作为选官的标准。汉代朝廷选官制度主要是"察举"与"征辟"。"察举"也称荐举，是一种考察和推荐地方人才的方法。"征辟"则是一种不经推荐试用而直接授予官职的选官方式。"征"为皇帝直接下诏，"辟"则是公卿或州郡官府聘请某人就任僚属。"察举""征辟"的选官标准主要看被选者的德行、才能等。三国时，曹丕制定"九品中正制"后，两晋南北朝时期一直沿用该制。"九品中正制"的含义，即在各州郡设中正官，由中正评议人物，将可做官者分为九品，然后上交司徒府复核批准，再送吏部作为选官的根据。中正在评议人物时，其标准有三：家世、道德、才能。很显然，比汉朝多了"家世"一项，而且"家世"在魏晋六朝渐渐受到重视，甚至在某些时期成为唯一的标准，由此形成了东晋门阀政治。至于"才能"这一项，中国古代选官时也一直以政治、军事、文学才能为主，以音乐才能作为选官标准者颇为罕见。虽然战国时邹忌曾因善鼓琴而被威王委以国政，但在先秦时，这是罕见的现象。到汉魏六朝时期却出现了这类情形。

《史记·佞幸列传》记载了李延年的故事：

> 李延年，中山人也。父母及身兄弟及女，皆故倡也。延年坐法腐，给事狗中。而平阳公主言延年女弟善舞，上见，心说之，及入永巷，而召贵延年。延年善歌，为变新声，而上方兴天地祠，欲造乐诗歌弦之。延年善承意，弦次初诗。其女弟亦幸，有子男。延年佩二千石印，号协声律。①

李延年被汉武帝宠信，与其妹李夫人受宠有很大的关系，但与他自己"善歌"也有很大的关系。李延年被武帝任命为协律都尉后，不仅为宗庙祭祀作诗配乐，而且改编西域音乐与世俗音乐，对西汉朝廷雅乐系统的建立做出了很大的贡献。三国时的杜夔，由于"丝竹八音，靡所不能"，为曹魏统治者创制雅乐，也被任命为协律都尉。协律都尉是专管音乐的官吏，因其音乐才能而任命其为乐官，是顺理成章之事。但也常有因音乐而得宠并不委以制乐之任者。东晋时的谢尚，"善音乐，博综众艺。司徒王导深器之，比之王戎，常呼为'小安丰'，辟为掾"（《晋书·谢尚传》）。谢尚因为善音乐，而且在书法、舞蹈、文学等方面都有所建树，由此而被司徒王导辟为僚属。《南史》卷四十三《齐高帝诸子传》中载：

> 江夏王锋字宣颖，高帝第十二子也。……好琴书，盖亦天性。尝觐武帝，赐以宝装琴，仍于御前鼓之，大见赏。帝谓鄱阳王锵曰："阇梨琴亦是柳令之流亚，其既事事有意，吾欲试以临人。"锵曰："昔邹忌鼓琴，威王委以国政。"乃出为南徐州刺史。②

北朝时"以音乐至大官"者愈来愈多，尤其是北齐以来，"以乐取士"

---

① 《史记·佞幸列传》，中华书局，1963，第 3195 页。
② 《南史·齐高帝诸子传》，中华书局，1975，第 1088 页。

的风气愈加浓郁。北齐著名文士魏收"好声乐，善胡舞。文宣末，数于东山与诸优为猕猴与狗斗，帝宠狎之"；北周时的李敏，"美姿仪，善骑射，歌舞管弦，无不通解"，由此由一白丁而被授予高官。北齐后主十分喜爱胡乐，很多懂音乐的胡人受其重用，如曹僧奴、曹妙达父子"以能弹胡琵琶，甚被宠遇"，何朱弱、史丑多等人"以能舞工歌及善音乐"，官亦"至仪同开府"。①

　　"以乐取士"现象的出现，最根本的原因是统治者对音乐歌舞的重视。汉魏六朝时期，出现了许多爱好歌舞的帝王，从汉高祖刘邦到汉武帝刘彻、曹氏父子、南朝陈后主、北齐后主等帝王皆喜歌舞娱乐。而刘邦、刘彻、曹操、曹丕等人还亲自创作歌诗。可以说，正因为这些帝王的倡导，当时的乐舞才出现繁荣的景象。当然，社会普遍的尚乐风气也是一个重要的原因。从朝廷到民间，从豪门到百姓，精通音律，能歌善舞，渐成风尚。文人名士在社交场合，以乐相邀，以舞会友，在日常生活以琴书自娱，音乐成为他们高雅情趣的寄托。这些都成为"以乐取士"现象得以存在的社会文化基础。

　　"以乐赏士"指将音乐中乐器或乐部或女乐作为赏赐物，既可以是帝王赐予臣子，也可以是大臣赏赐僚属。汉朝时，帝王往往将乐器与女乐作为对外交流中赏赐对方的礼物，如汉宣帝时，西域龟兹王绛宾与其夫人入朝，宣帝赐以车骑歌吹数十种；元帝时赐匈奴呼韩邪单于乐器竽、琴、箜篌等；后其子立，又赐其冠带衣裳与乐器、鼓车等。汉魏六朝时期，"以乐赏士"主要为赏赐乐器与女乐，同时还有一些例外的情况。《魏书·王睿传》载：

　　　　太和二年，高祖及文明太后率百僚与诸方客临虎圈，有逸虎登门阁道，几至御座。左右侍御皆惊靡，睿独执戟御之，虎乃退去，故亲任转重。……，四年，迁尚书令，封爵中山王……（王睿死后）京都文士为作哀诗及诔者百余人。……又诏褒睿，图其捍虎状于诸殿，命高允为之

---

① 《北史·恩幸传》，中华书局，1974，第 3018 ~ 3054 页。

赞。京都士女謡称叡美，造新声而弦歌之，名曰《中山王乐》。诏班乐府，合乐奏之。①

王睿因为保护太后、皇帝有功，不仅生前受到重用，死后仍有百余文士为其写哀诔之诗文，皇帝命将其伏虎之形象画于皇宫诸殿，并享受到了"造新声而弦歌之"，并以乐府合奏的殊荣，这是对一个有功之臣很高的奖赏。

北朝以乐器作为赏赐物的还有前面所引齐武帝赐萧锋宝装琴一事。汉魏六朝时，以女乐作为赏赐物这一情况也比较普遍。南朝梁武帝萧衍虽以恢复古乐为己任，但也喜欢将乐曲和乐伎班子赏赐臣下。"普通末，武帝自算择后宫《吴声》《西曲》女妓各一部，并华少。赉（徐）勉，因此颇好声酒。"因徐勉好声酒，赐其女乐，可谓投其所好。同样的情况也出现在北魏时期。高允是北魏廉吏，"性好音乐，每至伶人弦歌鼓舞，常击节称善"，晚年时，仍"犹心存旧职，披考史书"。魏高祖非常赏识他，为了奖励他的功绩，诏曰："允年涉危境，而家贫养薄。可令乐部丝竹十人，五日一诣允，以娱其志。"赏赐丝竹女乐，是皇帝奖励有功之人的一种重要手段。音乐以其感性抒情的特性，受到很多人的喜爱，欣赏音乐是人类至高的精神享受，将其作为帝王对有功之臣的赏奖，自有其文化精神上的含义。

"以乐赏士"在汉魏六朝时记载得比较多的是鼓吹乐的赏赐。鼓吹乐是汉代兴起的一种重要的艺术形式，它由打击乐器与吹奏乐器组合演奏，最初为秦汉之间西北少数民族的马上之乐，到汉代时成为朝廷重要的乐部，主要用于朝廷的重要朝会、祭祀、宴饮。赏赐鼓吹乐是汉代出现的对有功大臣的很高的奖赏。崔豹《古今注》载："汉乐有黄门鼓吹……亦以赐有功诸侯。"赏赐鼓吹乐的对象，在汉代有严格规定，在军队中带兵万人之上的将军方可备之，朝廷中的官员在三品以上方可受赏鼓吹乐。《后汉书》中记载了汉代赏赐鼓吹乐的一些有关细节。《百官志》记载了对有功将军，在赐官之外"又赐官

---

① 《魏书·王睿传》，中华书局，1974，第 1988～1990 页。

骑三十人及鼓吹"。《东夷传》曰："武帝灭朝鲜，以高句骊为县，使属玄菟。赐鼓吹伎人。"郭茂倩《乐府诗集》中也曰："汉武帝时，南越七郡，皆给鼓吹是也。"可以推知，在汉武帝时，鼓吹乐已经用以赏赐有功之人，而且主要作为皇帝赏赐臣下时用的音乐。到魏晋南北朝时，鼓吹乐之赏赐范围宽了很多。魏晋时，衙门督将、五将之职悉有鼓吹乐，鼓吹乐的应用比较普遍，不再是一种高高在上、遥不可及的音乐至品。因为很多大臣可以享用鼓吹乐，所以魏晋时以鼓吹乐赏士现象比较普遍，一般的豪门贵族、高级官吏都可赏赐鼓吹乐于下属。东晋时庾翼与谢尚在比赛射箭时以赌的方式便以鼓吹乐相赏。可见，鼓吹乐已经成为一般豪门贵戚所用之乐。

这种在汉代代表了一定等级的鼓吹乐，到南朝时又发生了很多变化，《宋书》卷五十《张兴世传》曰：

> （张）父仲子，由兴世致位给事中。兴世欲将往襄阳，爱恋乡里，不肯去。尝谓兴世："我虽田舍老公，乐闻鼓角，可送一部，行田时吹之。"兴世素恭谨畏法宪，譬之曰："此是天子鼓角，非田舍老公所吹。"①

张兴世之父竟然想让儿子送其一部鼓吹乐，在行田时吹之。可见，当时的鼓吹之乐是一般的平民百姓也可以分享到的音乐。《南史》卷六十八《蔡景历传》载：

> （蔡景历子徵）初拜吏部尚书，启后主借鼓吹，后主谓所司曰："鼓吹军乐，有功乃授，蔡徵不自量揆，紊我朝章。然其父景历既有缔构之功，宜且如启，拜讫即追还。"②

蔡徵竟然向陈后主借鼓吹乐，令后主非常生气，他认为鼓吹乐应为有功之人方可受赏之乐，蔡徵的做法扰乱了朝廷的章法，但念其父的功劳，还是满足

---

① 《宋书·张兴世传》，中华书局，1974，第1455页。
② 《南史·蔡景历传》，中华书局，1975，第1663页。

了他的要求。可见，鼓吹乐不仅可赏，还可以借。《南史》卷六十四《胡僧佑传》载胡因有功被皇上赐鼓吹乐，"后拜领军将军，厚自封殖。以所加鼓吹恒置斋中，对之自娱。人曰：'此是羽仪，公名望隆重，不宜若此。'答曰：'我性爱之，恒须见耳。'或出游亦以自随，人士笑之"。① 所赐鼓吹乐在使用时也有一定的范围，不得随心所欲。胡僧佑不仅平时以此自娱，而且出游时也随身携带，所以被众士大夫嘲笑。南朝"以乐赏士"，常视被赏者的功劳大小，可女乐与鼓吹乐一并相赏。如《陈书》卷十三《鲁悉达传》曰："（王）琳授悉达镇北将军，高祖亦遣赵知礼授征西将军、江州刺史，各送鼓吹女乐，悉达两受之。"②

鼓吹乐的赏赐还用于丧葬之礼中。但葬礼上用鼓吹乐，也有一定的规格讲究，有功之人死后，皇帝赐予鼓吹乐，而所赐种类，与生前所赐有所不同。《宋书·乐志》中记载了东晋时，临川太守谢摛经常在梦中闻奏鼓吹乐，有人为之占卜，曰："君不得生鼓吹，当得死鼓吹。"果然，谢摛在后来的战争中去世，因其有功，在葬礼上得到了皇帝赏赐的鼓吹乐。前文所引《南史·蔡景历传》中也提到蔡景历死后"给鼓吹一部，于墓所立碑"。在史籍的记载中，很多有功之臣死后皆受赐鼓吹乐，"生鼓吹"与"死鼓吹"属于鼓吹乐中不同的乐部，生鼓吹用于朝廷礼仪等场合，演奏风格比较喜庆，而死鼓吹用于葬礼时，风格便以悲凉肃穆为主。

"以乐取士"与"以乐赏士"折射出汉魏六朝文化艺术特有的审美特性。音乐既是朝廷礼仪、祭祀娱神的内容，又是宴饮生活中必不可少的部分。帝王对音乐的好恶，直接影响着此一时代的音乐发展。将精通音乐作为出仕为官的标准之一，如同后世的以诗赋取士一样，是对士人文学艺术修养重视的体现。以音乐作为赏赐物，既体现了社会普遍的好乐风尚，也反映了音乐的等级与特征，这种等级与特征是汉魏六朝礼乐文化深层次内涵的充分体现。

---

① 《南史·胡僧佑传》，中华书局，1975，第1553页。
② 《陈书·鲁悉达传》，中华书局，1972，第199页。

参考文献

一 中文著作

［1］（东汉）班固：《汉书》，中华书局，1982。

［2］北京大学历史系《论衡》注释小组：《论衡注释》，中华书局，1979。

［3］陈伯君：《阮籍集校注》，中华书局，1987。

［4］陈庆元：《三曹诗选评》，上海古籍出版社，2002。

［5］陈庆元：《中古文学论稿》，天津人民出版社，1992。

［6］（西晋）陈寿：《三国志》，中华书局，1985。

［7］陈戍国：《礼记校注》，岳麓书社，2007。

［8］陈顺智：《东晋玄言诗派研究》，武汉大学出版社，2003。

［9］樊锦诗：《莫高窟壁画艺术：北凉》，甘肃人民出版社，1986。

［10］范子烨：《中古文人生活研究》，山东教育出版社，2001。

［11］（唐）房玄龄等：《晋书》，中华书局，1974。

［12］傅刚：《魏晋南北朝诗歌史论》，吉林教育出版社，1995。

［13］高步瀛：《文选李注义疏》，中华书局，1985。

［14］葛晓音：《八代诗史》，陕西人民出版社，1989。

［15］（宋）郭茂倩：《乐府诗集》，中华书局，1979。

［16］韩经太：《心灵现实的艺术透视》，现代出版社，1990。

［17］（清）何焯：《义门读书记》，中华书局，1987。

［18］何光顺：《玄响寻踪：魏晋玄言诗研究》，暨南大学出版社，2011。

［19］胡大雷：《中古诗人抒情方式的演进》，中华书局，2003。

［20］蒋孔阳主编《中国古代美学论文集》，上海古籍出版社，1981。

［21］（宋）李昉等：《太平御览》，中华书局，1985。

［22］（唐）李延寿：《北史》，中华书局，1974。

［23］（唐）李延寿：《南史》，中华书局，1975。

［24］李永明：《朱熹〈楚辞集注〉研究》，上海古籍出版社，2015。

［25］李泽厚：《美的历程》，文物出版社，1981。

［26］林庚主编《中国文学史》，北京大学出版社，1996。

［27］刘大杰：《中国文学发展史》，上海古籍出版社，1982。

［28］（南朝梁）刘勰：《文心雕龙》，凤凰出版社，2011。

［29］（南朝宋）刘义庆：《世说新语》，广西民族出版社，1996。

［30］刘跃进：《门阀士族与永明文学》，三联书店，1996。

［31］刘志伟：《魏晋文化与文学论考》，甘肃人民出版社，2002。

［32］刘志伟：《“英雄”文化与魏晋文学》，兰州大学出版社，2004。

［33］逯钦立辑校《先秦汉魏晋南北朝诗》，中华书局，1983。

［34］逯钦立校注《陶渊明集》，中华书局，1979。

［35］吕德申：《诗品校释》，北京大学出版社，1984。

［36］钱志熙：《汉魏乐府的音乐与诗》，大象出版社，2000。

［37］（清）沈德潜：《古诗源》，中华书局，2006。

［38］（南朝梁）沈约：《宋书》，中华书局，1974。

［39］施议对：《词与音乐关系研究》，中国社会科学出版社，1985。

［40］石观海：《宫体诗派研究》，武汉大学出版社，2003。

［41］（西汉）司马迁：《史记》，中华书局，1963。

［42］王克芬：《中国舞蹈发展史》，上海人民出版社，2004。

［43］（清）王夫之：《古诗评选》，中华书局，1975。

［44］王玫：《六朝山水诗史》，天津人民出版社，1996。

［45］王瑶：《中古文学史论》，北京大学出版社，1986。

［46］王运熙等主编《中国文学批评通史》，上海古籍出版社，2011。

［47］王运熙：《汉魏六朝唐代文学论丛》，上海古籍出版社，1981。

［48］王钟陵：《中国中古诗歌史》，江苏教育出版社，1985。

［49］魏宏灿：《曹丕集校注》，安徽大学出版社，2009。

［50］（北齐）魏收：《魏书》，中华书局，1974。

［51］（唐）魏徵等：《隋书》，中华书局，1974。

［52］吴功正：《六朝美学史》，江苏美术出版社，1994。

［53］吴国瑞等编《中国俗文学概论》，北京大学出版社，1997。

［54］夏传才主编，王巍校注《曹植集校注》，河北教育出版社，2013。

［55］萧涤非：《汉魏六朝乐府文学史》，人民文学出版社，1984。

［56］萧涤非：《萧涤非说乐府》，上海古籍出版社，2002。

［57］（南朝梁）萧子显：《南齐书》，中华书局，1972。

［58］徐公持：《浮华人生：徐公持讲西晋二十四友》，天津古籍出版社，2010。

［59］徐公持：《魏晋文学史》，人民文学出版社，1999。

［60］（清）严可均辑，冯瑞生校《全梁文》，商务印书馆，1999。

［61］（清）严可均辑《全上古三代秦汉三国六朝文》，中华书局，1995。

［62］杨河：《时间概念史研究》，北京大学出版社，1998。

［63］杨明校笺《陆机集校笺》，上海古籍出版社，2016。

［64］杨荫浏：《中国古代音乐史稿》，人民音乐出版社，1981。

［65］（唐）姚思廉：《陈书》，中华书局，1972。

［66］唐翼明：《魏晋清谈》，人民文学出版社，2002。

［67］游国恩等主编《中国文学史》，人民文学出版社，1983。

［68］余嘉锡：《世说新语笺注》，中华书局，1983。

［69］余英时：《士与中国文化》，上海人民出版社，1987。

［70］袁行霈：《中国文学概论》，高等教育出版社，2010。

［71］（清）曾国藩：《十八家诗钞》，岳麓书社，2015。

［72］张朵、李进栓注译《诗品》，中州古籍出版社，2010。

［73］张可礼、宿美丽编选《曹操曹丕曹植集》，凤凰出版社，2014。

［74］张可礼：《东晋文艺综合研究》，山东大学出版社，2001。

［75］（明）张溥辑评《三曹集》，岳麓书社，1992。

［76］（明）张溥著，殷孟伦注《汉魏六朝百三家集题辞注》，人民文学出版社，1981。

［77］张亚新：《汉魏六朝诗：走向顶峰之路》，广西师范大学出版社，1999。

［78］张永鑫：《汉乐府研究》，江苏古籍出版社，1992。

［79］赵景深：《中国文学史新编》，上海北新书局，1936。

［80］（南朝梁）钟嵘：《诗品》，上海古籍出版社，2007。

［81］朱谦之：《中国音乐文学史》，上海人民出版社，2006。

二　中文期刊

［1］曹道衡、罗宗强、徐公持：《分期、评价及其相关问题——魏晋南北朝文学研究三人谈》，《文学遗产》1999年第2期。

［2］陈庆元：《论谢朓诗歌的思想性》，《西南师范大学学报》（人文社会科学版）1984年第4期。

［3］陈庆元：《谢朓诗歌的景物描写》，《贵州文史丛刊》1985年第4期。

［4］侯云龙：《沈约年谱》，《松辽学刊》2001年第5期。

［5］胡国瑞：《魏晋南北朝的诗歌在我国诗歌发展史上的地位》，《武汉大学学报》（哲学社会科学版）1978年第5期。

［6］蒋方：《末世文人的一曲命运哀歌——吴灭仕晋的陆机兄弟》，《古典文学知识》2000年第2期。

［7］钱志熙：《乐府古辞的经典价值》，《文学评论》1998年第2期。

［8］任嘉禾：《嵇康与阮籍——论儒与道在诗史上的早期结合》，《内蒙古大学学报》（哲学社会科学版）1983年第1期。

［9］吴承学、何志军：《诗可以群——从魏晋南北朝诗歌创作形态考察其文学观念》，《中国社会科学》2001年第5期。

［10］吴大顺：《魏晋南北朝文人歌辞传播与诗歌史意义》，《山东大学学报》

（哲学社会科学版）2006 年第 1 期。

[11] 伍宝娟、杨栩生、吕晓玲：《对死生的探求与抉择——嵇康和阮籍生死意识之比较》，《绵阳师范学院学报》2008 年第 10 期。

[12] 徐公持：《关于曹植的评价问题》，《文学遗产》1983 年第 1 期。

[13] 徐公持：《衰世文学未必衰——以魏晋南北朝文学为中心》，《文学遗产》2013 年第 1 期。

[14] 余荩：《文学观念的演进与诗风的变异——魏晋南北朝诗歌现象辨识》，《杭州大学学报》（哲学社会科学版）1989 年第 4 期。

[15] 虞德懋：《曹植与阮籍诗歌意蕴比较》，《扬州师院学报》（社会科学版）1990 年第 4 期。

[16] 张克锋：《魏晋南北朝文论中的“意”范畴》，《集美大学学报》（哲学社会科学版）2009 年第 3 期。

[17] 张佩华：《论魏晋南北朝时期诗歌的变异》，《青海民族学院学报》2007 年第 4 期。

[18] 张廷银：《谶纬及道教对玄言诗兴起的影响》，《西北师大学报》（社会科学版）2003 年第 4 期。

[19] 周唯一：《琴文化与魏晋南北朝诗歌之表现》，《郑州大学学报》（哲学社会科学版）2001 年第 3 期。

[20] 庄筱玲：《人生困境的自我救赎——潘岳的“哀情”与“高情”抒写》，《集美大学学报》（哲学社会科学版）2014 年第 1 期。